La mancha

ENRIQUE APARICIO

La mancha

PLAZA JANÉS

Papel certificado por el Forest Stewardship Council®

MIXTO
Papel | Apoyando la
silvicultura responsable
FSC® C117695

Penguin
Random House
Grupo Editorial

Primera edición: abril de 2024
Cuarta reimpresión: febrero de 2026

© 2024, Enrique Fernández Aparicio
© 2024, Penguin Random House Grupo Editorial, S. A. U.
Travessera de Gràcia, 47-49. 08021 Barcelona

Printed in Spain – Impreso en España

ISBN: 978-84-01-03231-8
Depósito legal: B-1788-2024

Compuesto en Mirakel Studio, S. L. U.

Impreso en Liberdúplex
Sant Llorenç d'Hortons (Barcelona)

L032318

Para mi madre,
y para Leandra Isabel

Nunca se descubre del todo
el secreto de lo que se tiene cerca.

CARMEN MARTÍN GAITE,
El cuarto de atrás

I
Aire caliente

Aunque despierto, no abro los ojos. Aunque me siento rodeado de algo familiar, sé que no estoy en casa.

¿Casa?

Sobre el pedazo de oscuridad de la cara oculta de mis ojos, el dolor de cabeza se concentra en un punto exacto en mitad de la frente: el lugar de donde me brotaría un cuerno si en vez de un muchacho fuera un unicornio. En esa pulgada de cráneo se atascan los deshechos de las copas de ayer, de algunas rayas, de la polla que me comí en un baño y de unos cuantos abrazos de despedida.

Braceo contra el sueño recién interrumpido mientras el sonido ambiente de la carretera se me cuela en los oídos, cuya mínima vibración me informa de que yo también me estoy desplazando. Algunas imágenes se inflan como pompas de jabón, proyectadas contra mis párpados cerrados. El autobús, la maleta, la fiesta sorpresa. Comprendo que no estoy en el sofá de los últimos días, ni en la buhardilla de los últimos meses que me ha obligado a vivir agachado, ni en ninguno de los pisos compartidos de los últimos años que no sería capaz de enumerar sin dejarme alguno.

Abro los ojos mientras ordeno los retales de información que mi cabeza va hilvanando. Tras el fogonazo de claridad se revelan las formas del techo de plástico, del reposacabezas con publicidad de Benidorm y del azul sucio de un cielo adherido al cristal tintado. Con el espesor de la resaca abovedándome la boca, recompongo la figura deshecha y dejo de ocupar también el asiento contiguo. Al incorporarme, recibo con desagrado una luz solar hasta este momento ajena al paréntesis de mis sentidos.

Tras un largo desperezarme, el mundo se termina de materializar con cierta violencia. Se activan las conversaciones, el tráfico, el calor del mediodía. Un niño pequeño que llora, una discusión por teléfono, un abanico chocando rítmicamente contra un collar de bisutería. Algunos músculos y articulaciones me avisan de que voy a pagar la descoyuntada postura que he adoptado, ahora lo recuerdo, desde el transbordo del tren al autobús en Alcázar de San Juan.

Me masajeo los ojos un momento para terminar de comprender que no estoy solo, que voy efectivamente en un autocar con otras personas y que he debido de ofrecer un espectáculo lamentable. ¿Habré roncado? ¿Yo ronco? Algo duro se me clava en el muslo; es el libro que dispuse para el trayecto, *Las ventajas de ser un marginado*. Y en medio, marcapáginas indeseable, el billete de ALSA que desconjura cualquier resto de somnolencia y me confirma que estoy volviendo al pueblo. No yendo al pueblo. Volviendo.

El tomo me recuerda a los que he dejado en Madrid, los que se han quedado custodiados o abandonados en casas de amigos. Unos cuantos libros, un microondas, un abrigo; el pírrico rastro de un tiempo que ahora me parece fugaz, inasible. Mis años de universidad, de crecimiento, de expansión. Mis años imperiales, los de esa juventud sin aristas que solo se aprecia del todo cuando se observa desde el lugar inmediatamente posterior.

Un tiempo al que llegué haciendo el trayecto inverso al de hoy, un día más fresco, de septiembre. Arrastraba una maleta inmensa, nueva, comprada en El Corte Inglés de Albacete. La maleta que mi madre se encargó de mencionar incansable delante de las dependientas, insistiéndoles en que era la que su hijo necesitaba para irse a estudiar a Madrid.

—Ej que se va a estudiar a Madrí. —Y al momento—: Es pa irse a estudiar a Madrí.

Como si, más que el tamaño o el material, importara su capacidad para atravesar la membrana invisible que protege la capital de quienes han nacido en un sitio más pequeño y, por lo tanto, menos importante. Como si cada vez que lo repetía se me quitara un poco el olor a campo.

Qué inocente aquel Valentín que se marchó entonces, qué poco sabía de nada. Aquella jornada apenas otoñal retumbaban en mi cabeza ciertas palabras: «preparación», «oportunidades», «esfuerzo», «salidas». Caligrafías de gas que arrojaban sombras fantasmales sobre el impoluto lienzo de mi futuro. Cinco años de carrera, uno de máster, seis meses de prácticas y algunos de nada absoluta después, deshago el camino con otras palabras reptando a mi alrededor. Estas tienen materia y filos y dientes: «crisis», «desaceleración», «euríbor», «paro», «prima de riesgo». Ni en un caso ni en otro han sido términos que precisaran de mi participación para impactar y trastocar con saña el recorrido previsto de mi juventud.

Se fue un muchacho de pueblo y vuelve un hombre de mundo, pero de un mundo que ahora me señala que he estado preparándome para un porvenir *por encima de nuestras posibilidades*. En un contenedor de papel y cartón del Paseo de las Delicias se han quedado las notas de mi aprendizaje, los apuntes de un alumno modélico al que auguraban una posición en el pódium y que cuando miró hacia abajo descubrió el vacío. Dicen que el capitalismo se está reformulando, pero mientras yo me tengo que joder y regresar a la única casa donde no pago alquiler.

Al final, la salida de tanta formación ha sido la de mi casilla de salida. Una vuelta completa al tablero, una mala tirada de dados y vuelta a empezar. Pero durante el recorrido la ficha ha cambiado, yo he cambiado. Hice lo que siempre supe que tenía que hacer: huir de la tierra donde fui larva, gusano, y marcharme allí donde pude transformarme con la tranquilidad que solo otorga un sitio en el que nadie conoce tu forma primera. Y tras una metamorfosis completa, un autobús me está devolviendo al lugar del que un día me marché para siempre.

El descorche analógico del micrófono del bus, a todo volumen, vuelve a hacer concreto mi dolor de cabeza. El conductor, al que desde esta distancia no puedo ver, sopla un par de veces para comprobar si el cacharro está encendido.

—Próxima parada, Baratrillo de la Mancha. —Y al instante, como si a la primera no hubiera sonado del todo convincente—: Próxima parada, Baratrillo.

Rascándome de nuevo los párpados para deshacer o rehacer el abotargamiento, no sé, compruebo que en efecto mi pueblo asoma en mitad de la frontera que separa la tierra roja del cielo azul. Una línea casi pura cuyos mínimos accidentes conforman aquello que yo debiera llamar hogar, pero donde los ojos que regresan solo ven un horizonte desprovisto de paisaje.

Hola. Qué pena me da estrenar este cuaderno. Pero ya está, haora veo que no era tan difícil. Aunque tengo miedo de que me se tuerzan los renglones. Lo que mal empieza peor acaba. Pero me van saliendo bastante rectos. ¡Qué alegría! Este cuaderno azul tan bonico no es pa que yo lo manche con mi mala mano. Si es que llevo muchismo tiempo sin escribir así de seguido.

Me lo ha regalao J, y también este lapicero tan fino. Aunque voy escribiendo y la punta se hace chatica y la ralla más gorda. Cómo me gustaría que escribiera siempre con la rallica fina denantes. Da igual, es el mejor regalo del mundo, ni soñar podía yo con un cuaderno tan elegante que las ojas paece que estás acariciando una media.

Aquí solo se deberían de apuntar cosas importantes, mira que e estao buenos ratos sin atreberme a ensuciarlo. Me cogía un miedo de no saber lo que iba a escribir o peor todabía de no tener nada que poner. Anda que no abrá gente con cosas más interesantes que escribir aquí mismo en Baratrillo. Me parecía que yo no iba a saber ni por dónde empezar.

Pero mira, hoy me e decidío porque con el día que llevo me a parecío que esto en vez de un papel era un rincón chiquitico donde me podía meter y estar un rato sin nadie. Voy escribiendo y pienso que llenar la página poniendo una palabra y otra y otra es en realidá lo mejor que se puede acer con un cuaderno así. Si es que da gozo ya solo el dibujo que va aciendo el lapicero, que parece un instrumento de acer música porque lo aprieto, lo levanto y vuelta a apretar al compás del pensamiento.

Me gustaría tener ya el cuaderno escrito entero. Me gustaría encontrármelo lleno, pero no por otra persona, escrito por mí sin que yo me acordara y sorprenderme con las cosas que e puesto. No porque quiera leer una historia como las historietas de peseta que siempre tienen mucho lío, sino pa leer la mía con la emoción de no saber lo que va a pasar.

Desde luego que, como siempre me dicen mis hermanas, me se ocurre cada disparate... Pero yo me entiendo. Si me encontrara un escrito con lo que me va a pasar, así con mi letra y con mi esplique, que fuera contando las cosas buenas y malas que están por benir, no tendría tanta angustia por saber de qué voy a tener más.

Si pudiera leer mi vida antes de vivirla de verdá, lo que me fuera a pasar me lo tomaría más tranquila. Aunque haora que lo pienso, tranquilidá solo me entraría si la historia acaba feliz o así parecido a feliz. Me llama padre.

El traqueteo del autobús parte el pueblo en las dos mitades que quedan a cada lado de la carretera; una espina dorsal de alquitrán renegrido y salpicado de baches, pequeñas caries en las viejas vértebras. En medio del paseo que discurre junto a la carretera, bajo una señal de tráfico torcida que hace las veces de parada, veo a mi padre. Con las manos cruzadas detrás de la espalda, se distingue lo mínimo sobre el ocre de una pared sin enlucir. Es una figurita parda sobre un fondo también pardo, contenida en una piel cuarteada por décadas de sudor y de sol, que se ha mimetizado con el tacto y el color del terreno. Mi padre es un hombre-campo, la continuación inmediata de la tierra manchega.

Cuando el vehículo se detiene con un agudo chirrido, todavía me mantengo un segundo en el asiento. Aunque en estos años he venido de visita bastantes veces, llego ahora sin billete de vuelta y con la sensación de no estar viviendo del todo en la realidad, sino en una reproducción muy conseguida, ciertamente fidedigna pero no del todo verosímil. Me viene a la cabeza aquella película de *Final Fantasy* que estrenaron cuando era pequeño, cuando la animación digital era todavía rudimentaria y el resultado fueron unos personajes casi humanos, pero con el punto exacto de artificialidad que los hacía estremecedores. El valle inquietante, eso es. En un valle inquietante me parece estar viviendo mientras bajo del bus y me sonrío por mi tonta habilidad para relacionar conceptos inútiles. Quizá solo sea la resaca.

Al bajar me lío eligiendo si saludar primero a mi padre o recoger la maleta, así que piso la acera con un movimiento dubitativo. Decido atender el equipaje para no hacer esperar a los demás viajeros, pero la torpeza ya ha trastocado mi trayectoria y me abalanzo sobre el maletero abierto con un gesto patoso que por poco termina en una ridícula caída. Rojo como un tomate, desatasco la maleta y me dirijo hacia mi padre, que ha contemplado mi nula destreza con mirada bovina.

Frente a él, mi corpulencia se redobla. Ni en carácter ni en esqueleto nos parecemos; qué capricho genético se conjugaría durante mi concepción para que de una persona tan menuda y sarmentosa hayan brotado mi metro noventa y mis engranajes de lento paquidermo. Si mi padre parece fruto mismo de esta tierra, a mí debieron de depositarme desde un lugar exótico, tropical. Soy un anfibio colorido y pegajoso que repta con dificultad entre polvo y barro seco.

Nos damos un beso rápido, apenas un roce entre mi sonrosada mejilla y su epidermis cuarteada.

—¿Ha llovío mucho en Madrí? —al hablar descubre algunos huecos en una dentadura de pequeñas teclas color marfil.

—Algún día, sí. —Dudo de si en la voz ronca se adivinan los excesos de la noche anterior, pero mi padre no me va a hacer ninguna pregunta más allá de la meteorología. Lo único que compartimos es la presión del aire y la humedad del ambiente—. Pero esta mañana cuando he subido al tren hacía sol.

—Aquí llovió ayer mañana.

Mientras el hombre sigue rumiando algunas consideraciones sobre el tiempo, que bien podrían ir dirigidas a mí o a cualquiera, se hace con el control de la maleta y enfilamos el camino a casa. No hay ninguna necesidad de recogerme, claro, solo son unos minutos a pie, pero siempre viene a por mí. Su presencia incuestionable en el breve recorrido desde el autobús es quizá su manera de darme la bienvenida.

Enseguida llegamos a uno de los límites entre el pueblo y el campo, donde un puñado de viviendas adosadas conforman algo a lo que con imaginación se podría llamar calle. Enfrente de las casas se abre el ínfimo parque en el que tanto tiempo pasé de niño, y en el que descubro que han instalado algunas de esas máquinas de ejercicio para gente mayor.

—¿Vienes aquí a hacer gimnasia? —le pregunto con ese tono jocoso que constituye una de las pocas maneras en las que sé dirigirme a él.

—Pos alguna vez he venío, pero no me va mucho. Me luce más salir con la bicicleta.

Los ladridos comienzan en cuanto la llave penetra mínimamente en la cerradura de la puerta. Llegar a esta casa supone siempre la prueba de atravesar la explosión de rabia y regocijo posterior de la Olvi, la vieja perrita para la que cualquier sonido, dentro o fuera del hogar, es motivo suficiente para proferir una sarta de penetrantes ladridos difíciles de asociar con su cuerpecillo de peluche maltrecho. En cuanto nos ve, pasa de bramar a ofrecer unos quejidos lastimosos de sumisión, rodeando nerviosa nuestros pies.

—Tu madre está en la iglesia —informa mi padre mientras se sienta en el sofá y agarra el mando de la tele para buscar algún wéstern en la parrilla de canales. Es cierto que lo primero que esperaba ver al entrar era su volumen en el sillón de la esquina, su mirada azul alzándose por encima de la labor de ganchillo, cruzada por una estrella de ilusión al ver la mía.

Acaricio a la Olvi hasta que se tranquiliza del todo, recupero la maleta y me encamino al piso de arriba, donde se encuentra mi habitación. Los escalones siguen siendo dieciséis. Mis padres antes también dormían en esta parte de la casa; pasaron a ocupar la habitación de mis abuelos, en la planta de abajo, cuando estos murieron. Ahora soy el único morador de *arriba*, y para llegar a mi cuarto debo atravesar el viejo salón de la casa, cuya disposición sigue igual que en 1994, cuando se hizo la obra de abajo para acomodar a los ancianos.

Me detengo un momento en el marco de la puerta antes de entrar. Los pósteres que colgué en la adolescencia me sonríen desde las paredes. Por primera vez en mucho tiempo me parece grande y hasta cómoda; quizá porque me sacude una tortícolis cosechada en el sofá de Luisma, donde me he quedado estas últimas noches. Sobre el escritorio reconozco al instante algunas marcas, ciertas cicatrices que me llevan a tardes de estudio, de lectura o de descubrimiento del mundo a través de internet. ¡Internet! Hace años que mis padres han dado de baja la línea. Tendré que hablar con ellos para volver a contratarla, puesto que el plan es buscar trabajo online y volver a Madrid en el mínimo tiempo posible.

La inminente gestión me hace pensar en la anterior, cuando aquel apóstol del progreso con uniforme de la Telefónica instaló aquí un módem, transmutando este espacio y haciendo que toda la información, todo el conocimiento, todas las búsquedas, todas las personas del mundo se pudieran asomar a este cuarto que hasta entonces definía ejemplarmente la soledad. Me veo en este mismo escritorio, con quince años, temblando ante las posibilidades que aquello me plantaba delante. Si me concentro, creo que puedo convocar algunas de las imágenes de aquella primera noche de delirio. Algún resto de la primera felación pixelada, o de aquel fundacional culo peludo, flota aún como un nenúfar milagroso en el oscuro estanque de mi memoria.

La Cequela me está enseñando a acer calcetines. Lo que más trabajo da es el talón. Pero es que estos hombres los rebientan, se los ponen por la mañana y por la noche los traen con unas patatas que se les sale el dedo. Las abarcas aguantan más, pero aún hace calor. Dónde van haora con esos trozos de manta y con la suela de la rueda de los coches, eso es pal invierno.

Anoche no me podía dormir. Me quedé pensando en J, en cuando me dio el lapicero y el cuaderno. ¿Cómo sabría que me iba a gustar tanto? No es como cuando me a dejao alguna vez una novelica en el escriño y yo la leo y se la devuelvo cuando voy a dejarles lo del huerto al palacio. Esto es pa mí sola, pa quedármelo, y no quiero que lo vean mis hermanas y me pregunten. El otro día después de escribir lo metí muy bien metío en el armario, pero no quiera alguna ir buscando algo y dar con él. Tengo que pensar otro sitio mejor.

El caso es que me puse tan contenta que a punto de darle un beso estube, no sé qué santo me se cruzó y me mató el impulso cuando ya iba a hecharle los brazos por encima, menos mal. No quiero pensar lo que le abrá costao, bastante más de a como pagan los jornales, eso seguro. Que por lo menos los del palacio pagan, que me contó la Ratona que estubo lavando puertas con sosa cáustica tol día donde el vizconde y le pagaron con un bote de pringue. ¿A eso hay derecho?

No le di el beso por si alguna de esas lo veía, pero ganas no me faltaron. Bastante se estrañan ya de que J me atienda él cuando voy a dejar lo del huerto, por lo visto les a dicho que así habla conmigo cosas que le vienen bien pa los estudios. Así de los tomates y las calabazas y eso. Pero yo sé que no se lo creen.

Qué gozo escribir sin obligación, sin que le digan a una lo que tiene que poner después, como cuando escribo las cartas de las de la calle que me lo piden. Alguna perrica me e sacao, pocas porque casi nunca tien para pagarme ni yo les quiero cobrar, pero bueno. Por lo menos de algo me aprobechan los pocos ratos que pasé en la escuela. Me acuerdo muchas veces de Don Virgilio, que el hombre era sordo como una tapia, pero hasta de espaldas sabía si te estabas portando mal y te daba con la bara. ¿Cómo lo haría? Anda que nos acía repetir cada letra pocas veces. Pero así entraban. Qué trabajo me dio la h y haora me sale tan redondica h h h h h h.

—Hijo mío, límpiate las gafas que le pareces a Picote.

—¿Quién es Picote?— respondo al cabo de unos segundos en los que mi madre ya me ha arrebatado las gafas y las abrillanta con una gamuza que ha sacado de un bolsillo del babi.

—Picote era uno que venía a la aldea y traía gafas pa vender a quien le hicieran falta. A las mujeres les daba una aguja y una hebra y, cuando la enhebraban, pos esas gafas les endosaba. Y decía mi abuelo que cuando les ponía las baratas les daba una aguja sin agujero, que con agujero se las daba cuando se ponían las caras. —Mientras habla ya me ha devuelto las gafas y me ha puesto delante un tazón de Winnie the Pooh lleno de leche—. Imagínate cómo era la cosa que limpiaba las gafas con los dedos. ¡Cómo podrían ver con esos cristales, que tenían más mierda que el palo un gallinero! Mi abuelo hacía lo mismo y decía que no veía, y un día se agachó y se le cayeron a un capazo lleno de agua, y entonces decía que veía otra vez.

La risa de mi madre equilibra su infinito quehacer. La estampa de los dos desayunando frente a frente en la diminuta mesa de la cocina me parecería encantadora si los motivos que me han traído hasta aquí no fueran los que son. Al menos la rutina se adivina cómoda en esta bolsa marsupial; aquí se puede no hacer nada, no producir nada, sin que eso duela. Y poner en pausa la angustia que empecé a sentir al terminar el máster y que estalló cuando se me acabaron las prácticas —no remuneradas— en esa agencia publicitaria donde en algún momento me auguraron *un gran futuro.*

El presente, grande o pequeño, es uno en el que no me han ofrecido nada ni cuando he respondido a ofertas de friegaplatos. Como por la universidad pasé con becas y ayuda familiar, nunca me vi en la obligación de aceptar esos trabajos alimenticios que han servido a algunos de mis compañeros, mal que bien, a mantenerse. Viví como una suerte no tener que pasar las tardes en un McDonald's o los fines de semana en un Zara para poder permitirme una vida de estudiante estándar en Madrid. Pero con la crisis resultó que, una vez finiquitado el periodo de formación, las opciones se reducían poco más que a esos sitios de comida rápida o de ropa a los que no les faltaba gente tan desesperada como yo y con años de experiencia en puestos similares.

Los últimos meses en Madrid han sido un suplicio. Al currículum de verdad, con todos mis estudios para los puestos relacionados con la publicidad y la comunicación, le sumé otro, en el que constaba solo el bachiller y alguna experiencia inventada en bares y comercios de mi pueblo, para los que no requerían titulación. Ninguno ha dado resultado. Durante un par de semanas pareció que iba a empezar en el Starbucks donde trabajaba Luisma, pero al final nada.

Qué apuro ir con el taco de folios, extendiendo el currículum con mano temblorosa para que muchas veces ni te lo cojan. Qué vergüenza cuando empiezas a reconocer las caras de quienes hacen lo mismo, bar tras bar, tienda tras tienda. Estos últimos días antes de venirme ni siquiera me he atrevido a mandar un correo o a levantar el teléfono. Cada hora en Madrid que no transformaba en dinero me ha convencido más de que no estoy preparado para ningún puesto, para ninguna tarea.

Aunque sabía que mis padres me hubieran pasado dinero incluso si eso significaba apretarse el cinturón hasta la asfixia, la culpabilidad de seguir dependiendo de ellos me resultaba ya insoportable. Se suponía que el mundo se iba a acabar en diciembre del año pasado con el fin del calendario maya, pero no ocurrió. Para cuando llegó la primavera acepté mi derrota: el día que decidí que me volvía al pueblo sentí un alivio sosegado, envuelto en una fibrosa tristeza.

—¿Qué? —Mi madre me estaba diciendo algo.

—Que si has hablao con tu prima.

De entre las sombras blancas del recuerdo, la prima Ana. Noto el esfuerzo físico de convocarla, de arrastrar el bagaje que se presenta con ella. Es cierto que mi madre me comentó que llevaba un tiempo en el pueblo; tan cierto como que he logrado no pensar en eso desde entonces. Casi da la sensación de que mi madre ha estudiado el momento exacto para nombrarla, la manera de evidenciar el silencio que me separa de ella desde hace años de una sola estocada. Me siento agotado mientras sorbo la leche con Chocapic.

—¿Por qué? ¿Es su cumpleaños? —Me seco la boca, intentando sonar indiferente o un poco cruel.

—Ahora que estáis aquí los dos podéis volver a juntaros como cuando erais pequeños, que donde iba uno iba el otro. ¡Mira qué foto encontré el otro día! —pronuncia las últimas sílabas ya en la salita, abriendo los cajones.

Ana. La prima Anica. La Primanica. Así acabaron por llamarla también mis padres, imitando mis maneras infantiles. ¿Dónde está la Primanica? ¿Viene la Primanica? ¿Qué hace la Primanica?

Primanica. Paladeo las sílabas varias veces, sin pronunciarlas. Las coletas rubias aparecen al instante en el recuerdo, aquellos manojos de crin dorada que acaparaban los elogios de las viejas del pueblo. Qué fastidio haber crecido al lado de esa niña de anuncio de Kinder Bueno que fue mutando en una mujer cuyas maneras bruscas y ropa de saldo no opacaban el milagro de su figura finamente esculpida, quizá demasiado espigada para algunos gustos pero siempre llamativa. La prima Ana, néctar en flor de la adolescencia, proyectaba su contorneada sombra sobre mi cuerpo fofo, que siempre me pareció que había madurado a trompicones: primero un estirón, luego el vello oscuro en piernas y sobacos cuando la cara era aún de niño, después otro estirón y muchos granos en una carne rubicunda de querubín desproporcionado. Fui un niño gordo y un adolescente desigual y, aunque mi planta de adulto no me disgusta, el espejo sigue siendo un escáner de imperfecciones, el lugar donde se acumulan fallos de la naturaleza que habrá que remedar algún día. Ese mismo espejo en el que la Primanica se pasaba horas antes de salir, cuando ya había abandonado el instituto, estropeándose la cara con maquillaje de choni antes de irnos por ahí.

—¡Mira qué chocantes! —Mi madre me planta en las narices una imagen en la que, vestidos de las Spice Girls, congelados a mitad de un paso de baile cuya falta de coordinación redobla su simpatía, el rostro infantil de Ana y el mío se cruzan y descubren en la mirada del otro la felicidad—. Esto es en el corral de la Eladia, la pobre.

Cuánto jugamos en casa de los abuelos de Ana. Ella pasó mucho más tiempo allí que en su propia casa, eso está claro; cualquiera hubiera preferido aquel patio soleado con gallinas al pisito enano de mi tía, situado en uno de los únicos dos bloques de apartamentos que hay en el pueblo.

Levanto la vista de la fotografía y estudio durante un segundo la cara de mi madre.

—¿Su padre también está en el pueblo?

La expresión risueña de la mujer se ensombrece; responde llevándose de nuevo la foto.

—No, hijico. Está en Albacete y por lo visto ahora vive con una.

Muchas veces pienso en cosas que quiero escribir, pero no hay momento bueno. Ni en esta casa ni en este pueblo puede una vivir sin que los demás sepan dónde está y qué está aciendo. ¿Cómo sé yo si padre se va de verdá al casino cuando dice que se va al casino? Yo no lo veo, pero me lo tengo que creer. Pues en cuanto llega y no me ve se pone negro, que ya me chilló el otro día que dónde estaba, que dónde estaba. Dónde iba a estar, cogiendo yerba pa los conejos. Pero te lo pregunta de tal manera que paece que le estás hechando una mentira.

Como las cosas que me se ocurren no las puedo escribir así al momento, me se olvidan y me da rabia. A veces hasta pienso poesías y coplillas. Cuando J me leyó las de ese hombre, Don José Ramón me paece que dijo, luego a mí me se iban ocurriendo otras. Me acuerdo de una que pensé que era: Me voy a la cuadra y mi perro me ladra, qué contento mi perro cuando va por el cerro, saltamos por los pinos y se ríen los vecinos, si se muere mi perro, con mis manos lo entierro. Me ubiera gustao decírsela a J, así como las hecha él con esa voz que paece que está hablando por la radio, pero me daba verguenza.

Mañana es domingo y pienso hacer malta con picatostes en cuanto me levante. La mediana no va a querer porque antes de comulgar no se come, pos muy bien, no tendrá otra cosa Dios que bigilar que si nos endulzamos con un poquico malta. Muchacha, ya que está abrá que gastarla antes que se ponga mala, que no tenemos to los días. Qué más tiene si es domingo o lunes o jueves. Lo que dijo Dios es que al que tiene ambre hay que darle de comer, y aquí ambre tiene tol mundo. Que nos va a pasar como a Beleta, que tenía una úlcera de estómago y se le curó, pero de no comer.

Tampoco nos podemos quejar, no digo yo eso. Entre que tenemos tres bancalicos y con lo que nos dan en el palacio por lo del huerto, bastante. No estamos pidiendo por la calle como tanta gente. Haora, envidia los ricos no me dan. Que además sabemos muy bien por qué tienen lo que tienen, vamos, eso lo saben hasta los chinos. Y más después de. No me atrevo a poner esa palabra, sé que no se puede. Después de aquello que pasó, que los que ganaron se quedaron con lo suyo y con lo de los demás. Y los pobres peor, con el doble de miseria. Que a la que ya teníamos le juntamos la que nos hecharon encima.

Aún no llevo veinticuatro horas en el pueblo cuando mi móvil vibra una, dos, tres, cuatro veces. Desbloqueo la pantalla y resplandece el logotipo naranja de Grindr. Alguien ha olido la carne fresca. No había entrado hasta ahora, creo que sobre todo por no ver esa foto que tengo puesta en la que ofrezco un gesto pícaro tumbado al sol del verano de hace dos años. Esa foto en la que sonrío con la ilusión de quien todavía atravesaba los agostos creyendo que en septiembre le esperaba algo nuevo, algo mejor.

Los mensajes, por supuesto, vienen de un perfil sin foto. Sí se indica la edad, altura y peso del usuario: 38; 1,75; 73. Y, en el espacio para describirse a uno mismo, una cita que me saca media sonrisa. «Francamente, querida, me importa un bledo». Vale, ha captado mi atención. Deslizo el dedo.

Hola
Qué tal
Qué buscas
?

Pienso algo ingenioso sobre *Lo que el viento se llevó* para hacerle saber que he recibido una señal que seguro que los demás pasan por alto.

Busco a dios, para ponerle de testigo
de que nunca voy a volver a pasar hambre 😵

Algunos segundos.

Jajaja
Por fin un chico culto

Bueno, tampoco lo has puesto tan difícil

Pues mucha gente no la ha visto

A mí me encanta, y mira que es larga

Te gusta todo largo?

Se me deshace algo del interés con el chiste fácil.

Todo no
Las conversaciones de Grindr por ejemplo

Pues vamos al grano

Jeje

No me apetece nada seguir por ahí, desde luego no con alguien a quien no le veo ni la cara, así que no respondo. Pero él insiste.

De dónde eres?

Baratrillo

Cerca

Qué bien

Tú?

De un sitio más grande

Almansa?

Ahora es él quien no responde. Qué pereza dan los maricas misteriosos. Ataco.

Mira, si no quieres no me lo digas,
pero si tu intención es follar ya te digo que
muy mal te va a ir sin enseñar la cara
ni dar ni un dato
Me has pillado aburrido y por eso
te he contestado, pero paso de hablar
con un muñeco gris

Al instante recibo una foto, y otra y otra y otra y otra. Las recorro, estudio las distintas perspectivas que mi interlocutor obviamente ha sopesado y escogido con detenimiento. Estoy tentado de ponerle «Buena suerte con lo de que tienes 38 años», pero me contengo. En algunas de las imágenes, el hombre que me reta con la mirada lo hace claramente desde la década anterior. En otras, sus ojos, quizá verde oscuro quizá grises, guardan una sombra de súplica que me produce ternura. Vuelvo a examinar las fotos, ampliando algunos detalles. Este hombre ha sido sin duda muy atractivo y tiene aire de león disecado. Tal vez sea por el pelo cenizo, la piel salpicada de pecas, la percha todavía recia y esa instantánea en la que aparece en la playa y no mira a cámara. Es uno de esos encuadres que proyectan cierta intimidad aunque no muestren nada extraordinario. Lo observo e imagino su vida como quien encuentra un crucigrama a medias del que se han perdido las descripciones.

El móvil vibra de nuevo.

No te gusto
Verdad?

¿Qué se responde a eso?

Estaba viendo las fotos,
no me has dado tiempo a contestar

Se escapan algunos segundos en lo que quiero decir algo muy concreto, pero no sé exactamente qué.

Y te gusta lo que ves?

En la foto de la playa sales muy bien
El sitio es precioso

Es en Galicia
En una playa que se llama Tuia
En la provincia de Pontevedra

Siento una extraña familiaridad, algo como el instante posterior a que te cuenten un secreto. Como sigo sin saber qué contestar, le mando algunas fotos de mi rabo.

En la placica del follero dicen que van a poner una fuente. Estando allí la fábrica los fuelles les saldrá a cuenta, y a mí qué bien me va a venir. Claro que también decían que iban a poner agua corriente en las casas pal año pasao y estamos igual. Con que tubiera que venir el alcalde a lavar ropa así en el invierno un día de frío, que hay que cascarle al agua porque se yela, ibas a ver que al día siguiente estaba puesta el agua.

Redactor/a de contenido (copywriter digital). Estudios mínimos: Licenciatura. Grado en Marketing. Experiencia mínima: Al menos 2 años en puesto similar. Idiomas requeridos: Inglés nivel avanzado. Conocimientos necesarios: SEO, integración, contenidos web, marketing, digital, redacción, copywriting. Requisitos mínimos: Meticulosidad y capacidad para adaptarse a los cambios. Capacidad de integración, trabajar con diferentes equipos y habilidades de comunicación. Autogestión (organización y establecer prioridades). Persona autoexigente, con capacidad de crecimiento y desarrollo. Formación específica en creación de contenidos: copywriting, periodismo, marketing. Conocimiento de SEO on-page (categoría, nombre de producto, descripciones, metatítulos, metadescripciones…). Enfocado a cliente y resultados. Conocimientos de HTML y CSS. Requisitos deseados: E-mail marketing (Mailchimp o similares). Herramientas de analítica web (Google Analytics).

Redes sociales. ¿Qué harás?: Creación y optimización de contenido web a nivel categoría, producto para blog. Planificación, control de redacción y publicación de contenidos SEO en la web. Comunicación directa y coordinación con equipo de SEO. ¿Qué encontrarás en la empresa?: Un EQUIPAZO de más de 40 personas. Crecimiento profesional; lo apostamos todo por el equipo y el potencial que incorporamos. Trabajar en un área que tiene un impacto real y directo en el negocio. Retribución flexible. Horario por determinar. Empresa saludable: fruta fresca diaria a tu disposición.

Una manzana jugosa y de un rojo radical esperando a ser mordida. La corporación enroscada en el tronco del árbol del emprendimiento, del progreso, del confort. Y se me escapa, una y otra vez, es una pesadilla en espiral. Han pasado los días suficientes desde que llegué al pueblo para no llevar la cuenta y, después de que viniera el operario de Movistar a poner otra vez un módem, no tengo excusa para no chequear, aun con creciente desgana, Infojobs, LinkedIn, Infoempleo y similares. Introduzco términos en la lupita del buscador como quien pretende pescar con las manos desnudas en mar abierto. «Redactor», «publicista», «copy», «copy assistant», «asesor comunicación», «community manager». Los resultados son siempre escasos y parecidos entre sí. Unas pocas ofertas aparecen cada día, inalterables y amenazadoras, entre la morralla de prácticas mal pagadas, requisitos absurdos y caridad laboral. Casi las tengo memorizadas: empresas de sobra conocidas, monstruosamente grandes, lanzan puestos tentadores con unas contrapartidas atractivas. Flores de loto no del todo creíbles en mitad del nauseabundo hábitat donde emiten su aroma. En una pestaña del navegador, el anuncio de una multinacional sexy que busca a alguien que ocupe un cargo de nombre sofisticado. En la siguiente, una noticia en *El Mundo* sobre gente que se tira por la ventana o se toma una sobredosis de pastillas porque les van a echar de casa.

Un matrimonio de jubilados se ha suicidado en su vivienda, en el municipio mallorquín de Es Capdellà, después de recibir el aviso de que iban a desahuciarlos del domicilio por impago, según han dejado escrito en una carta. Fuentes de la Guardia Civil, que se ha hecho cargo de la investigación del caso, han confirmado que la pareja explica en una nota que habían tomado la decisión acuciados por la pérdida de su casa. Una hija del matrimonio ha encontrado sin vida y tumbados en la cama al hombre, de nombre Pedro, de sesenta y ocho años, y a su esposa, llamada María, de sesenta y siete, en su vivienda de la calle Ponent de Es Capdellà en torno a las 14:20 y ha avisado a los servicios de emergencias.

Ofertas de empleo y noticias necrológicas; entre unas y otras debería de haber una turbación severa, pero se suman al ruido de fondo semejante al de un enjambre al que nos hemos acostumbrado. Según los primeros indicios, los jubilados murieron como consecuencia de una ingesta masiva de medicamentos, aunque como es preceptivo se les practicará la autopsia para determinar con exactitud las causas del fallecimiento.

Abro Twitter en otra de las pestañas que se dan codazos en la apretada barra del navegador. Hago clic en el botón de mandar un tuit nuevo y durante unos minutos me arranco a escribir varias frases que no concluyo. Buscar trabajo mientras la gente se tira por la ventana… En una esquina del cuadrilátero, Infojobs, en la otra… Gente que se queda sin casa mientras otros volvemos a la de nuestros padres… Hablemos de hípsters y cupcakes mientras se suicidan dos jubilados. Pero el impulso se desinfla con cada intentona y al final no tuiteo nada. Vuelvo al timeline y voy picoteando en los pequeños textos, avanzando hacia abajo, hundiéndome en su lógica hasta que la acumulación de palabras e imágenes me hace pensar en otra cosa, en cualquier cosa.

Estas mujeres del pueblo qué bastas que son. Me estraña que en otro sitio sean tan bruto como aquí. Esta mañana estaba esperando en la fuente y la Rosa y la de Bizcocho an salío riñendo y a la Rosa se la roto el cántaro. Qué trápala llevarían pa que se le callera que se la hecho añicos. Y la pobre luego iba guaimando porque decía que los amos le iban a hacer pagarlo y que son once pesetas.

Desde que llegué, tras una primera noche en la que dormí la resaca con que inauguré mi fracaso personal, a cada jornada le he ido restando una parte al sueño. Un proceso lunar que solo mengua y que me deja cada vez más tiempo tumbado boca arriba con los ojos como platos. Esta cama, este cuarto, esta casa llevan mucho tiempo siendo escenario de fines de semana acotados y breves vacaciones; pasar aquí los *días hábiles* me descoloca. Mis padres han recuperado enseguida su rutina tras el recibimiento, y yo voy horadando palmo a palmo mi madriguera a ver si me sumerjo del todo en las profundidades.

Estoy buscando trabajo por internet, me repito, no es que no esté haciendo nada. Las metas que uno se dibuja a sí mismo son difusas, casi transparentes. El colegio, el instituto, la universidad, el máster, las prácticas, todos esos horizontes eran tangibles, nítidos, alguien los había colocado allí para mí. ¿Ahora qué? Frente a la ventana abierta de mi cuarto, que se divide en un pedazo de asfalto, el muro sin enlucir de la fragua que hay enfrente, el cielo azul y la tierra roja del campo que asoma inmediatamente después, ese ahora y ese qué son materia efervescente en el estómago, cocacola y mentos, una erupción. Cerrar mis vías de escape es un esfuerzo, que toda la espuma y el gas se queden dentro mientras espero a que el mercado laboral me lance una solución antes de tener que enfrentarme al sinsentido de mis veinticinco años ejemplares arrojados de nuevo a su prólogo. Algo te saldrá, me dicen mis amigos. Algo te tiene que salir antes o después, me tranquilizan a cada poco mis padres. Pero ese algo juega a un escondite endemoniado.

Mis padres. Apenas bajo con ellos más que a comer y a cenar. En realidad, a cenar me siento solo con mi madre en la mesita de la cocina, mi padre siempre pica algo temprano y para cuando arrancan los informativos ya está durmiendo. De momento mi padre no me ha dicho que vaya con él al campo ni mi madre me ha pedido que haga nada en la casa. Debería sentirme mal, creo.

Algunos pájaros adornan con sus trinos la red enmarañada de mis pensamientos, descubriéndome que tras la mosquitera de la ventana se desparrama un mediodía resplandeciente. Para otra persona no sería mala idea bajarse con un libro al banco que hay en mitad del parquecillo. Pero yo no puedo, o más bien me conformo con no preguntarme si puedo o no, desactivando una posibilidad que me acelera el pulso de solo plantearla. En el pueblo la calle no es mía. El banco no es mío. Son de cualquiera, pero no míos. Es algo que aprendí hace mucho, y no han hecho falta grandes amonestaciones para que no se me olvide.

Una licenciatura, un máster, un manotazo en la espalda tras defender una tesina no cambian que ni el Valentín que fui ni el que soy puedan bajar a leer al banco metálico en el que se me partió la cadenita de la comunión aquella vez que me tumbé sobre su superficie oxidada para ver pasar las nubes. El ungüento de la vergüenza seguiría cubriéndome si me atreviera a poner un pie fuera. Ni siquiera un recado obligatorio sería parapeto suficiente. Tan pronto obtuve el carné de conducir, cuando mi madre me ha dicho que hacía falta algo siempre he preferido coger la furgoneta y hacerme los veinte kilómetros de ida y veinte de vuelta a Almansa. En el Mercadona o en el LIDL me siento a gusto; en la calle donde me he criado no.

Pienso en la ocurrencia de bajar al parque y ya siento cómo de los desconchones de las paredes, de los huecos de los visillos de las ventanas y de las bocas de los hormigueros emergen esos ojos que siempre parecen observarme cuando voy por el pueblo, sobre todo cuando voy solo, cuando mi madre no está a mi lado, extendiendo sobre mi cuerpo el permiso que ella sí tiene para cruzar el raquítico urbanismo de Baratrillo. Llamo a Luisma, necesito escuchar su qué pasa, tía, recordar el rincón del mundo en el que sí soy bienvenido. Pero no me lo coge.

Creo que lo he hablado con él alguna vez, en algún after, cuando la serotonina fluye y las barreras descienden. Esta sensación de llegar al pueblo y esperar un golpe que nunca llega. Si me llamaran maricón a la cara, si me escupieran burlas y me acuchillaran con risas frente a frente, quizá una cierta bravura de herencia materna podría hacer que me enfrentara, que tomara posesión de un área mínima en el espacio público del pueblo, como la perra que se mea en una esquina para que las otras sepan que está allí, que está viva.

Sin embargo, por generación me ha tocado crecer con papel de burbujas entre el desprecio y mi cuerpo marica. El odio me ha llegado siempre acolchado. Ha determinado mi volumen, sí, malformando su crecer en el molde que se le asignó, igual que aquellas sandías cuadradas que cultivaban en Japón. Ni de niño ni de adolescente recuerdo hacerme pasar excesivamente por lo que no era, desde luego no fui de esos maricas que se enrollaron con chicas para mantener su estatus, porque nunca lo tuve. Ser un niño gordo y un adolescente rollizo me expulsó del mapa del deseo, para bien o para mal. Eso, sumado a la idea de que lo gay era cosa de sitios grandes, de otras gentes, quizá hizo que me librara del filo de la violencia, pero no lo apartó de mi vista; mi pubertad consistió en ese perpetuo esquivar una navaja envainada, siempre preparada pero nunca apuntada directamente contra mí.

No hizo falta que un puño me enseñara a no despegar los brazos, a no mariposear las manos al hablar, a detener el bamboleo de una cadera que al irse despegando centímetro a centímetro del suelo me exigía cada vez más movimiento. Bastó la promesa de ese puño, la seguridad de que se lanzaría sobre mí si no acataba las órdenes invisibles que se iban acumulando al ritmo de los granos en la cara, del vello negro y rizado en un pubis hasta entonces angelical. El golpe que no llega está siempre llegando. La herida que no llega a abrirse cómo se puede cerrar.

No tengo cicatrices. Ninguna panda de críos me esperó a la salida del colegio para pegarme una paliza. Y, aun así, una presión ambiental que todos aceptábamos me tenía convencido de que eso acabaría ocurriendo porque era lo normal. Esperar el golpe, siempre esperar el golpe, con un pueblo alrededor que no mira y que no habla y que no hace nada en particular para aumentar o aliviar ese señalamiento etéreo. ¿Cómo hablar de un daño cuya materia se quedó en la garganta de quien agachó la cabeza y tragó saliva frente a una sombra? Te enseñan a temer a una sombra. Le acabas teniendo miedo a cualquier sombra.

Vengo del cine, me e venío a la cuadra porque no quería llorar delante de mis hermanas, que se están aciendo una torta de cebá. La película me a gustao mucho, era la historia de Sansón. Estaba tan atenta que casi no e metío mano al cucurucho pipas. Pero no sé por qué, en un momento me a venío la idea de darme la vuelta y mirar a la gente en vez de la película. Casi tos con la boca abierta, era gracioso. Pero cuando me fijaba más, así sin asomarme mucho tampoco porque se iba a notar, veía parejas que se sentaban juntas, que miraban a los artistas y hablaban flojico lo que les iba pareciendo y luego se miraban a los ojos en vez de a la película. Y yo eso sé que no lo puedo hacer con J.

—¿Qué pasa, tía?

—Hija, ya era hora. —Me levanto de un salto para cerrar la puerta de la habitación. Es difícil que mis padres me oigan desde el piso de abajo, pero aun así quiero poder llamar puta a Luisma sin bajar la voz—. Ayer pasaste de mí.

—Paso total de vosotras, me aburrís. —Da comienzo el festival de referencias con esta frase de Chus Lampreave en *¿Qué he hecho yo para merecer esto!* Los maricas somos como la Wikipedia, estamos llenos de hipervínculos—. Si es que cuando me llamaste estaba dándome unos vapores.

—¿A esas horas?

—No sé cuánto tiempo estuve, la verdad. Fui de after después del Stardust, que como no pilla lejos pues caí en la tentación, y cuando salí a la calle volvía a ser de noche. Viví allí dentro tres vidas y media, la magia de la sauna.

En una reacción pavloviana, los poros de mi piel se abren al instante cuando oigo «sauna».

—Qué loca. Y te pasarías las horas pajareando en el jacuzzi.

—¡Que no, que follé y todo! Me corrí como tres veces, muy fuerte. Pero sí, le di al pico que da gusto. Si es que los domingos por la tarde la gente está deseando contarte su vida, parece el saloncito de *A tu lado*. También me quedé dormida un rato.

—Con el culo en pompa.

—No, no, entré a una cabina y eché el pestillo y todo. Una siestecilla y, hala, al ruedo otra vez.

Las carcajadas me ensanchan las costillas, con cada sacudida soy menos el Valentín que se bajó del bus en el pueblo y más el que se subió al tren con resaca en Madrid.

—¿Con quién saliste?

—Con todas.

—Con todas no, hija de puta.

Intento que suene a chascarrillo, pero noto una espina en el costado, entre los músculos antes batientes.

—Bueno, cari, ya me entiendes.

Y sí, entiendo que ese «todas» es moldeable y que ya no me incluye. Entiendo que mis amigos van a salir y van a beber y se van a drogar y se van a enamorar y van a ir al cine y al teatro y a la sauna y se colarán en el evento de una revista porque Adrián ha hecho el estilismo de portada —sin cobrar, porque es *una gran oportunidad*— y arrasarán y un actor de moda les invitará a su casa porque la fiesta siempre sigue, siempre sigue por más que yo me la pierda, por más que yo no esté delante cuando Fernando diga eso tan gracioso o Luisma diga eso tan gracioso e inapropiado con lo que nos seguiremos riendo dentro de diez años, cuando yo lo cuente como si hubiera estado allí, pero no, estaba en Baratrillo de la Mancha clavándome las uñas en las palmas de las manos. Cambio de tema.

—¿Y el Starbucks, qué?

—Nada, finiquito y a casa. Pero un amigo que tú no conoces, bueno, amigo tampoco, follamos de vez en cuando y ya está, me va a meter en una tienda en el aeropuerto. En el dutyfree, dutyfree...

—¡Dutyfreeeee! —cantamos a la vez la melodía de la canción de las Ketchup que quedó cuarta por la cola en Eurovisión; no todas nuestras referencias son elevadas.

Desde que lo conozco, siempre me ha fascinado la facilidad de Luisma para encontrar trabajos dispares y surrealistas con sus maneras de auténtico buscavidas. Ahora no puedo evitar que esa agilidad suya para saltar de un empleo a otro con la soltura de un caballo de ajedrez me hunda unos milímetros más en el agujero.

—Bueno, pues ya me contarás. —Pensar en mi ausencia de trabajo me cambia el humor, prefiero mentir—. Que me tengo que ir.

—Que me voyyy —grita con voz ultraaguda, imitando a una travesti que salió en *Callejeros*.

—Chao, puta.

—Que te follen, guarra.

Cuelgo y me detengo. Me detengo porque mientras hablaba con Luisma me he puesto a dar vueltas por la habitación, me he activado. Una onda de esa vibración que se me despierta cuando estamos juntos ha llegado a mí a través del teléfono, pero ahora se apaga y vuelvo a estar solo, con la mirada fija sobre un par de peluches en la estantería. Dos patitos de cuando era pequeño y que por lo que sea siguen aquí, amarillos y desafiantes.

Intento no perder el impulso de la conversación con Luisma, como quien aviva una hoguera a punto de extinguirse. Subo a la terraza, me hago una foto sin camiseta que no me desagrada y la cuelgo en Instagram. Me retrato en el lugar donde mi madre tendía la ropa antes de que empezaran a fallarle las rodillas. Como el verano comienza a extenderse sin miramientos, la imagen puede ser interpretada como más o menos natural; un chico toma el sol en casa de sus padres. Pero al ojo entrenado no se le escapa que su objetivo no es otro que inflarme el ego. Ojo de loca no se equivoca.

Mi cuerpo no se parece a los de las estrellas de Instagram que seguimos todos los maricas, pero una perspectiva generosa y mi pecho cubierto de pelo obran un modesto milagro. Recibo un puñado de megustas, algunos piropos de amigas y un par de llamitas de atractivos desconocidos en los comentarios, que es lo que deseo.

Instagram es menos agresivo que Grindr y puede servir para lo mismo, aunque hay que cumplir ciertas reglas. Parece haber una manera concreta de ser gay en Instagram, o al menos una manera de ser un gay vistoso, de éxito. Ponerse el texto de la biografía en inglés; subirles la exposición y bajarles el contraste a las fotografías para obtener unas imágenes blanquecinas; posar delante de plantas grandes y muy verdes; vestir ropa sobria, de corte nórdico... Esta casa de Baratrillo de la Mancha está en las antípodas de ese estilo, así que tiro de carne, y la dopamina que me segrega cada like cumple su cometido.

Pienso en aquella cámara de dos megapíxeles con la que empecé a comprobar cómo se me veía desnudo desde una perspectiva que no fuera la de mis ojos, en la webcam con la que me masturbaba online con desconocidos, una vez superada la fase en la que me hacía pasar por una pizpireta universitaria, y en el primer smartphone, que lo integraba todo. La percepción que tengo de mí mismo la han generado más las pantallas que los espejos.

Ahora guardo una carpeta en el móvil con mis nudes oficiales. Los tengo tan vistos que me cuesta pensar que mi cuerpo ha seguido cambiando y no se conserva tal y como muestran esas instantáneas. Si Dorian Gray viviera hoy, en su desván no habría un cuadro: habría un disco duro.

Algunos amigos hablan mucho de Snapchat, que por lo visto permite compartir vídeos, tipo Vine, pero se borran a las veinticuatro horas. No entiendo demasiado la utilidad de subir algo que no va a permanecer, pero dicen que los maricas de Estados Unidos lo usan mucho para ligar. Creo que por mensaje privado también puedes mandar vídeos y que se eliminan igual, lo cual parece hecho aposta para enviar y recibir fragmentos de pajas y así. Todo avanza. Desde las primeras webs tipo Bakala es como si hubiera pasado un siglo y no una década.

Qué excitación entonces, cuando chatear desde el ordenador con otros chicos nos parecía el mejor futuro posible, el fin de la historia. Qué vuelco al corazón esas primeras citas que confirmaban que la gente con la que hablabas era de verdad, aunque mintieran y retorcieran sus circunstancias para parecer más atractivos. Yo también mentía, o maquillaba la realidad:

como me daba vergüenza poner que era de Baratrillo, en mi perfil indicaba que vivía en Albacete. A veces me pillaban, porque algunos muchachos hacían referencias a la vida en la ciudad que se me escapaban y me delataban.

¿Y ahora? Escoger un perfil, mandar fotos, quedar en casa de uno o de otro. Repetir hasta el delirio. Como mucho alguna anécdota, como aquella tarde en la que fui a chupársela a un tío y me crucé en el portal con Blas, que venía de hacer exactamente lo mismo con su compañero de piso. O la vez en que el novio del chico con el que estaba follando llegó a casa y nos pidió que siguiéramos, que él miraba, pero a mitad del polvo empezó a gritar que se acabó, que lo dejaban, y se pusieron a discutir y yo salí por patas.

Quizá sea una señal de normalidad que el encuentro con amantes potenciales haya evolucionado de un rompecabezas exigente a la mundanidad del todo disponible 24/7. ¿No debería alegrarnos que se estén vaciando los retretes de las estaciones de autobús y hasta los bares de ambiente? Puede ser, pero me da un poco de pena. Hay algo insustituible en el ejercicio de esos encuentros en los escondrijos que nuestra especie ha dejado esparcidos por el mundo entero. Lugares a los que nos hemos visto expulsados, sí, pero que expulsan a su vez ciertas reglas, ciertas normas, que se quedan fuera.

La disponibilidad de las redes sociales y la subasta fácil de hombres en Grindr no son comparables al misterio de una mano que te roza apenas y palpita en la oscuridad mientras decides si te paras junto a ella o no. A la electricidad que conecta los vellos de la piel cuando una sombra se hace carne delante de ti y te invita con una fuerza que viene de los ancestros a que te arrodilles y expurgues tus pecados. Me dan ganas de explorar ese Madrid subterráneo otra vez con Luisma en cuanto regrese, ponerme a prueba, deslizarme por los recovecos que otros abrieron con uñas y dientes y que, si no seguimos recorriendo, nos olvidaremos para siempre de donde están.

Se están hechando la siesta, ¡qué bien! Hoy tengo tiempo pa escribir, hasta me e sacao el cuaderno a la mesa de la cocina. Si alguna se levantara, creo que me da tiempo a escondérmelo debajo la falda. Ni que escribir fuera delito, pero es sobre todo porque no quiero que me pregunten. A saber lo que se figurarían ellas que estoy poniendo aquí, se creerían lo que no es. Si lo único que ago es ir soltando las cosas que me se ocurren, así seguidas que al final es como que no escribes tú, es como un dictado de la escuela.

Si es que siempre se están metiendo conmigo, las dos, pero no porque aga las cosas mal, bien sabe Dios que procuro que nadie me tenga que decir nada, es que paece que les molesta cómo soy. Muchacha, si e terminao la faena, qué mal ago recogiendo unas flores por el campo, que son silbestres, que son de todos. O si me tumbo a ver cómo vienen y se van las nubes. Pos dicen que no, que qué van a decir de nosotras. De nosotras porque lo que yo aga también lo acen ellas, por lo visto.

Se creen que soy lo que no soy, o no sé qué se piensan que soy. Y eso sin razón ninguna, porque anda que no hay en el pueblo gente que sí abría que llamarle la atención. Que el otro día entre el Regatero y dos o tres más, ¿pos no le partieron el brazo a uno que venía a pretender a la Maestrilla? Porque era de Almansa, no te lo pierdas. ¿Pero es que hay necesidad de eso?

Pos así funciona to. El que te puede dar un mochazo te lo da, no le faltan escusas. Yo no sé si en las capitales, en Albacete o en Valencia que son tan grandes, eso será así también. Allí a las muchachas digo yo que las podrán pretender no solo los que vivan en su calle. Aunque al final salimos todas más o menos a lo mismo, te tienes que conformar.

Y ala, en cuanto te desposan, ya eres de tu marido. No hay otra. Aunque luego se vaya por ay, aunque vuelva de cualquier *manera, tú lo que él te diga y lo que él te aga bien hecho está. No te se ocurra contestarle aunque no lleve la razón, tú con la pata atá a la cama y sin rechistar. Porque total nosotras qué vamos a saber. Como padre el otro día, cuánto se reía repitiendo lo que le abía dicho no sé quién en el casino: las mujeres discurren como una burra, y las listas como dos. Y venga a reírse, allí delante de las tres, que le parecía que aquello tenía tanta gracia que nos íbamos a reír nosotras también. Cómo me gustaría verlo si se tubiera que acer la comida o pegarse un botón. Que Dios me perdone porque es mi padre, pero estos hombres son ciegos, no se dan cuenta que no solo hay que manejar el campo y los animales. Si cuando él viniera de la viña se encontrara las cosas de la casa sin acer, a ver cómo discurría él.*

J no es así, menos mal. Tampoco es que le parezca bien que las mujeres estudiemos como los hombres, pero una vez me dijo que hay enfermeras que saben más que muchos médicos y lleva razón. Y que él tenía compañeros en la universidá que eran unos abantos.

Cuando me habla de cosas de la universidá me entran nerbios, es cuando más cuenta se dará de lo poco que sé. Don Virgilio nos desasnó lo justo, leer, escribir y las cuatro reglas. Claro que prefiero lo de antes a los pobres chiquillos de haora, que irán más tiempo a la escuela, pero les acen entrar cantando el cara al sol. Y a saber qué les enseñarán a las criaturas, que to está mal, que to es pecao, que los que mandan tien que mandar pa siempre y los que obedecemos también. No les enseñan más que a tener miedo.

Y los muchachicos cuando sean hombres nos lo van a acer pagar. Porque a las mujeres también nos meten el miedo en el cuerpo, pero nos obligan a estar quietecicas en nuestro sitio. Pero cuando un hombre tiene miedo no se queda quieto, un hombre con miedo es lo más peligroso que hay. Porque además el miedo se pega, se lo pegan unos a los otros y es cuando se enbalentonan y que no te pillen delante.

Por cada oferta de trabajo que chequeo, me pongo un capítulo de *The Office*. Al cuarto o quinto lo detengo y bajo a llenar mi botella de agua a la cocina. Allí encuentro a mi madre sentada en la pequeña mesa, dándole pellizcos a una torta cenceña que se convertirá pronto en unos gazpachos. Al verme abre mucho los ojos y me habla algo agitada. Por un momento pienso que ha pasado algo.

—Dicen que van a sacar un puesto en el ayuntamiento.

—¿Qué?

—Un centro joven.

Está tan contenta de ser mensajera de buenas noticias, y tan apurada por decírmelas bien, que me siento frente a ella y rompo un trozo grande de torta para ayudarla mientras nos aclaramos.

—La concejala lo ha dicho por lo visto ca la Paquita, que van a abrir un centro joven allí abajo donde estaba la guardería. Que viene por escrito en interné. —No sé qué decir, no sé qué quiere que diga. Voy separando trocitos de la torta con parsimonia—. ¿Tú eso lo puedes mirar?

Podría decirle que no y se lo creería. Podría inventarme que todo el internet del mundo se ha estropeado justo hoy y no me exigiría más explicaciones. Pero sus ojillos azules me apremian. Dejo la torta a un lado, saco el móvil y busco en Google. Compruebo que existe una página oficial, baratrillodelamancha.es, en la que hago clic. Se despliega entre mis dedos una foto a bajísima resolución con una vista lejana del pueblo, un residuo de civilización aplastado entre la tierra y el cielo.

—Sí, aquí viene.

La información especifica que el puesto es para el curso académico, de septiembre a junio, y que las pruebas consisten en un examen y la presentación de un proyecto. Todo esto lo leo conteniendo la sombra de una náusea. Mi primer trabajo real, remunerado, no puede ser aquí. Puede ser en cualquier sitio menos aquí. Mi vida laboral no es mi vida humana, puedo escoger dónde empezarla, y desde luego no va a ser en Baratrillo de la Mancha.

—Lo que pasa... —titubeo y no debo titubear— ... es que pone que es todo el curso, y yo en cuanto me salga algo de lo mío me voy a ir.

Mi mirada va del móvil a la torta, de la torta al móvil. No quiero detenerla en mi madre, en lo que muestren sus ojos. Pero es que me niego a trabajar en este pueblo. Me niego a asociarme a él más de lo que estas semanas de suspenso requieran. El centro joven está bien para alguien que no tenga miras, que no haya proyectado un futuro mejor que el que se ha encontrado en mitad de este terreno reseco. Yo no he estudiado una carrera y un máster con buenas notas para entretener a los chiquillos de aquí. Vamos, no tengo otra cosa que hacer. En todo caso mi papel debe ser extractivo: coger la vida del pueblo y componer con ella una novela, o basarme en cosas que han pasado aquí para una obra de teatro. Algo elevado que me eleve a mí de paso. No he nacido para trabajar esta tierra ni para vivir con estas gentes, como mucho para observarlo todo y entretener con ello al mundo.

—Bueno...

El fluorescente de la cocina, que permanece encendido todo el día, resalta con igual intensidad las arrugas de mi madre y sus ojos de niña; la decepción lo vuelve todo uno.

—Si es que además yo no tengo experiencia con niños. —Me defiendo con más fiereza de la que pretendía, no sé si aprovechando el momento.

—Pos como tantos que se van a presentar, hijo mío.

Su docilidad es más difícil de enfrentar que una discusión abierta.

—¿Y si me llaman de algún sitio de Madrid y los dejo tirados?

46

—Digo yo que podrán llamar a otro.

Me gustaría pensar más rápido. La perspectiva de preparar ese proyecto que piden y hacer al examen me resulta extenuante, me agota.

—Pero...

No me sale nada más. De la torta ya solo quedan los trocitos listos para preparar los gazpachos.

—Hijo mío, tú sabes mejor que yo lo que te conviene. —No, no lo sé—. Pero no creo que pierdas mucho por intentarlo.

Por algún sumidero del estómago se me escapan todas las fuerzas. No puedo sostener esta conversación más tiempo. Que me saliera trabajo en el pueblo sería atarme a él con un grillete del que aún conservo heridas frescas. Me viene un flash de un potencial *Valentín que se quedó* y echo a temblar, y quizá eso es lo que me da impulso.

—No me voy a presentar, mama.

La cocina se queda totalmente en silencio, una quietud en la que la luz del fluorescente parece titilar al contacto de nuestros cuerpos rígidos.

—Ves ca la Mariola a por medio conejo pa los gazpachos, que me se ha olvidao.

Se levanta de inmediato y se pone a trajinar, impidiendo mi derecho a réplica. Interpreto entonces que esto es un reto o un castigo, y que no tengo manera de escabullirme. Quizá ella no pueda replicar mi oposición a un trabajo que no quiero ejercer, pero ¿qué muchacho de veinticinco años en casa de sus padres puede negarse a ir a la carnicería? Pensar en salir al pueblo, aunque sea a un encargo, me hace estremecer.

Veo cómo mi madre pone en cuestión esta inacción en la que me he instalado dócil. Una parálisis que he retomado tras la travesía por tantos pisos de estudiantes en los que no he tenido otra que cuidar de mí mismo, cómo no. Si hasta he sorprendido a mis amigos más de una vez preparándoles mi famosísimo risotto —lo de famosísimo lo añadió Luisma, porque es lo único que me sale medio bien—. Pero aquí nada de eso computa o hasta ahora no ha computado. Como el reverso de esa escena de *Matrix* en que un personaje aprende a pilotar un helicóptero en un instante, llegar a casa de mis padres borra cualquier pericia de vida adulta, anula las capacidades de quien ha pasado casi una década puliéndose como persona funcional.

Es algo que acepto y que refuerzo, sobre todo si me sirve para no romper este maleficio que parece impedirme salir al exterior. Para mí ir al mercado no es solo ir al mercado; atravesar el pueblo solo se asemeja más a esos entrenamientos policiales que a veces salen por la tele, en los que un aspirante armado debe decidir en un microsegundo si las figuras que aparecen a su paso son peligrosas o no. No recuerdo bien si de pequeño podía caminar por la calle sin estar alerta, pero en cualquier caso hace mucho que eso no ocurre. Al cambiar Baratrillo por Madrid, quizá lo lógico sería que la seguridad con la que he recorrido las avenidas y callejones de la capital contagiara en algo mi estar en el pueblo. Bien al contrario, haber vivido fuera redobla mi ansiedad aquí, porque he perdido la costumbre de esquivar su vigilancia. Siento que estas calles están llenas de esos láseres rojos de *Misión: Imposible*; siento que solo con poner un pie fuera van a sonar todas las alarmas.

Entre las tres calles y las dos esquinas que separan mi casa del mercado aprendí a moverme al revés de lo que me dictaba la naturaleza y a agachar la cabeza. Sobre todo a agachar la cabeza. No fue necesario que nadie me advirtiera «no parezcas maricón», porque ya me lo repetí yo hasta que ni hizo falta tenerlo en mente para ejecutarlo sin más, del mismo modo que tampoco te repites «respira, oxigena los pulmones, haz la digestión». Los años que he estado fuera, en los que he desentumecido músculos y articulaciones, solo hacen más evidentes y penosos los esfuerzos por reapropiarme del caminar de mi adolescencia. Ni siquiera en una acera vacía debo relajarme;

los ojos de los demás pueden estar detrás de las ventanas o de las puertas. Y, si no están, los siento igual.

No quiero ir a la carnicería, pero no puedo negarme. Pasar por ese trago es más sencillo que explicárselo a mi madre. Le pido un rato, eso sí, con la excusa de acabar lo que estoy haciendo. Pero no retomo el episodio de *The Office*, solo me siento frente al portátil apagado y me preparo mentalmente para el trayecto. Me quito el pijama, mi uniforme oficial, y me pongo una camiseta y un pantalón corto que llegaron conmigo en la maleta y todavía no he usado aquí. En el baño me miro en el espejo y me parece que estoy haciendo cosplay del Valentín que cruzaba despreocupadamente Tirso de Molina, Jacinto Benavente, Sol, Preciados o Callao, del Valentín que no tenía miedo o no más miedo que cualquiera.

Aunque voy disfrazado del Valentín de verdad, no soy él. Viajar por el mundo, asombrar alguna vez a mis profesores, tatuarme, vivir noches irrepetibles en lugares interesantes, participar en las marchas del Orgullo, tomar la palabra en encendidos debates sobre el devenir del colectivo, nada de eso vale aquí. Ni siquiera sé exactamente a qué le tengo tanto pavor, qué es eso tan horrible que no puedo dejar ver a mis paisanos. Me recuerdo a mí mismo que cuando efectivamente me intentó pegar alguien por marica fue en Madrid, aquella noche que me estaba enrollando con un chico a la salida de los cines Princesa y un borracho nos increpó. Pero eso no lo ha vivido todavía el Valentín púber al que me retrotraigo aquí, el que miraba la tele y después miraba por la ventana y solo encontraba un lugar posible para él tras el cristal que mostraba mentiras y fábulas. Puede que me marchara con dieciocho años, pero el miedo, la culpa y la vergüenza de entonces son parásitos que se me meten bajo la piel en cuanto regreso y me infectan con sus huevos putrefactos.

Bajo las escaleras ya vestido. Mi madre me da dinero con un gesto distraído, ignorante de que este mandao, como lo llamaría ella, es un Rubicón que me niego a atravesar. Trago saliva antes de poner un pie en la calle y echo a andar con la rectitud de un caballo de carreras al que solo se le permite ver su próxima zancada. Voy calle arriba a la velocidad que dejaría claro a un posible interlocutor que tengo prisa. Aun así saco el móvil y me lo pego a la oreja, finjo hablar con alguien, pero no me sale la voz.

—Hh.

Giro la primera esquina con el corazón bombeando muy fuerte. Un hombre camina con una garrota por la acera que he de enfilar. Lo adelanto casi corriendo; la boca la tengo ya seca. Tras la segunda esquina aparecen un par de mujeres que charlan, una en el dintel de la puerta de su casa y la otra enfrente. Calculo mi trayectoria para que no se note demasiado que las estoy esquivando. Me siguen con la mirada mientras paso a su lado, sin abandonar su conversación.

Llego a la puerta del mercado e intento tragar saliva, pero lo que me queda en la boca es un resto de aridez que me raspa la garganta. Me meto el teléfono en el bolsillo sin despedirme de mi interlocutor imaginario, y permanezco más tiempo del normal delante de la puerta de lo que llamamos mercado y que no es más que un pasillo interior con varios comercios que atraviesa la calle y da al paseo central del pueblo. Cuando me empieza a dar más reparo estar aquí quieto que cualquier otra posibilidad, supero las tiras de plástico traslucido que he de apartar para entrar. La luz se tamiza y los olores de la carne fresca, del pescado y de las hortalizas recién arrancadas de la tierra lo inundan todo. Por suerte la carnicería está en primer término, así que nada más entrar cojo número en uno de esos papelitos rosas que cuelgan como lenguas muertas de un aparato redondo. Con la mirada en el suelo, donde se adivinan rastros de sangre seca, tomo posición apoyando mi peso en una pared de azulejos blancos.

Enrocado en mi lugar, compruebo mi número una y otra vez porque se me olvida al instante. Es el veintisiete, pero lo que no sé es por qué número van; para eso tengo que levantar la cabeza hacia el letrerito de números rojos. Estiro el cuello despacio, al tiempo que voy descubriendo que el mercado entero ignora mi presencia. El frutero bromea con una señora enjuta, que se ríe con ganas. Más allá, en la pescadería, se comenta algún chisme de la tele. En la carnicería hacen cola dos mujeres que creo que se han vuelto un momento a ver quién entraba y no han mostrado mayor interés. Ninguna de estas señales me sirve y empiezo a transpirar mientras espero, porque esperar aquí quietecito es en mi caso una actividad atlética. No tardo en sacar el móvil otra vez para distraerme o parecer distraído. Abro Twitter y hago clic en una noticia cualquiera, la primera que me encuentro. Leo en diagonal un artículo que asegura que los cedés se están pudriendo. Todos los cedés del planeta se están pudriendo porque ya ha pasado el tiempo suficiente y resulta que el material del que están hechos se pudre.

Cuando la carnicera canta mi número, oigo mi voz y es como la que recuerdo de otras veces, pero pasada por una sordina:

—Medio conejo.

La Mariola parece reconocerme.

—¿Qué estás, de vacaciones?

Qué le digo, joder, di algo ya.

—Sí... más o menos.

—¿Cómo te preparo el conejo?

—No sé. Es para gazpachos. —Sin pretenderlo, necesito dar más explicaciones a la primera pregunta, algo dentro de mí no se conforma—. Me he venido a descansar un poco porque he acabado el máster.

Bendigo que mi fracaso se haya concretado en los meses de verano, me da una excusa verosímil. La carnicera gesticula mucho mientras propina golpetazos con un gran cuchillo a la criatura, con esa expresividad exagerada de quien no está realmente escuchando.

—Estabas en Madrí, ¿no?

—Sí, en Madrid. —Me sale más fuerte de lo que pretendía.

—¿Qué más quieres?

¿Ya está? ¿No hay más pruebas?

—Nada más.

—Dile a tu madre que a ver si...

En cuanto pago y me entrega la bolsa me despido, o no, y salgo pitando.

Vuelvo a casa con la rapidez y la adrenalina de quien acaba de cometer un atraco exitoso. Cierro la puerta tras de mí de un golpe y me siento como un cedé abandonado en mitad del desierto, cuya superficie va perdiendo el código binario que alguien grabó un día en él para dar paso a la podredumbre, a la biología. Un pedazo de materia inútil pero vivo.

Mira que me estimo a mis hermanas, pero hay días que no las puedo ver delante. No me entienden, no me quieren entender. Ni que les hablara en francés, que no sé. Se an enfadao conmigo porque les e dao a unos chiquillos de las cuebas un huevo y dos patatas. Señor mío, ¿no les arán más falta a ellos que a nosotras? Si padre no come na, está hecho un silbo, y nosotras vamos tirando. Comemos gazpachos to los días y nos acemos un vestido nuevo pal día San Roque, qué más nos ace falta. Lo demás es abaricia y bien dicen que es pecao, como los que me tengo que inventar pa contentar a Don Manuel.

Se cree que no me acuerdo cuando era mocilla y pa confesarme el asqueroso se sentaba a mi lao y me hechaba los brazos por encima y me apretaba. Que así no tenía que hablar alto, decía. Si hay Dios sabrá qué acer con él. El fantoche ya es acercarme al confesionario y mirar pa otro lao. ¿Lo de siempre? Lo de siempre. Soberbia, ira. Dos padrenuestros. Ala, hasta el domingo que viene. ¿Qué te crees? Tengo yo menos gana de verte a ti que tú a mí. No hay cura bueno, así lo pienso y así lo

escribo. Y si algún día tengo que arrancar esta hoja y tragár-
mela, hasta dulce me va a estar.

Mira que un cuaderno tan apañao y un lapicero tan fino pa
que yo escriba estas tonterías. Me dan hasta ganas de llorar.
También es que hoy estoy manchando, siempre lloro cuando me
baja el cuerpo. Voy a parar ya que me tengo que cambiar el paño,
que es la manga de una camisa vieja y no vale na, pero me ace
papel y no lo quiero estropear de más y tenerlo que tirar.

Los píxeles que se aprietan en el hueco de la persiana tras el
desconocido al que veo masturbarse son cada vez más claros;
así me entero de que está amaneciendo. Las noches y los días
cada vez se dan un relevo más vago. Mi presencia furtiva en el
pueblo me ha dividido, pero el resultado no son dos mitades,
sino la nada en cada parte. Ya no estoy en Madrid, y mis amigos han parecido olvidarme tan rápido que no tengo ganas ni
de hablar con Luisma. Pero tampoco estoy del todo aquí, en
esta casa y en esta habitación que, por más que ahora la ocupe
con mis desilusiones y mis tatuajes, sigue siendo sobre todo
la de un niño.

La claridad digital de la ventana empieza a ser molesta.
Cambio a la webcam de un chico cubierto por un bosque
ensortijado de pelo negro que está metiéndose un plug por el
culo. En la noche que ahora concluye he estado releyendo
Otras voces, otros ámbitos, de Truman Capote. Al rematar la
lectura no tenía sueño y durante un rato se me ha pasado por
la cabeza la idea de ser fumador —quizá alguien fumara en la
novela— para llenar el vacío del insomnio con un cigarrillo
que, al menos desde fuera, bendijera esta vigilia con un gesto elegante. Nunca he adquirido el hábito del humo, he llegado tarde, mal y nunca a todos a los vicios. Tumbado en la cama,
he echado mano al portátil para hacerme una paja desanimada
mientras me venía a la mente otra tentación infecunda.

Fue en esta misma habitación, hace más de una década. Sobre el escritorio, en el que se observan menos desperfectos que ahora, hay un ordenador de mesa negro y plateado, un modelo robusto cuya torre encierra el sonoro bufido de un huracán en miniatura. Soy un Valentín de ¿catorce años?, depositario de una pubertad a media cocción, que le enseña a su amigo Paco un videojuego que le tiene obsesionado. En una especie de hormiguero bajo la tierra, dos ejércitos enfrentados de lombrices color rosa deben exterminarse mutuamente, usando herramientas y utensilios que encuentran en los recovecos de la cueva. Paco no comparte mi entusiasmo, aunque se deja hacer y sigue, solícito, las instrucciones que le voy dictando con emoción.

Es un día cualquiera, por la tarde. Probablemente hemos quedado en vernos durante el trayecto diario de autobús que nos lleva y trae del instituto, que está en Almansa. Paco quizá ya rumia la decisión que tomará poco después: dejar los estudios y meterse en la obra, como hicieron antes sus hermanos. No es mal estudiante, tampoco brillante. Pero algunos de los que trabajan ya tienen una buena moto y hasta un coche propio esperando en el garaje a que tengan edad para sacarse el carné; es demasiado tentador. En España no paran de construirse casas y la ola del ladrillo ha llegado hasta el seco puerto de estas tierras.

Puede que esas sean las cavilaciones que nublan la mirada de Paco, que sigue la diminuta masacre sin ningún interés. Esa mirada que siempre he tenido ganas de verbalizar para compartir mi asombro. ¿Cómo es posible tener los ojos del color exacto de la miel? Pero «tienes los ojos color miel» no es algo que uno pueda decir a otro muchacho. Desde mi torpe indecisión he visto ensombrecerse el ámbar de la mirada de este chico al que tengo la necesidad de agradar, así que me lo tomo como un reto. Cierro el videojuego y, sin pensarlo demasiado, le ofrezco que veamos un vídeo porno que me ha pasado un conocido más mayor, la persona que de vez en cuando viene a instalar nuevos programas y a hacerle algo de mantenimiento al ordenador.

A Paco se le ilumina el rostro. Aunque probablemente no sabe del sexo más que lo que ha oído a sus hermanos mayores o lo que ha visto de pasada en la tele, siempre se las da de machito y más de una vez ha tenido problemas con compañeras de clase por tocarles el culo sin permiso. En el patio se pasea como un pavo real, y quizá esa confianza ciega en su propia condición es la que le permite que nos vean juntos de vez en cuando.

Pongo el vídeo y tarda un poco en cargar. Aparece a baja resolución una estancia con paredes amarillas y unos pocos muebles colocados al tuntún. La señora de la casa es una chica en bikini que se pone muy contenta cuando comprueba que un grifo no funciona y tiene que llamar al fontanero. Algo se me activa en el cuerpo cuando la cara aún infantil de Paco adquiere tonalidades de sátiro mientras arranca la acción. Seguimos en la postura en la que estábamos jugando, uno al lado del otro, muy cerca. La puerta se abre para recibir a un chaval de aspecto eslavo, que llega con el torso descubierto manchado de grasa y una llave inglesa en la mano. En este momento soy consciente de que ni Paco ni yo nos movemos en absoluto y de que nuestros muslos están a un centímetro de distancia. El ordenador tiene el volumen a cero para no levantar sospechas y nosotros tampoco emitimos sonido alguno. Solo se oye el ventilador de la CPU, girando a toda velocidad. Cuando la chica hace desaparecer el inmenso pene circunciso de su partenaire con la boca, no me atrevo a despegar la mirada de la pantalla. Es la primera vez que veo porno con alguien, que comparto un cierto ambiente erótico.

Mi cuerpo reabsorbe el deseo que exuda, es un circuito cerrado. No me arriesgo a que me desborde la excitación porque se está confirmando lo que siempre supe. La presencia de Paco trastoca el norte magnético de mi atracción; son su cuerpo y su temperatura las que me provocan unos escalofríos que intento abortar como quien pospone un estornudo.

—Menudas tetas. —La voz de Paco suena más grave atravesada por la lascivia. Lo que se ha activado dentro de mi cuerpo empieza a vibrar de manera dolorosa—. Mira cómo me he puesto.

Sin remilgos, se lleva las manos a la cintura y retira hacia abajo, con una estocada rápida, el pantalón de chándal y el calzoncillo. La elasticidad de la goma rebota en la polla erguida, que amanece ante mis ojos y lo ocupa todo.

La excitación creciente de los minutos previos se solidifica y toma forma. Una forma que tengo delante y que palpita. Es entonces cuando esa vibración que me ha poseído me deja suspendido en el aire durante un segundo. Si quisiera, podría alargar la mano y anudarla a ese miembro que se yergue rosado y terso, atravesado por una ligera curvatura que podría ser confundida con una invitación. Pero tomar conciencia del temblor, el breve análisis de aquello que la presencia de Paco primero y su sexo desnudo después ha provocado dentro de mí, me precipita hacia la nada. Cuando por fin se presenta el momento decisivo, la alquimia de mi deseo queda manchada por el miedo, por la culpa y por una cierta sensación de peligro.

He perdido la oportunidad por contemplarla. No me atrevo, no se me ocurre a tiempo, no soy capaz de reaccionar o no doy con la orden adecuada para iniciar el movimiento. Cualquiera de estas posibilidades ha hecho que lleve unos segundos de más mirando el pene de mi amigo sin hacer nada. Tiempo suficiente para que hasta la película que se sigue reproduciendo en silencio resulte incómoda. Paco se guarda de nuevo ese capullo tan rosa, tan redondo, tan cercano, tan brillante, y yo me quedo en blanco hasta que se aburre y se va.

A puesto horno la Mansa, que me viene bien porque está más cerca. Pero cuando e ido a acer las tortas, me decía que le dejara dos por docena cuando a la Tomasica siempre le dejao una y se quedaba conforme. Y yo que soy tonta pos allí las e dejao las dos porque no me iba a poner a discutir delante la gente, pero luego cuando me venío y se lo e contao a la mediana me a dicho más que a un perro. Tengo unas ganas de irme de esta casa.

Un timbrazo. La Olvi ladra, ladra, ladra. Estoy en la cama, sudo. Debe de haberse acabado junio. La sábana se incrusta en mi piel, me deja unas marcas abstractas cuando me deshago de ella. Me levanto con sigilo mientras el timbre vuelve a sonar y la Olvi enfurece. Pese a estar en el piso de arriba, la ventana está entreabierta y no quiero que mi movimiento se pueda intuir desde fuera. Escudriño por el hueco que dejan el cristal y la persiana. Una camioneta ronronea frente a la puerta, a la persona no la veo, pero supongo que es uno de esos vendedores de productos de limpieza que van ofreciendo el género por las casas. Rollos de papel gigantescos, litros y litros de lejía. Todo a lo grande, como para un negocio, pero sale más económico y mi madre siempre les encarga algo.

Esperando a que el vendedor se vaya y a que la perra se calle, elevo al cuadrado el que parece mi estado natural en esta casa: que no me vean, que no me oigan, que no me huelan. Me acostumbré hace mucho a portarme como un samurái, aunque uno bien torpe porque su técnica más depurada es permanecer encerrado en este cuarto. Solo entre sus paredes y con la puerta cerrada accedo a un estado en el que me siento seguro, protegido de no sé qué peligros.

Algo late en las calles del pueblo, algo de lo que solo estoy a salvo aquí, así. En esta casa tomé la teta, eché los dientes, me caí por las escaleras con el tacataca, jugué con los Playmobil primero y con la PlayStation después, aquí me asaltó la adolescencia y me indicó que lo mejor era quedarse quietecito por lo que pudiera pasar. El caso es que nunca pasó nada, nunca pasa nada, pero eso no contradice el mandato sino que lo refuerza. Si te mantienes invisible, te convertirás en invisible. Ni siquiera con mis padres logro estar tranquilo del todo.

¿Las normas están inscritas en el territorio o en los ojos que te atraviesan en él? Si alguien me llama maricón en cualquier otro lugar soy capaz de contestarle. Si en el pueblo alguien piensa, aun no lo diga, ahí va el maricón... Eso no soy capaz de enfrentarlo. Fuera del pueblo puedo defenderme, aquí claudico en solitario, entrego mi bandera blanca a nadie en concreto. Y es una ordenación de lo de dentro y lo de fuera tan natural, tan a prueba de bombas, que ha resistido incluso los años que llevo en Madrid. Baratrillo ha mantenido en conserva al Valentín que engendró; al otro, al marica liberado, divertido y hasta popular según se mire lo mantiene a sus puertas. El muchacho que bajó del autobús hace unas semanas se vistió con la piel muerta que dejó el que se fue de aquí para empezar la universidad. Una blanda armadura de la que me desprenderé de nuevo en la salida de la carretera, donde me espera el Valentín de verdad, el bueno, ese al que le deben un futuro a su medida. El que espera y espera pero ya va mirando el reloj, como aguardando a una cita que le ha dejado plantado.

Poco puedo hacer aparte de esperar, ¿no? Aguantarme hasta que las fuerzas superiores decidan que ha llegado el momento de marcharse. Lo demás es un tiempo suspendido entre viñas que otros trabajan, superficies que otras limpian, vidas a las que todos menos yo se han resignado.

Mi inacción, con todo, está justificada. Este no es mi sitio, que a nadie se le ocurra ni siquiera pensarlo. Yo lo sé y todos lo saben. Por eso me dejan en paz mientras acecho mi momento. Por eso es mejor no salir, no dejarse ver, no moverse, no hacer. Protegerme dentro de mí mismo hasta que una oferta de trabajo que ya ni siquiera busco con demasiado ímpetu me catapulte bien lejos, donde me merezco. Es cuestión de tiempo. Claro que sí, es solo cuestión de tiempo.

Escucho cómo el vendedor sube a su vehículo y se marcha calle abajo, apaciguando con su huida a la Olvi, que ladra tres o cuatro veces más y después se calla. Qué descanso. Quizá le apetezca pasear, pero ya la sacará mi padre a mediodía. Estiro la mano y escojo otro de los libros que traje, y que reposan en el alféizar de la ventana que me hace las veces de mesilla de noche. Me sumerjo solo un palmo en la lectura de *El corazón es un cazador solitario*.

Durante algunas páginas acompaño los pasos de John Singer, el protagonista mudo de la novela de Carson McCullers, pero no puedo evitar seguir con parte de los sentidos puestos en la calle por donde ha desaparecido la furgoneta. Meneo la cabeza e intento continuar la corriente de la lectura, que se desarrolla en los años treinta en una pequeña ciudad industrial de Georgia, en Estados Unidos. Un lugar tan caluroso como lo es ahora este pueblo, que a decir verdad tiene otras conexiones con el territorio de la historia, que la mirada de McCullers hace tan excitante. Una mirada grande en un sitio pequeño. ¿Hubiera sido capaz de hacer lo propio con la insignificante localidad de Baratrillo de la Mancha, que de literario solo tiene el apellido? Teniendo en cuenta que los hechos que se describen en *El corazón…* no son particularmente extraordinarios, por qué no pensar que sí, que se puede.

La gran novela gótica manchega, así titulo el pensamiento que me ha terminado de distraer de la lectura. En el papel de John Singer, Pascual el Loco, aquel pobre hombre que iba de acá para allá siendo provocado por los niños y compadecido por los adultos. Me divierto pensando cómo narraría aquella vez que Pascual me sacó la navaja después de que unos compañeros de clase le tiraran piedras, y de que el Loco creyera que había sido yo porque el miedo me paralizó y no pude huir a tiempo. Compongo su esquelética figura, delgado como el más triste de los sarmientos del campo, echando una mano torpe al bolsillo, al otro bolsillo, al pantalón, dando finalmente con el arma tras unas intentonas más propias de Charlot que de McCullers. Esta comarca no es el sur estadounidense de la Gran Depresión, pero sin analizarlo en profundidad hay una comparación posible que ha hecho que, sin ser consciente del todo, me haya vuelto a levantar y levante la persiana para ver mejor lo que hay fuera.

Esta vez no me aseguro de no ser visto, sino que contemplo sin prisa qué ocurre en la calle, qué ocurre en el pueblo. Cómo cruzan el aire algunas golondrinas a toda prisa, cómo un gato se limpia las patas a lametones en una esquina, cómo se mueven las hojas de los árboles del parquecillo. ¿Son robles, pinos, magnolios? Toda la vida con este jardín enfrente y no conozco el nombre de sus árboles.

Ya que la vida me obliga a estar aquí, ¿no debería aprovechar para escribir algo, para crear, para fabricar unos adornos con la sustancia de este paro? No sé, dejar algún testimonio del tiempo al que las circunstancias me han arrojado le daría valor a esta espera. La idea me hace pensar en cuando iba a vendimiar de pequeño, porque algunas veces me escaqueaba de la labor, amarrado a mi bloc de dibujo, y me ponía a retratar a los jornaleros, tirado a la sombra del tractor. El arte como escapatoria, como justificación de la pereza. Pero bueno, puedo pensar en todo esto mañana. Me tumbo en la cama húmeda y me reúno de nuevo con John Singer. La Olvi, sin venir a cuento, vuelve a ladrar.

Vengo del palacio y J me a despachao enseguida. Dice que a él no le molestan los golismeos de las criadas, pero que su madre ya le soltó que no es normal que se entretenga tanto cuando voy a llevarles lo del huerto.

En el pueblo no es que se estrañen de mis visitas, bastantes años estubo padre de mozo en el palacio y al final que compren lo nuestro y no lo de otra casa pos es normal. Y siendo yo la mayor, pos normal también que me encargue de estos tratos. ¿Que tardo en salir con el escriño vacío? Pos me da igual lo que comenten, porque la que sabe lo que pasa soy yo y estoy de acuerdo.

Si no ago más que soñar con el primer día aquel, que era primavera y olía todo a mies. Cuántas veces estoy en la cama y no me puedo dormir y repaso ese día como si fuera una película de las estranjeras, que son más bonicas. Yo casi ni me acordaba de J, le vería alguna vez cuando éramos pequeños, en la iglesia o por el paseo, pero como se fue a estudiar tan jovencico, ni me acordaba. Y él de mí menos, ni sabría quién era. Cuando se volvió al pueblo hecho un hombre parecía otro. A lo primero no me hechaba muchas cuentas, o eso creo yo, cuando iba con lo del huerto. Pero luego a luego ya venía y me esplicaba que si la patata la trajeron de América, o que si el combrio es de una bariedá de no sé dónde, así en latín.

Aquel día de primavera dejó el cestillo a un lao y me empezó a contar cosas de él. Y luego me preguntaba por mí. Y yo colorá como un ababol y pensando señor mío quien nos vea qué va a pensar. Pero me gustaba que lo pudieran pensar. Él venga a hablar, no tenía prisa, y las criadas no sé dónde estaban, pero no se veían. Tan a gusto hablábamos que acabé diciéndole la envidia que me daba por aber podío estudiar y salir del pueblo. Que haora lo pienso y no sé de dónde me vino ese atrevimiento, pero así se lo dije porque así lo sentía. Y a J no le estrañó, no me dijo que era una tontería, al revés. Me preguntó que de poder qué estudiaría y le contesté que pa maestra. Qué tonta.

Cuando volví padre estaba en la casa y me preguntó que dónde estaba, que abía tardao mucho. Y cuando le dije que en el palacio llevando lo del huerto me miró así que me clababa los ojos, pero no dijo más.

Para cuando constato con horror que empiezo a saberme de memoria los dibujos del gotelé de la habitación, decido pintarla de otro color. Algunas noches, en las que la acequia de insatisfacción que navego desde que llegué apenas me permite boquear, arrastro el dorso de la mano por un punto de la pared en la que hay unos chorretones especialmente afilados hasta hacerme daño. Me tranquiliza sentir durante unos segundos el dolor físico en la piel, concreto, comprensible.

Cuando le comento la idea a mi madre, no puede disimular la sorpresa que le provoca alguna iniciativa por mi parte. Sentada en su rincón haciendo ganchillo, me escucha mientras estira el estambre y recoloca la labor. Qué papeleta la de esta mujer al verme aquí, después de una vida de trabajo para que yo fuera alguien, y que lo más meritorio que haya hecho desde que llegué haya sido bajar ahora de mi cuarto y decir que quiero pintarlo. Qué le pasará por la cabeza al comprobar que ha engendrado a un completo fracasado. Nada más mi padre llegue de trabajar, me dice, le pediremos la furgoneta para ir mañana a Albacete. Llamar para que pongan internet, ir a la carnicería, ahora cambiar el color de mi habitación. Incisiones mínimas en esta complicada simulación que me distraen de esa búsqueda mitológica de trabajo que se va reduciendo en tiempo y ganas. Cuando acabe este libro me pongo, cuando sean las cinco en punto me pongo, ya me pondré después de cenar porque hará menos calor. El «me pongo» es «me pondré» es «debería ponerme» es «debería pensar en ponerme».

La noche y la mañana se me confunden entre cabezadas porosas y los poemas de una antología de la generación del 27. En algún momento de la madrugada he resuelto que voy a pintar la habitación naranja. El resto de la casa tiene las paredes blancas, pero la mía será naranja desde esta misma semana.

Después de comer, madre e hijo subimos a la furgoneta, dejamos el pueblo atrás y enfilamos la carretera secundaria que lleva a la autovía. Nos flanquean viñas, olivares y campos de avena que viran del verde al amarillo. Me animo un poco, porque el desplazamiento tiene una meta, un objetivo, y mientras conduzco soy útil. El control sobre el volante caliente, sobre la tracción de un vehículo que pesará, no sé, un par de toneladas, me hace reconectar con algún tipo de poder. Si quisiera, podría estrellar la furgoneta contra el quitamiedos del arcén en alguna de las curvas. Si quisiera, pero no quiero, ¿no? En cualquier caso, en las más cerradas aprieto con fuerza el volante para ahuyentar esa posibilidad.

Mi madre parece contenta de abandonar la rutina un rato, pero, como siempre que nos desgajamos del limitado territorio de la casa, el cambio de escenario hace más obvio el silencio que reina la mayoría del tiempo entre nosotros. Es una mujer expresiva, incluso parlanchina cuando está de buen humor, pero la escasez de elementos del interior del coche la introduce en otro estado. No sé si será solo impresión mía, pero es como si en los pocos metros cúbicos dentro del metal de la furgoneta la posible charla se volviera más grave y nos diera miedo. Y, si ella no habla, yo menos. Me pongo en guardia, porque las curvas contienen un accidente posible y en este tiempo suspendido ciertas cosas amenazan con salir a la luz. Esas cosas que han producido este silencio holgado como su anticuerpo.

Mama, sigo siendo maricón, aunque apenas hayamos hablado de ello después de que te lo contara. Mama, me han roto el corazón más de una vez. Mama, otras veces es posible que lo haya roto yo. Mama, en el pueblo me ahogo. Mama, ¿cuándo le voy o le vamos a contar al papa lo que soy? ¿Y si no me rechaza por pura ignorancia y no porque me acepte? Mama, no saber hasta qué punto te aceptan tus padres es igual que llevar una piedrecita en el zapato. Me he acostumbrado a ella, pero la noto a cada paso.

Como el párvulo que se entretuviera fantaseando con los superpoderes que espera desarrollar cuando crezca, voy formulando en la cabeza arranques factibles de *esa conversación* nonata que no seré yo quien propicie jamás. Es un juego infantil, inocuo. En cada curva, una pregunta. Mama, ¿os queréis el papa y tú? Mama, ¿alguna vez os habéis querido?

Cuando llegamos a la autovía, su rectitud me alivia de cuestiones pero aviva la memoria. Mi casa, mi infancia, casi siempre en silencio. Mi padre en el campo, mi madre ocupada, yo dibujando a Mortadelo y Filemón o jugando a la Game Boy. Una familia silenciosa en un hogar silencioso, donde no se habla de lo que ocurre de piel para adentro. Una jerarquía en la que se cumple el deber de cuidar o el derecho de ser cuidado un poco a las bravas, porque revelar el afecto significa hacerlo entrar en un molde que lo violenta, como el propio silencio, que no se puede verbalizar sin romperlo. Mis padres y yo nos queremos, pero en silencio, como se quiere en La Mancha, donde expresar el cariño es la forma más inmediata de ponerlo en peligro.

Pero hasta dónde va a llegar este mutismo. Ya no soy pequeño. He estado de Erasmus, he viajado a otro continente, he sacado matrículas de honor, he organizado jornadas estudiantiles, me he manifestado, he pasado dos días sin dormir, he llorado con obras maestras del cine y la literatura, he alcanzado el éxtasis. He hablado por los codos con desconocidos, con desconocidos que han acabado siendo conocidos e incluso amigos. He hablado hasta quedarme afónico, pero ahora no soy capaz. ¿Por qué me abandonan las palabras cuando estoy en Baratrillo? ¿Dónde me las dejo?

Aunque una familia silenciosa no es lo peor que te puede tocar, mira a la Primanica. Esa casa infestada de gritos. Esa casa de la que siempre daban ganas de huir. ¿Es mejor criarse en una familia donde no se habla o en una donde se chilla todo el tiempo? Me recuerdo de niño observando desde mi metro de altura cómo mi prima, más enjuta todavía, se hacía cargo de cosas que yo creía reservadas a los mayores. Yo la acompaña-ba, pero sin entrometerme en sus dimes y diretes. Ve donde tu padre y dile que te dé el dinero. Dile a tu madre que si quiere el dinero venga ella, que ya sabe dónde estoy. Ana convirtien-do el conflicto en un juego para los dos, camuflando lo que ocurría. Qué satisfacción tan sencilla al pensar que cuando acabara el juego volvería a casa, donde eran mis padres los que se encargaban de las cosas de los mayores.

Mi madre da algún cabezazo, medio dormida.

—Mama.

Levanta la cabeza, parpadea somnolienta.

—Qué, hijo mío.

Dejo pasar unos segundos.

—¿Te ha preguntado… Ana por mí? —casi digo la Prima-nica.

—Sí, hijico. Me ha dicho que pases a verla cuando quieras, pero, como estás tan ocupao buscando trabajo, le he dicho que ya irás cuando puedas.

Llevo días y días sin mirar ninguna oferta; intento que ni uno solo de los músculos de mi rostro revele la vergüenza. Pero el vaciamiento de tareas no rebosa en ganas de ir a verla, al contrario. Ir a ver a la Primanica puede despojarme de todas las energías, y las necesito para abalanzarme sobre esa oferta que tanto me han asegurado que está al caer.

—¿Dónde vive?

—Allí están ca la hermanica de su marido.

Es su marido, claro. No fui a la boda, ya me ocupé de que me coincidiera convenientemente con un viaje, pero eso no convierte a Paco en menos marido de mi prima. Me recoloco en el asiento. Ana es un fantasma que más o menos esperaba tener que enfrentar, pero se me había olvidado que llevaba aparejado ese otro espectro de mi niñez. Es como si se me hubiera olvidado la infancia entera, como si la estuviera sacando de un cajón que cerré hace mucho. Me cuesta imaginarme de niño, yendo a la escuela, haciendo algo después. Aquel cuerpo blando que dibujo me parece que no es el mío, pocas sensaciones me quedan de él.

La pintura naranja que hay en el Leroy Merlin es tan fea que, para no tener que volver otro día, mi habitación será azul cielo. Un color mediocre para una existencia mediocre. Mejor así.

Qué sofoco me a hecho pasar el higuedo del cura. Pos no estaba yo tendiendo la ropa en el corral, que no se podrá decir que estaba molestando a nadie, y por lo visto pasaba con el guarda y me an escuchao, que ni me abía dao cuenta de que cantaba, ¡yo qué sé! Si estaba con las sábanas y me abía puesto a cantar, ¡qué mal acía a nadie! Pos el guarda a dao una voz y me a hecho salir, y era porque Don Manuel decía que esa canción que cantaba, cómo a dicho, que tiene lenguaje pecaminoso. Yo no sabía qué me quería decir, pero me miraba las alpargatas y no e dicho esta boca es mía, que no soy tonta. Él seguía diciendo las mujeres tenís que acompañar las labores con la oración, con el rosario y con coplillas edificantes. E cogío ripio de cada palabra porque me se iban guardando dentro y yo me iba encendiendo, pero no podía rechistar, claro.

Después me a pasao la mano por la cabeza, por el pelo, por el hombro, como si fuera una chiquilla idiota que no supiera lo que ace y él me estubiera perdonando. Y el guarda con esa cara de mono de feria. Si pudiera les sacaba los ojos, y entonces sí me iban a tener que perdonar, pero ellos a mí. Muchacha, qué verguenza. Le e contao la pasá luego a la Cequela, que andaba por la calle, y le digo pero yo qué cantaba. Y era esa de ojos verdes ojos como la albaca como el trigo verde. Pero qué pecao tiene, no me entra en la cabeza. Si quiere ese tío tonto canto ojos marrones como la mierda, a ver si así está contento.

Total que a padre no e tenío otra que contarle la pasá antes que le vaya alguien con el cuento en el casino. Y na más decir que Don Manuel me a llamao la atención se a quitao la correa y me a arreao. Después ya a preguntao por qué. Que me se pudra dentro de las tripas to lo que coma si vuelvo a mirar a ese cuerbo a la cara. A J esto no se lo voy a contar, estas cosas él no las comprende porque to lo que queda fuera del palacio pos no sabe el pobrecico cómo son las cosas.

Paece que solo escribo cuando cojo pesombre por algo, y no me da la gana. Un día me voy a sentar a escribir y voy a inventarme un cuento de amor así con mucho lío, tipo Don Juan Tenorio. Cómo me gustó cuando vinieron aquellos artistas la noche de to los santos. Menudo susto me llevé con la estatua que se ponía a hablar. Aquello fue antes de aquello que pasó, toma claro, tendría yo 12 o 13 años. Me pasé un mes entero soñando que me iba con los artistas, que por las noches hacía de señora o de monja o de mozo de cuadra, pal caso lo mismo daba. Después de aquello que pasó ya no an venío artistas al pueblo, solo los podemos ver en el cine los domingos, pero no es lo mismo. En el cine una no sueña con irse con ellos. Qué vas a hacer, ¿meterte por la paré?

El par de tardes de pintura me han ofrecido un cansancio satisfactorio del que he logrado rescatar dos noches de sueño más apacible. Hasta cuelgo una foto en Instagram de un rodillo húmedo con los hashtags #desempleo, #heterosexualidad y #unchapuzasencasa.

Me vuelvo a tumbar en la cama y abro Grindr. Veo que tengo unos mensajes sin leer del mismo tío de la otra vez. ¿Qué más quiere de mí? Se haría una paja con mis fotos, pues muy bien. Servicio público.

Ey
Que estás desaparecido

Jamás he ligado por Grindr estando en el pueblo, tampoco es que lo haya intentado demasiado. Unas fotos picantes por aquí, alguna conversación por allá. Recursos contra el aburrimiento los días de Navidad, cuando volvemos a casa como el turrón y nos encerramos en nuestros cuartos y en nuestros silencios y cualquier otro marica puede saber más de nosotros en dos minutos que la mayoría de los familiares con los que compartimos mesa en Nochebuena. Pero nadie queda en persona en estos lares, ¿no?

Si Grindr desde el pueblo es un mosaico de gente sin cabeza, de viejos, de gais en el armario y poco más. El puñado de perfiles que muestran su cara no pueden ser menos mi rollo, y los que no la enseñan me dan pereza. Ninguna polla merece el esfuerzo dialéctico de esos maricas esfinge que en vez de ligar te ponen a resolver acertijos. Miro de arriba abajo a los usuarios cercanos; nada que valga la pena. Después modifico los ajustes para que me salgan solo los de veintidós a treinta años. Hay tan pocos que aparecen chicos a ciento cincuenta kilómetros de distancia. Estos sí tienen fotos en su mayoría y sí me resultan interesantes para una charla o una cita. Pero están en Albacete capital, en Alicante, hasta en Valencia.

Para qué abrirles conversación, para qué aburrirles. En la universidad, una vez estuve de oyente en una clase en la que un profesor de física explicó que, aunque existieran miles de civilizaciones extraterrestres con la tecnología adecuada para captar nuestra señal y devolvernos otra en ese mismo código, el espacio es tan grande que haría falta que apuntaran sus antenas específicamente hacia nosotros, y aun así el tiempo que tardaría ese flujo en atravesar la negrura en un sentido y otro es tan inmenso que, para cuando obtuviéramos respuesta, ya nos habríamos extinguido.

Pues en esta tarde plomiza apostaría antes a que un alien acierte a mandar un mensaje a la Tierra que a que un chico que me guste me contacte por Grindr. Mi propio perfil es un objeto no identificado en mitad de tantos otros sin imágenes y sin información. ¿Qué pensarán los viejos al verla? No soy tan guapo como para que parezca un perfil falso; nadie escogería mis fotos para intentar engañar a otras personas. Y aun así hay algo que se antoja de mentira cuando lo miro desde la perspectiva de esta cama. Quizá es que mi cuerpo en ella no casa con la propuesta deseante y deseable de las fotos que tengo puestas. Quizá es que el sexo marica en mitad del campo manchego no me parece del todo plausible.

Mi madre me ha contado alguna vez que antiguamente, cuando no era normal estar a ciertas horas por la calle, había quien se echaba una sábana por encima para ir donde no debía, y así si alguien se lo cruzaba se espantaba creyendo que era un fantasma. ¿Cuántos maricones habrán corrido de una casa a otra escondidos bajo ropa vieja, si eso es realmente cierto? ¿Y cuántas mujeres, que solo podían escabullirse así de sus ataduras? ¿Se cruzarían con gente que les reconocía, que se olía lo que estaba pasando? Me levanto y vuelvo a observar por la ventana. Su cristal, que hasta ahora contenía la calle como lo haría un lienzo, se hace transparente y me permite vislumbrar que lo que veo no es solo superficie, sino también territorio.

Ese recorrido fantasmal me recuerda la primera vez que quedé en persona con un chico, al que conocí en el chat de Terra. Apenas hablamos. No porque hiciéramos directamente algo sexual; no hablamos porque él era tan tímido o más que yo, y simplemente no lo logramos. Fui a Albacete en el autobús un sábado, diciéndoles a mis padres que me reuniría allí con un par de compañeros de clase para pasar el día. Hice tiempo en la sección de música del Eroski, donde tenían el *Arquitectura efímera* de Fangoria en uno de esos expositores con auriculares donde podías escuchar los discos. Él se llamaba Álvaro y al principio me había dicho que tenía dieciocho años, pero tenía dieciséis, igual que yo. Como se hablaba mucho de señores que se hacían pasar por adolescentes, nos mandamos una fotocopia del DNI por correo antes de quedar para fiarnos el uno del otro. Teníamos intereses en común, sé que él me descubrió a Family, yo a él a Terenci Moix. Por el Messenger hablábamos durante horas, pero cuando nos encontramos, en aquella tarde no recuerdo de qué mes, nos quedamos tan bloqueados que no atinamos más que a decirnos hola y poco más. Estuvimos un rato mirándonos, colorados a más no poder, él con su aspecto de actor medio guapo que hiciera el papel del pardillo de *Al salir de clase*, y yo con mis pintas de entonces que prefiero no recordar.

Transcurrido el periodo de aclimatación, nos dimos cuenta de que, aunque no íbamos a hablar mucho, eso no nos impedía hacer otras cosas: paseamos, miramos escaparates, nos sentamos en un banco y yo le presté mi copia de *Chulas y famosas*, que nunca recuperé. Gracias, eso sí me lo dijo. Después me despedí porque me tenía que ir al bus de vuelta y le di un pico. No sé de dónde saqué la audacia, supongo que de la necesidad de hacer algo nuevo en aquella primera cita. Por la noche chateamos y nos dijimos que lo habíamos pasado bien. Álvaro acabó convirtiéndose en una persona importante, aunque no nos vimos más. En su fotolog y en su MSN Space descubrí música y vídeos alucinantes; tuvimos charlas memorables al abrigo de la madrugada. Quedábamos a menudo a las once en el Messenger, y en ocasiones nos poníamos la misma película descargada del eMule y la íbamos comentando. Nunca le dije que me había encantado conocerlo, que su influencia me esculpió en alguna medida y que me aliviaba mucho que mi primer encuentro con otro marica fuera con él y no con algún tarado. Con el impulso del recuerdo, busco álvaros de Albacete en Instagram por si diera con su perfil, pero no encuentro nada.

Qué milagro que internet llegara a este cuarto donde me encerré a tiempo para ofrecerme algunos encuentros y revelaciones que de otra manera me hubiera sido imposible encontrar. Qué salvavidas haber dado con adolescentes tan confundidos como yo y con gente valiente que me enseñó cómo se salía del armario y cómo se vivía fuera de él. Hablando con amigos años más tarde, me han contado historias terroríficas de esas citas a las que nos lanzábamos con la urgencia de tener enfrente a alguien que nos reconociera como lo que éramos. Creo que tuve suerte. Hasta cuando me topé con señores que habían intentado engañarme o con chicos con una aura amenazadora, nunca me sentí realmente en peligro. Quizá fuera la inconsciencia de un chaval con la necesidad de atragantarse con la vida, pero pienso que, incluso así, debajo de eso latía una cierta intuición, o al menos el instinto de supervivencia.

Creo que voy a contestarle al tío este.

Ey

Hola cuaderno. Perdóname que lleve tanto tiempo sin escribir nadica. Como la pequeña ya se va to los días con la Sacra a serbir, no hay quien pare en esta casa. La Sacra es que le dan ataques y se queda sin conocimiento, el otro día casi se quema la pierna con el brasero. Así que la pequeña ya tiene que ir to los días y está muy impertinente. De cuerpo está hecha una mujer, y bien que se enfada cuando le digo que tiene cosas de cría, pero es que es verdá. Aunque la pobre sin madre, pues ya me contarás. Que la mediana y yo tira que te va, ya no abía que criarnos, pero a ella sí.

Por lo menos no tubo que ver a madre los últimos tiempos. Me gustaría acordarme mejor de cuando estaba bien, pero si cierro los ojos me se representa quieta, en aquella cama de donde yo no sé siquiera si la lebantaban alguna vez. Si padre fuera de otra manera podríamos hablar de ella, podría preguntarle y no tendría yo este reconcome que pesa como una fanega.

Qué mal le entraría a la pobre, tampoco me atrebo a preguntarlo. No falta en el pueblo la que dice que fue cosa del demonio. Si madre no le izo mal a nadie. Me se va olvidando cuando estaba bien, cuando la mediana y yo aún éramos pequeñicas y nos íbamos con ella a darle de comer a los animales o a coger yerba. Haora que lo pienso, no me acuerdo mucho qué voz tenía, si era más fina o más fuerte. Sí me acuerdo de cómo decía algunas cosas, de cómo nos mandaba callar o nos decía dejar de revolicar.

Don Pedro nos dijo una vez que el mal que le entró no tenía que ver con el parto de la pequeña, pero le vino tan seguido que parecía lo normal. No le vamos a hechar las culpas a ella, pero algo tendría que ver, digo yo. Y el caso es que parió sin mucha historia, al ser la tercera ya estaba la mujer hecha a parir, pero no abía pasao un mes cuando le empezó a costar lebantarse, barrer el piso, lavar no digamos. Luego ya no pudo lebantarse ni para acer de bientre, que la pobre se lo acía en la cama y menuda pesombre que cogía. Y luego pos ya ni hablar. Todavía nos miraba y lloraba, que le caían las lágrimas y más nos caían a nosotras de verla así. Luego a luego ya se quedó con los ojos apuntando al techo y no se volvió a mover. Me cuesta escribir to esto, no me salen las palabras.

Si padre nos ubiera explicao el arreglo de llevársela, por lo menos nos ubiéramos convencío antes que se la llevaran. No lo podíamos entender, cuando la metieron allí ca sus padres. Pongo sus padres, que no puedo poner abuelos porque no an mirao por nosotras jamás en la vida, que bien decía su madre: los hijos de mis hijos nietos son, los hijos de mis hijas lo serán o no. Y a nosotras nos tocó que no éramos, eso está claro. La bruja bastante castigo tubo con enterrar una hija. Pero es que nosotras enterramos a nuestra madre antes de tiempo, eso ella no lo vio porque no le dio la gana.

Además que eso no fue lo peor, porque fue el remate y quieras que no descansó ella y descansamos los demás. Lo peor es que nos abíamos quedao sin madre estando viva, eso cómo se come. El tiempo que estubo enferma ca sus padres no estubo ni viva ni muerta, pero pal caso como muerta. La mediana y yo éramos crías, la pequeña un renacuajo, y cuando nos llevaban no queríamos pasar a verla porque nos daba miedo. Tan blanca, tan quietecica. Nos decían que le diéramos un beso, pero aquello era como besar una estatua de las que ponen en las tumbas nobles del cementerio.

Cuando ya no se podía mover y se la llevaron vino a la casa la Cipresa de ama de cría, y no sé si de algo más. No era mala del todo la mujer, pero no nos quería. Padre desde luego se apañaba con ella. Qué padecer con la pequeña, Dios mío. No tenía consuelo. La Cipresa le ponía la teta y no la quería, y mira que venía de criar media docena de chiquillos. Me acuerdo de la gorrina que hechó quince gorrinicos, y como tenía trece tetas les pusieron los otros dos a la cabra, y los crio. Que se le enganchaban y se estaba quieta. Pero claro, las personas no son como los animales, la pequeña sabía que esa teta no era de la mujer que la abía tenío en sus entrañas.

—¿Qué es eso de Eurovegas, que están armando tanto?

Quien pregunta es mi padre. Ha traído tomates, pimientos, combrios y un par de calabacines del huerto. Lo deja todo en la mesa de la cocina, donde estoy merendando y leyendo Twitter. Me pregunta a veces por algo que ha escuchado en la radio del tractor o en las noticias de la tele y que no acaba de entender.

—Es una instalación que quieren hacer en Madrid para poner muchos casinos, como Las Vegas en Estados Unidos —le digo, y me doy cuenta del proceso pedagógico con el que escojo las palabras cuando hablamos.

—¿Y qué beneficio tiene eso?

—Se supone que es para traer mucho turismo y mucho dinero, pero a la hora de la verdad se lo llevarán los mismos.

—Eso seguro.

Se muestra conforme con la explicación y se marcha al baño para lavarse un poco y después sentarse en el sofá a ver su wéstern. Delante de mí queda el botín vegetal que ha sacado de la tierra. No podrá analizar los tejemanejes de la actualidad política, pero sus manos saben hacer que emerjan plantas, hortalizas y frutos. Y yo qué estoy haciendo con las mías. Nada.

Mi padre se hace viejo. En unos meses le toca jubilarse, en la medida en que se jubilan los hombres de campo: sobre el papel. Está contento porque tras una vida de trabajo le queda una pensión de ochocientos euros, que *conforme están las cosas...* Nunca fue a la escuela. Se crio en un cortijo donde toda la familia trabajaba en el campo y con los animales. Es el segundo por la cola de siete hijos, aunque dos de sus hermanas murieron jóvenes y creo que eso nunca lo superaron en su casa. Los pocos detalles que tengo de todo esto los sé por mi madre. Él nunca me lo ha contado, creo que nunca nos hemos contado nada.

No le he dicho a mi padre que soy gay. Mi madre ha insistido en que la cosa quede así las pocas veces que hemos hablado de ello, y a mí me parece bien o ha acabado por parecerme bien. Al fin y al cabo, tampoco es que haya tenido novio formal ni nada, ¿qué más le da? Mi vida real no impacta en la suya, ni siquiera ahora que vivimos en la misma casa otra vez. No sé si lo intuye, no sé si lo que siempre ha sido obvio para el mundo también ha traspasado su mirada, entrenada para leer las viñas de sol a sol, pero que no se posa casi nunca sobre mí.

La decepción más profunda que he visto en sus ojos fue cuando llegué con el pelo decolorado y tintado de rosa. «¿Qué disfraz me llevas, hijo mío?», se lamentó con no menos intensidad que Julio César recibiendo la puñalada de Bruto. Lo que me impactó no fue la palabra «disfraz», sino el «hijo mío». Creo que nunca me había llamado así. Es curioso que con los tatuajes nunca se mostrara demasiado molesto. Mi madre sí me decía al principio que eso era de «gente estrafalaria», pero a él nunca ha parecido que le importen. Como mucho me los recorría con los dedos, en un gesto de complicidad simiesca. Quizá es que los tatuajes pueden pasar por un añadido masculino, aunque lo que no sabe es que en la nalga derecha llevo al demonio marica de *Las supernenas*.

No sé, es como cuando una persona tiene algo entre los dientes y dudas si comentárselo o no, y mientras dudas pasa tanto tiempo que se vuelve más incómodo reconocer todo el rato que no se lo has dicho que seguir viendo el trocito de espinacas o de lo que sea. Ya no sé si sufriría o si a estas alturas me daría la risa al interpretar para él la única salida del armario que me han enseñado y que conserva la forma de la confesión. Siéntate, tengo algo que contarte. Todo muy serio, muy solemne y preferiblemente bañado en lágrimas.

Cuando se lo dije a mi madre no fue exactamente así, aunque hubo llanto. Tenía diecisiete años y solo se lo había contado a mi prima. Bueno, a mi prima y a docenas de desconocidos por internet. Ya había quedado con Álvaro, ya me había pajeado con bastantes chicos a través de la webcam. Como maricón era un potrillo dando sus primeros pasos y me conformaba con hacerlo a escondidas, porque sabía que pronto me iría a la universidad y entonces echaría a correr. Pero acercarme a lo que era sin poder serlo del todo redobló la asfixia, hizo evidente ese exilio interior que fue agarrándome por el cuello mientras lo ignoraba. Pensaba que iba a ser capaz de contener la naturaleza que me crecía dentro y que empezaba a no caber en el cuerpo que presentaba a los demás. Me quedé en tierra de nadie, medio persona medio animal; un monstruo. Fue entonces cuando un día estaba discutiendo con mi madre y se lo solté sin más.

Tenía examen de historia y mi incapacidad para centrarme en algo que no fuera mi propio dolor me había impedido estudiar demasiado. Mi excelente media de bachiller peligraba, así que mientras me preparaba el desayuno le deslicé la idea de que llamara al instituto para decir que estaba enfermo y así librarme del mal trago. Ella se puso hecha una furia, ciertamente era una idea impropia de mí, pero la misma existencia estaba siendo una prueba que se me resistía, y cualquier cosa me parecía lícita para ganar algo de tiempo. Mi madre gritaba y gritaba. Que cómo se me ocurría, que si no había estudiado era culpa mía. Yo también alcé la voz, tenía que reaccionar de alguna manera, aunque dentro de mí las emociones las sentía muy lejanas, muy débiles, una señal inconexa que apenas captaban mis receptores. Me levanté, dispuesto a irme sin tocar el desayuno, y le espeté que ella nunca me entendía y que:

—Si me entendieras, ya te hubiera dicho que soy gay.

Nos saltamos una respiración al mismo tiempo. Tras el instante de shock me eché a llorar como no recuerdo haber llorado antes ni después, y ella me consolaba. Trataba de tranquilizarme poniéndome las manos en la cabeza, en la nuca, en la espalda, mientras yo lloraba y lloraba con la cara oculta entre las mías y escuchaba cómo me decía que no pasaba nada, no pasa nada, no pasa nada. Entonces me marché porque iba a perder el autobús al instituto. Todavía me repitió una vez más que no pasaba nada, pero que no se lo contara a nadie, que eso solo lo tenía que saber ella y ya lo sabía.

No hice el examen porque, ahora de verdad, no podía. A mis compañeras de clase y al profesor les conté lo que había pasado para llevar la contraria a mi madre y porque ya me daba todo igual. Mientras los demás hacían el examen me quedé en la biblioteca, mirando fijamente a la pared y sopesando seriamente qué iba a hacer si me echaban de casa. Esa idea no fue entonces una amenaza pueril lanzada en una discusión o una fantasía sin recorrido. Se convirtió en una posibilidad real que precisaba de una cierta burocracia. A quién avisar, dónde acudir, qué ropa llevarme, qué libros podía abandonar sin pena.

Al volver del instituto, mi madre vino a recogerme; fue la primera y la última vez que lo hizo. De camino a casa me explicó que la había llamado el profesor porque estaba preocupado y me lo dijo con algo de vergüenza y con algo de rabia. Yo estaba como un globo deshinchado después de tanta tensión y no tenía fuerzas para contestarle nada. Entendí que no me iba a echar, tampoco hizo falta porque a partir de ese día me encerré en mi habitación todo el tiempo que pude para minimizar los riesgos; creo que aún lo hago. Cuando llegamos, me puso un plato de macarrones recién gratinados delante, mi comida favorita entonces. Y mientras masticaba, me anunció que íbamos a ir al médico porque:

—Eso es un trastorno hormonal que se puede corregir.

Durante muchos años cada una de esas palabras me ha perseguido. Bueno, quizá solo una. La más dolorosa: «corregir». Del latín corrigĕre. Uno. Enmendar lo errado. Dos. Advertir, amonestar o reprender a alguien. Tres. Dicho de un profesor: Señalar los errores en los exámenes o trabajos de sus alumnos, generalmente para dar una calificación. Cuatro. Disminuir, templar o moderar la actividad de algo. Mi madre no dijo «cambiar», ni siquiera optó por «curar», que siendo terrible no tiene esa pátina punitiva. Dijo «corregir», que es arreglar por una voluntad externa lo que uno hace mal a propósito o porque no le sale de otra manera.

Nunca fuimos al médico porque, aún deshecho por la situación, saqué el carácter que precisamente he heredado de ella y le solté que no estaba enfermo y que si ella creía que estaba enfermo era cosa suya. No lo creía, afirmó, y no seguimos con la conversación. Aún no hemos seguido con esa conversación.

Nos dimos margen y solo de vez en cuando se mentaba de alguna manera *lo mío* o *lo tuyo*. Algunas de mis compañeras de clase eran también de Baratrillo, por lo que muy pronto el pueblo entero lo supo y no sé si le dirían algo a mi padre. Me acostumbré a ese estado; me acostumbré a bajar la cabeza en mi casa como lo hacía fuera de ella. Poco tiempo después me marché a Madrid, así que solo tenía que agacharla cuando venía de visita y era más fácil.

De una manera subterránea y silenciosa mi madre fue recorriendo su camino. Desde hace unos años sí hablamos más abiertamente. A veces le he contado alguna historia inocua que me ha pasado «en Chueca» o le he dicho algo sobre «el novio de mi amigo». Una exposición controlada a mi vida de verdad que ha ido asimilando. No es que le vaya a contar todo; no se les cuenta todo a los padres, ¿no?, pero estaría bien poder hacerlo. O sea, que si no les cuentas algo sea porque no quieres, no porque no puedes.

Pero, con este hombre menudo que acaba de regalarme el trabajo de sus manos en el huerto, la historia es distinta. Hay algo que nos separa como un cristal a prueba de balas y, ahora que lo pienso, quizá es eso, que es un hombre. Un hombre con todas las consecuencias, la mayoría de las cuales yo he traicionado y por lo tanto me he librado de ellas. Él está dentro de ese universo, yo como mucho en lo más inferior de sus márgenes. Todavía recuerdo con disgusto algún comentario suelto sobre el *asco* de ver a dos hombres besándose cuando en las noticias ponían imágenes del Orgullo; aún me acuerdo de los chistes sobre putas y frígidas cuando volvíamos en la furgoneta de vendimiar con algunos jornaleros, todos varones, y se desplegaba el compadreo de los machitos y los machotes marcando terreno. Aquella tiene buenas carnes para agarrarlas mientras le das lo suyo; la otra es fea, pero siempre se le puede poner un saco en la cabeza. Él reía las gracias como el que más.

Pero el casi anciano que me ha preguntado ahora por el proyecto faraónico de la Comunidad de Madrid es cada vez menos hombre, porque es cada vez más viejo. Los machos humanos también pierden puestos en la jerarquía de su grupo cuando son sustituidos por miembros más jóvenes del clan. A esta persona algo encorvada quizá le pueda contar algún día mi realidad sin esa ceremonia heredada del siglo XX, que algún día habrá que sustituir o superar.

Aunque siempre se asume un riesgo. Los heterosexuales nunca sabrán lo que es jugártela de esta manera, el miedo real de quedar expulsado de tu familia no por algo que has hecho, sino por algo que eres y que no puedes cambiar. Quizá tenga razón mi madre, tal vez no perturbar el equilibrio, por precario que sea, es lo más importante dentro de una estructura familiar. Qué derecho tengo a forzar la vida de mi padre con una revelación que acaso solo me dejara más tranquilo a mí. Desde el salón llega el grito de los sioux. La conquista del Oeste sigue su curso.

Estaba zurciendo unos calcetines en la puerta cuando pasó la Manises, que no se quita la cofia ni pa ir por el pueblo, que va que le falta calle. Me a mirao que la faltao escupirme, será del trabajo que le doy, que me abre la puerta cuando voy con lo del huerto y ni me mira. A las criadas de las casas nobles se les ponen unas maneras que son peor que las señoras a las que les limpian la mierda.

Yo muchas veces ya ni le doy las buenas tardes, a ver si se cree que tengo ganas de verla. Pos rica mía, echamos los dientes a la vez, a ver si es que te se a olvidao. A ver si te crees que por estar en el palacio no me acuerdo de las gachas que os comíais en tu casa. Que tu madre y la mía se criaron en la misma aldea.

Qué risa me va dar el día que salgas del palacio, a ver qué cara te se queda. Que vas a venir diciendo que te ayudemos a matar un gorrino y entonces te voy a mirar yo como tú me miras haora a mí.

Qué tal?

Me desperezo, enhebrado apenas en un calzoncillo viejo que me queda grande. La persiana bajada no impermeabiliza el calor de fuera, evidentísimo sea la hora que sea ahora mismo.

Estás?

Al vibrar, el móvil sepultado bajo la almohada empapada extiende su onda por el interior mullido. Durante medio segundo todo vibra. Me hago con el aparato y deslizo las notificaciones de Grindr.

Hola
Estaba dormido

A estas horas?

A través del astigmatismo compruebo que son las 12:41. Me pongo las gafas. Mi madre me habrá dejado un paquete de galletas en la mesa de la cocina y un tazón con leche dentro del microondas y se habrá ido a hacer recados. Un nuevo día para ser un estorbo.

Anoche me quedé leyendo hasta tarde

No es verdad, estuve viendo *Las chicas de oro* pirateada.

Qué leías?

Los libros que traje de Madrid están encima del alféizar y en el escritorio. Empiezo a necesitar nuevos. Me pregunto cuál me hará parecer más interesante y, a la vez, por qué quiero parecer interesante frente a este tío. Hemos intercambiado algunos mensajes más, pero de ese tipo de charlas deslavazadas y a destiempo que normalmente se terminan solas.

Diario del ladrón
De Jean Genet

Ah, no conozco

Tiro al aire, a la nada. Agua.

Y qué planes tienes para hoy?

¿Tendría que inventarme un plan, continuar con las apariencias? Demasiado esfuerzo.

Ninguno
Quizá vaya a la piscina

En qué universo voy a ir a la piscina, ese lugar cuyo recuerdo más inmediato es del verano que trajeron por primera vez los frigopiés, que valían ochenta pesetas y con la moneda de veinte duros aún me quedaban un par para chuches.

Pues justo te iba a proponer eso
Tengo una piscina pequeña en la finca
Hoy voy a ir
Si te apetece te invito

Por supuesto que no voy a ir a la piscina de un desconocido. ¿No?

Además es mi cumpleaños
No me puedes decir que no
Jejeje

¿Qué clase de persona pretende pasar su cumpleaños con un chico al que no conoce de nada? Se enciende un rescoldo de curiosidad. Estar en casa de tus padres sin oficio ni beneficio es penoso, pero no tener a nadie con quien pasar tu cumpleaños es más triste todavía. Decido hurgar.

Anda, felicidades
Cuántos cumples?

Ya estoy despierto del todo.

39

Sí, claro.

Gracias

Pero van amigos tuyos o cómo?

Voy solo
Con ellos lo celebro el sábado en Albacete
Vivo allí
Pero hoy estoy en el pueblo y me voy a
acercar a la finca por la tarde

En Grindr nada te indica cuándo dejar de jugar con un avatar y empezar a tratar con una persona real, pero siento ese desplazamiento. Responder a este hombre ha sido hasta ahora un pasatiempo, además de un medio para sacar brillo a mi exultante juventud —quizá lo único mío a lo que se puede adjuntar la palabra exultante—, pero de repente estoy charlando con un chico que parece amable y que, por obra, palabra u omisión, me ha hecho despegar la mente de mi derrota durante unos minutos. La idea de ir a una piscina privada esta tarde, lejos de los ojos de mis paisanos, se va convirtiendo en factible y hasta en apetecible. El calor de La Mancha se entromete cada día con más fuerza en mi agujero, ¿por qué no espantarlo un rato?

Me levanto de un salto, alzo ruidosamente la persiana. El bloque de sol que penetra en la habitación podría ser el mismo que recibe alguien que ha madrugado, alguien cuyo día tiene un propósito. No es temprano y carezco de obligaciones, pero eso la luz que ahora llega a mi epidermis no lo sabe, y siento que yo también podría ser alguien así, que quizá solo sea cuestión de tiempo. Cojo el móvil de nuevo, tecleo mientras elijo una muda.

Dónde tienes la finca?

Aquí muy cerca de Almansa,
en coche no son ni cinco minutos

Y a qué hora quieres ir?

Después de comer
Pero a eso de las cinco, que antes hay que hacer la digestión
Jeje
Te vienes entonces?

Pues claro. Si yo también soy este. El que queda con desconocidos, el que los estudia y luego se lo narra a las amigas,

¿no? Aunque solo sea para contárselo a Luisma, este plan es irresistible. Quizá de esa manera hablen de mí cuando queden este finde y se acuerden de que no estoy allí.

> Tengo que ver si mi padre
> me deja el coche

Había puesto «la furgoneta», pero lo he cambiado a tiempo.

> Puedo pasar yo a recogerte

Mi impulso no es tan desbocado como para que un desconocido se presente en la puerta de mi casa.

> No, no te preocupes
> Seguro que me lo deja

> Te paso la ubicación si me das tu WhatsApp

Sí, supongo que ha llegado el momento de dar el teléfono. El papeleo de las citas sigue su curso. Abro la ventana antes de bajar a la ducha, no conviene preguntarse más por qué hoy me apetece salir de esta madriguera. Le envío el número y un segundo después recibo un emoji.

> ☺
> Aquí Julio

¿Me había dicho ya que se llamaba Julio? Lo guardo como Julio Almansa.

> Hola hola
> Te confirmo en breves

Busco en la agenda del móvil el número de mi padre y pulso llamar. Lo tengo guardado por el mote que ha ido heredando su familia desde hace generaciones, Borrachín. Por lo visto su bisabuelo, mi tatarabuelo, repartía en sus tiempos el vino por el pueblo y, para asegurarse de no dejar una botella en mal estado, metía el dedo y se lo chupaba para probarlo. Mi padre responde, gritando por encima del sonido del tractor, y le pregunto si puedo coger la furgoneta por la tarde o si le hace falta. Me dice que vale, que por la tarde solo tiene que ir al huerto y va con la bicicleta. Mi madre va a la compra, mi padre va al campo; yo voy a ir a la piscina de un maricón al que quizá se la tenga que chupar como agradecimiento. Divertido por mi travesura, antes de entrar en la ducha abro Spotify en el móvil y me pongo en bucle *Walking On Air* de Katy Perry.

Qué brutico que son mis hermanas. La pequeña está de un rebelde, muchacha. Y la mediana nunca sabes si está bien o si está mal. Me las estimo muchismo a las dos, eso no lo pueden poner en duda, pero cada día chocamos más. Creo que les gustaría que yo fuera de otra manera. La mediana siempre está diciéndome que soy una ardilera. Que yo me podré entretener algún ratico, no lo niego, haora mismo escribiendo aquí escondía sin ir más lejos. Pero nadie puede decir que tengo la casa sin gobernar, o que padre no va limpio y los domingos lleva la camisa almidoná. ¿Qué más quieren?

Yo es que lo del balle de lágrimas no me lo trago. Con las que llevamos hechás ya, bastante si podemos reírnos un rato o cantar mientras acemos la labor. Pos dicen que voy llamando la atención, que voy dando que hablar. Eso serán las chismosas que no saben lo que tienen en su casa y tienen que hablar de las demás. Yo sé lo que hay en la mía. En mi casa y dentro de mi pecho, que esa es la única puerta por la que nadie puede entrar si tú no le dejas.

Y padre no dice na, pero eso casi que es peor. Estos hombres los sacas de trabajar y paece que la vida no va con ellos. Ellos al campo y al casino, y cuando no se puede ir al casino porque no hay dos reales pal chato vino, la pagan contigo. Hijo mío, no será por los que bebo yo. Tendremos nosotras la culpa de que no se pueda, que te encuentras todo hecho cuando llegas y zurcimos encima de lo zurcío pa no gastar.

Me dan ganas de irme de Baratrillo y olvidarme de dónde está. Claro que por ay tampoco estará la cosa fácil. Mira la Mariana, que se escapó con el soldao italiano después de aquello que pasó, y a los tres o cuatro años ya estaba aquí otra vez y cargá con dos criaturas. Y los del pueblo no te pienses que nos tiramos a ayudarla, que si le acías un favor te ensuciabas tú también. Que iba allá ca Perdigón a comprar leche en polvo pa las criaturas y le decían tira, uña, y la hechaban. Que yo lo veía algunas beces y me tenía que aguantar las ganas de llorar. Pos eso, que bastante ración de lágrimas nos dan a cada una cuando venimos a este mundo, como pa buscarnos más.

Mi madre me corta un trozo de sandía después de comer. Prepararme la fruta es otro de esos acuerdos silenciosos que me devuelven a un estado preadulto y me narcotizan. Desde la tele llega la sintonía de *Saber y ganar* y, entre los crujidos de la carne de la fruta, le digo que esta tarde voy a la piscina, pero a Almansa, porque he quedado con una amiga del instituto.

—¿Qué vas, con la Marillanos? —pregunta y me ofrece otro rojo pedazo de verano, del que una mosca se obstina en participar.

Respondo que sí, aunque ni me acordaba de aquella compañera ni sé lo que ha sido de ella.

—Mañana tenemos que pasar a ver a la tía Saturnina —me dice mientras recoge algunas pepitas que han caído fuera del plato—, que ha estao ingresá y ya la han traído.

—¿Qué le ha pasado?

—Pos que es vieja, hijo mío, qué le va a pasar.

Le digo que vale y me levanto. Vuelvo a mi proyección mental de escenas para el encuentro inminente con Julio; necesito ensayar todas las conversaciones posibles si quiero acudir con alguna tranquilidad. No saber qué decir, qué contestar o cómo desatascar un silencio incómodo no es una opción. Mi cabeza no va a descansar acumulando temas pertinentes, respuestas ingeniosas a cuestiones comunes, preguntas educadas que pueda plantear si la conversación decae. ¿Cuánto tiempo llevas viviendo en Albacete? ¿Estudiaste en la universidad? ¿Por dónde sueles ir de fiesta? Y quizá, ¿cuándo saliste del armario? ¿Tu familia lo sabe? ¿Habláis de ello con naturalidad? No, hombre, eso no.

Mientras me lavo los dientes pienso que *esas conversaciones* tampoco las he tenido demasiado con mi grupo de amigos maricas de Madrid. Más allá de Luisma, a quien le he contado mi vida entera y se diría que hasta que no se la conté la conocía solo a medias —no es lo mismo haber vivido algo que haberlo vivido y haberlo contado, fabricándole un orden, un sentido—, no recuerdo o nunca me he llegado a interesar por la aceptación de la homosexualidad en las familias de mi cuadrilla. No sé si es que no le hemos dado importancia o simplemente se ha quedado fuera de la cotidianidad de unos jóvenes universitarios con más prisa por vivir cosas nuevas que por hacer balance del pasado. Al dar los unos con los otros, al decidir internamente que esas son las personas con las que íbamos a pasar los días y las noches resplandecientes de nuestra juventud, no fue imporante saber el bagaje de los demás, que quedó superado en la misma ebullición del instante, en la urgencia del ahora.

Reconocernos ha sido más importante que conocernos. Las noches en el Ochoymedio, en el Nike, en el Elástico, en el Gris, en el Nasti. Una corbatita vintage, una camiseta con un icono pop de otra época. Los comentarios en Fotolog, las canciones en Myspace, los amigos en Facebook y los seguidores en Instagram. Todo eso nos ha dado más identidad que nuestra vida anterior. El ingenio, los chistes, las referencias. ¿Estuviste en algún En plan travesti? Cuenta eso. ¿Te invitaron a la carroza de ManHunt en el Orgullo? Eso sí nos interesa. ¿Un amigo tuyo ha estado de after en un ático donde había un óscar? Entretén con esa anécdota a los demás en la cola de la discoteca, no aburras a nadie con la narración miserable de tu infancia. Nadie quiere que Oliver Twist le arruine la noche.

Todos hemos sufrido y no necesitamos participar del dolor de los demás; eso lo aprendí rápido. Para la mayoría de mi círculo en Madrid soy un personaje sin apenas biografía. No es solo que no les haya contado las jornadas de vendimia o las frías mañanas de enero recogiendo oliva. Mis padres, mi casa, mi prima o mi pueblo, de aparecer en las conversaciones, han sido meros complementos circunstanciales, escenarios de un chiste o extras de una anécdota divertida. En todo caso he compartido alguna historia de la Olvi, que con su mala leche siempre le hace gracia a todo el mundo.

Al montar en la furgoneta siento unos nervios que me cosquillean la parte superior del estómago y que me azuzan a no pensar demasiado, a no desarrollar pensamientos que me puedan echar para atrás. Me propongo volver de esta cita con un relato con el que divertir a las amigas a mi regreso, tomando un gin-tonic en una terraza de Vázquez de Mella. Si contemplo lo que me está pasando desde una distancia irónica, este suspenso en el que estoy sumido queda por debajo de mí. Soy mejor que él.

Con las coordenadas que me ha pasado Julio como destino en Google Maps, el trayecto que hago es la versión menos excitante de un videojuego de carreras. He preparado una mochila con crema solar, la toalla, chanclas y un par de libros (prosa y poesía, para abarcar más; *El guardián entre el centeno* y *Las personas del verbo*) que no creo que tenga ocasión de leer, no sería lo normal estando solo dos personas, pero quedará bien que los saque y los deje al lado de la toalla, me darán un aire interesante.

La carretera vacía bajo el sol sin enemigos de la media tarde, las cepas de las viñas a cada lado del alquitrán, la furgoneta blanca traqueteando solícita, las gafas de sol graduadas a punto de pasarse de moda y el bañador con palmeritas que me roza un poco en la parte interior de los muslos son los elementos de una estampa que parece lógica para el verano de cualquiera, así que me entrego a ella sin más cavilaciones.

Llego al desvío de Almansa en la autovía y, sin entrar en la ciudad, me echo por el camino rural que me marca la aplicación. La carretera se vuelve de tierra y se empina un poco. Pronto atravieso una zona de parcelas desiguales, algunas sin más adorno que las vallas que las delimitan, otras con parras o arbustos cuidados que las resguardan de las miradas exteriores. También las hay más solemnes, con entradas señoriales y muros altos que se han ennegrecido con el paso del tiempo. Frente a una finca protegida por una estructura de alambre sobre la que se despliega una lona de arpillera verde oscuro con agujeros aquí y allá, la voz robótica me informa de que:

—Su destino está a la derecha.

Cojo la mochila, abro la puerta, salgo del coche. Certifico lo que esperaba: en este momento quiero correr, huir, salir de aquí. El experimento me asusta un poco visto de cerca. Me siento ridículo empeñándome en disfrutar de una tarde interesante en mitad de la nada. La nada no es La Mancha, la nada soy yo en este lugar.

En lo que me decido a marcharme o no se abre la puerta y ahí está Julio, que obviamente ha escuchado el motor. Hay un momento de la vida salvaje que solo una cámara ultraprecisa podría captar para un documental de sobremesa, y es el microsegundo en el que dos hombres gais se analizan el uno al otro cuando se ven por vez primera. No importa que sea en un ambiente laboral, de ocio o por casualidad. Todos hemos sido o creído ser el único marica de nuestra clase, de nuestro pueblo, de nuestro barrio, de nuestra oficina. Quizá no los que ahora tienen dieciocho años, pero sí los de mi edad y todos los anteriores. Y esa exclusividad nos convierte en especímenes que se miden y se retan entre ellos cuando han de compartir territorio; penosos gallos de tristes gallineros.

Nos medimos, para empezar, en la escala del deseo. El atractivo es el mayor mérito en la jerarquía gay, nada te coloca tan alto como ser una persona que guste de entrada y al por mayor. No vale tener un algo o ser un gusto adquirido; estar canónicamente bueno abre más puertas que cualquier hechizo de Alí Babá. Y, si no eres guapo, siempre puedes ser divertido. Si no tienes los músculos marcados, la cintura estrecha o la cara simétrica, puedes abandonarte al sarcasmo y estar de vuelta de todo. Es un fenómeno habitual en mi añada marica: para cuando salimos al mundo ya habíamos visto demasiadas veces *Sexo en Nueva York*.

Julio me sonríe con amabilidad, esperando a que yo diga algo. En este instante ya he decidido que no vamos a follar. No es feo, y la camiseta de tirantes y el bañador dejan traslucir un cuerpo decente, más moreno de lo que esperaba quizá, pero no vamos a follar. Eso se sabe nada más ver a un chico y no hay vuelta atrás.

—Hola.

He de responderle. La incomodidad de estos segundos de silencio me hace tirar de mi batería de recursos cómicos.

—Jaaapi baaarri tuuu yúúú, maaaricóóón eeeres túúú —le canto con soltura, haciendo referencia a la enésima fruslería de YouTube que archivo en el cerebro.

Él se ríe y cuando se ríe está guapo. Qué misterio el de la carcajada que mejora algunos rostros en vez de deformarlos, cuando más que mueca es una espuma que agita las facciones y las corona.

—¿Qué? —responde divertido.

—¿No has visto ese vídeo de Carmen de Mairena? Intenta cantar *happy birthday*, así en inglés, y le sale eso.

—Ah, pues no. —Joder—. ¿Qué tal?

—Bien, con calor. —Me acerco a la valla mientras contesto, le doy dos besos y su piel es sueva, fresca. Los hombros están cubiertos por esas pequeñas pecas que tienen las personas rubias o pelirrojas y que se notaban en algunas de las fotos que me mandó. Quizá les subió el contraste para que se percibieran—. Aquí el Ferrari es que no tiene aire acondicionado.

Cuando estoy nervioso me trago un payaso, y el de hoy está fuera con el control. Pero me quedo más tranquilo haciendo alguna referencia cómica a la furgoneta, sucia del campo. Julio ríe otra vez, aunque ahora le sale una réplica pobre de la carcajada anterior, ofrecida para que la conversación avance.

—Qué gracioso eres —me dice y yo me repliego un poco, porque hacer juicios de valor al minuto de conocer a alguien, aunque sean favorables, traviste la charla de artificio. Pero él parece satisfecho y me invita a entrar. En su mirada reconozco cierto interés, aguado en una naturalidad que percibo ensayada. Lo que hay detrás de la valla es un terreno agostado con una casita a un lado y un huerto abandonado enfrente. Algunos árboles acotan la parcela y un coche elegante descansa bajo un porche metálico que lo protege del sol, inclemente a esta hora.

—¿Quieres tomar algo? —me pregunta mientras le sigo. Rodeamos la casa y detrás hay una pequeña alberca bien cuidada, la reproducción a escala de una piscina estándar, cuya agua deforma pequeñas teselas de un azul que invita al baño.

—Sí, cerveza, cocacola… Lo que esté más frío —respondo.

Entre la casita y la piscina hay dos tumbonas algo gastadas, separadas por una mesita de plástico y resguardadas del sol por un toldo de esos que se abren y cierran dándole vueltas al mecanismo con una barra fina de metal. Julio me hace un gesto con la mano para que me acomode allí y sonríe antes de marcharse a por las bebidas. Dejo la mochila al lado de una de las tumbonas y me entra la duda de si debería quitarme ya la camiseta, si se confundiría eso con una provocación. Resuelvo dejármela puesta, pero me quito las sandalias y me echo para aparentar una cordialidad que, poco a poco, empiezo a sentir. La realidad nunca está a la altura de mis elucubraciones, siempre lo paso peor imaginando las situaciones que me asustan que metido en ellas. Me acuerdo de algo que le he oído alguna vez a mi madre: todo es peor pensarlo que pasarlo.

Desde la tumbona, la superficie del agua se convierte en un metal incandescente que se mueve al ritmo de los pajarillos que pían entre los árboles. Vista desde Google Earth la piscina se asemejará a una pieza azul de lego abandonada, una minúscula promesa en mitad del polvo y de las malas hierbas. Quizá eso es lo que he venido a buscar, una fracción de continuidad de mi vida anterior en la que absorber algo del oxígeno que voy perdiendo en el pueblo. Pero no puedo evitar que mi estampa, tirado frente a una piscina mientras debería estar buscando trabajo, me rete con su frivolidad. La economía se hunde y mi vida está parada mientras un desconocido me ofrece una cerveza helada en bañador.

—Anda, Estrella Galicia, mi favorita. —Le doy un trago largo, soplo de invierno en los pulmones.

—Es la que compro siempre. —En la bandeja que ha traído hay también un platillo con olivas. No me gustan mucho, pero como unas pocas por educación—. ¿No quieres un vaso?

—Nah, la bebo a morro. Así no hay que fregar. —Venga, hijo—. Entonces vives en Albacete, ¿no?

—Sí, llevo unos años. Antes estuve en Valencia bastante tiempo, y antes de eso en Madrid.

—Anda, yo vivo en Madrid. —Me sale en presente de indicativo.

—¿Sí? Qué guay. ¿Por dónde?

—Puerta del Ángel. —Es lo primero que se me ocurre.

—Entonces estás de vacaciones.

Qué digo.

—Bueno, he acabado los estudios y he aprovechado para pasar algo de tiempo con mis padres. —No será por lo mucho que bajo a estar con ellos.

—¿Qué has estudiado?

—Publicidad y Relaciones Públicas, y un máster en marketing digital.

—Ah, muy bien. Un chico preparado. —Nuevo artificio, es como si Julio siguiera hablando por Grindr, aunque me tenga delante.

—¿Tú a qué te dedicas?

—Soy ingeniero informático. Un trabajo aburrido.

—Bueno, seguro que no está tan mal. —Ahora yo también sueno como en Grindr.

—Es un trabajo de oficina, sin más. Aunque digamos que trabajo para el ejército. —Aquí me mira para estudiar mi reacción, creo que es donde suele despertar la curiosidad de sus interlocutores.

—Anda.

Vuelvo la vista a la piscina y bebo cerveza. De cerca Julio no me atrae más. Su presencia, eso sí, resulta tranquilizadora por inofensiva, como la de un herbívoro que bebe agua en una laguna profunda y sucia en la sabana. Con este despliegue, más que conquistar pareciera que busca impresionar, ser considerado vencedor de no sé qué concurso. Eso o que le apetece realmente tener esta charla conmigo en este escenario que ha preparado con esmero.

—Bueno, ¿nos bañamos? —propongo.

Nos incorporamos. Nos quitamos la camiseta a la vez, y los dos sabemos que hay que volver a evaluar nuestros cuerpos brevemente antes de continuar con la tarde. Se conserva bien, confirmo, a la vez que celebro por dentro la superioridad de mis veinticinco años del montón sobre su mediana edad medio camuflada. Ser el guapo de los dos, el que en todo caso le está haciendo un favor al otro, me da confianza. El agua está tibia; aun así zambullirse en ella resulta terapéutico. Sumerjo la cabeza, aprieto fuerte los ojos porque nunca aprendí a abrirlos debajo del agua. Me sostengo sin esfuerzo, sumido en la corriente inexistente. Me dejo llevar.

Se embotan los sentidos, el mundo deja de existir. Mi organismo purga la tensión acumulada en una especie de implosión que me deja unos segundos flotando boca abajo como un cadáver con la espalda ardiendo al sol. De mi garganta brota un gesto sordo que libera algo que traía dentro y que descubro que puedo abandonar aquí; es el reverso de un grito. En este tramo de tarde, de día, de verano deprimente, soy materia a la deriva en el mismo líquido del que escaparon unas criaturas ancestrales para colonizar la tierra con un esfuerzo evolutivo que, teniéndome como resultado, me parece del todo infructuoso. Una pérdida de tiempo de millones de años.

Al incorporarme, saco el torso y sacudo con fuerza la cabeza para despejarme el rostro; me siento renacido. Julio me mira con indisimulado deseo.

Qué bochorno, qué bochorno, qué bochorno. No quiero ver a J nunca más. El que desprecia la mula comprarla quiere, también te digo. Encima al llegar a la casa la pequeña estaba con una rabia que no podía con ella y me a dicho puta. Le e soltao un bofetón que se va acordar de este día. Me e metío a llorar a la cuadra, no quiero salir.

Aire caliente. Si levanto un poco la vieja persiana de madera, que al moverse cruje con el recuerdo astillado del árbol que fue en el momento de su derrumbe, solo entra aire caliente. Es una noche sofocante tras un día sofocante. Sé que no me voy a dormir, y mira que al final Julio y yo nos hemos hecho una chupipaja. Debería estar más relajado, ¿no? Cuando nos hemos corrido le he dicho que era su regalo de cumpleaños, pero más bien es que el agua de la piscina y el ardor del sol impedían que la cita acabara de otra manera.

El pueblo tiene la banda sonora propia del verano cuando se apaga el día. Ruido blanco del campo: grillos, ladridos lejanos, una lechuza que silba una nota grave y más grillos. La lámpara con la que leo, un flexo recuperado del trastero (de la cámara, diría mi madre), da tanto calor que tengo que elegir entre leer y respirar. Lo apago y asomo la cabeza por la ventana para inspirar algo de oxígeno. Sé que no es muy tarde, pero ya llevaremos unas horas del nuevo día a cuestas. Una risita femenina se descubre próxima, transportada en la oscuridad por una vibración limpia que rebota en las paredes, espantando a las lagartijas.

En el jardincillo de enfrente, si acostumbro la vista, se distinguen en el banco un par de figuras negras recortadas mínimamente por el farol de la esquina. Seguro que son adolescentes intimando o intercambiando confidencias al albor de la noche. La dueña de la risa vuelve a hacerse oír, ahora se queja con un «¡ay!» divertido que solo puede brotar de una boca muy abierta que espera algo por primera vez. Una interjección que me rebobina.

Los árboles se agitan con una corriente que los mengua un palmo, porque ahora son los de diez años atrás, y me ven recorrer la calle en una noche simétrica a la que habito en fecha, en penumbra, en calor. La Primanica me ha dado un toque al teléfono de casa, porque aún no tengo móvil como ella. Su padre le ha regalado un Alcatel al que se le puede enganchar una cámara y hace fotos a color, pero la cámara le ha dicho que ya era demasiado. A veces vamos al cajero de la Caja Castilla-La Mancha para que le ponga cinco euros de saldo, y me deja meter yo el billete para ver de cerca cómo la máquina se lo traga sola.

Tiene un año menos que yo, así que desde hace un tiempo nos toca juntarnos en la misma pandilla. Es una ley no escrita pero fija: a partir de cierta edad, los muchachos de una quinta se juntan con las muchachas de la quinta inmediatamente más joven. El verano pasado se hizo el trasvase sin ninguna resistencia. Las chicas que iban a mi curso empezaron a salir con los de un curso por delante, aunque curso es mucho decir porque apenas quedan dos o tres en el instituto. Al mismo tiempo, las de un año menos empezaron a salir con nosotros. El resultado no me gusta nada. Si a las muchachas con las que crecimos se las trataba como a iguales, más o menos, en cuanto llegaron las pequeñas el objetivo fue desde el primer día emparejarse, ordenarse enseguida por duplas, acelerando un proceso de adultez que nos queda grande. Los chicos siguen diciendo las mismas burradas y actuando con la misma falta de escrúpulos, pero en cuanto llegan nuestras nuevas compañeras se transforman en una versión más presentable de ellos mismos, y eso me llena de un rencor que no acabo de entender.

Me siento expulsado de este juego nuevo, de esta danza para la que soy demasiado feo, demasiado gordo, demasiado afeminado. Nadie me lo dice, pero yo lo sé. Cualquier chica abominaría de pegar sus labios a los míos o de cogerme una mano sudorosa. No es que yo tenga ningún deseo de hacerlo, pero aun así es doloroso. Años más tarde me preciaré mucho de ser un *maricón premium* y haré muchos chistes con la pureza homosexual que estoy conquistando, pero en esta noche de principios del nuevo siglo, a la que he regresado mientras miro por la ventana y me muerdo las uñas, no deseo otra cosa con mayor intensidad que ver alguna camaradería en los ojos de mis colegas, certificar de alguna manera que yo también estoy aquí, que pueden verme.

Hasta le he robado un paquete de tabaco a mi madre, de LM light, para llevarlo como prenda esta velada en la que el verano hace tabula rasa y cualquier cosa parece posible. De las ventanas abiertas de algunas casas emerge la música del *Grand Prix*. Cruzo la carretera que divide Baratrillo y de la que parte el paseo de adoquines viejos que las raíces de los árboles han levantado. A la entrada del raquítico bulevar hay un monumento a las pinturas rupestres que se descubrieron cerca del pueblo, entre las que destaca la silueta de la Chamana, una de las pocas representaciones de una mujer ejerciendo de líder de una tribu. Su figura ampliada cientos de veces es la estatua principal, aunque los viejos siguen llamando al conjunto la Cruz de los Caídos. Ahí es donde me aguarda Ana, en la efervescencia de sus catorce años que parecen algunos más.

Este mes se ha cortado el pelo a lo *garçon* y ha amenazado con teñírselo de moreno para llevarlo como Chenoa. Teniendo en cuenta que sigue siendo más bien rubia —aunque el pelo se le ha ido oscureciendo con la edad— y de tez clara, impoluta, en realidad a quien se parece es a Françoise Hardy, pero esto solo lo sabré muchos años después. Por supuesto, me espera tecleando en el móvil como una loca. Empiezo a aborrecer el sonidito que hacen las teclas. Sé que no está mandando ningún SMS, sé que solo está haciendo como que escribe para parecer más mayor, más ocupada, no sé, menos la Primanica. Creo que este verano ha decidido enterrar la niñez definitivamente, pero no me lo dice. Aunque al compartir cuadrilla pasamos bastante tiempo juntos, ya no nos contamos demasiadas cosas.

Me mira un momento y echamos a andar sin decir nada. Como ella parece mayor, a su lado mi aspecto infantil se duplica, y eso que soy mucho más alto. Sé que sus padres andan a la gresca otra vez, he oído cómo alguien se lo comentaba a mi madre desde la calle, porque las vecinas cuando hace calor y las ventanas están abiertas ni necesitan entrar a la casa para dar el parte y se ponen a cascar con la mosquitera separándolas como en un confesionario. Supongo que Ana está triste o enfadada, o triste y enfadada, y me gustaría que me lo explicara porque yo no me atrevo a preguntarle. Desde que los romances adolescentes, los chupitos y los cigarros se han convertido en las monedas de cambio del grupo, no me entero de nada. Solo me sale sentirme mal y desear que las cosas sean como antes o, mejor, como nunca antes.

—Vamos pal Quilombo —ordena cuando termina su tecleo infinito.

—¿Pero no hemos quedao en el trillo? —Siempre quedamos en el trillo. Es uno de los extremos del paseo, donde colocaron una antigua máquina de trillar.

—Tengo que ver si está mi padre.

Ana habla mirando al frente, creo que ni parpadea. Solo ahora descubro que está mascando un chicle porque empieza a hacer mucho ruido y hasta intenta ejecutar una pompa. Pero no explota como en los dibujos animados, sino que se le abre un agujero pequeño y se desinfla. En otro momento nos hubiéramos reído mucho con eso.

Bajamos la calle hasta el pub y entra. Yo me quedo en la puerta, esperando, ni quiero pasar ni ella me lo permitiría aunque quisiera. Enfrente se encuentra el local de la banda municipal donde iba de pequeño a solfeo y a bombardino, así que me acerco y oteo por la puerta, que es toda de cristal, si sigue igual que siempre. Me encantaba el bombardino, porque sacaba unas notas claras, grandes y algo cómicas. No había que andar con filigranas, así que mis dedos rechonchos se adaptaban bien a su robusto cuerpo metálico. Cuando me tocó empezar con un instrumento pedí el saxofón porque quería ser como

Lisa Simpson, pero estaban todos cogidos. Me tocó el bombardino porque había uno libre y porque seguramente era el único chiquillo de mi edad que podía con él. Me gustó desde el primer día, aunque no fuera mi elección, pero al cabo de un par de años, cuando estaba a punto de empezar a ensayar con la banda, se estropeó y no hubo dinero para repararlo.

La Primanica sale enseguida y no dice nada. Ahora sí vamos para el trillo, donde al encontrarnos con otros miembros de la pandilla ella se vuelve simpática y desenvuelta, qué rabia. Esperamos a que vengan todos y nos vamos a las obras del futuro centro de día que se está construyendo en una de las entradas del pueblo, que están a distancia suficiente para armar algo de barullo sin problemas. Me doy cuenta de que Paco no está y eso me irrita y me alivia a la vez, como después de que te gasten una broma pesada. Alguien ha traído una botella de whisky barato y cocacolas, por lo que nos pide un euro cincuenta a cada uno. Otro alguien trae vasos, pero se ha olvidado del hielo, así que bebemos el mejunje a temperatura ambiente y está asqueroso, pero disimulamos. Saco la cajetilla de tabaco cual felino que ofrece un ratoncito muerto para impresionar a su camada; hay gritos de alegría y me dan alguna palmada en la espalda. Durante un minuto siento una euforia que evito traslucir, porque si se me nota parecerá que no me la merezco. Yo mismo me enciendo un cigarro con un mechero que me acercan y que es de publicidad del PP de Baratrillo, con el logo de la gaviota roja, las letras azules y el nombre del pueblo debajo en pequeñito. Un par de chicos se hacen los forzudos y acercan unos palés para sentarnos, aunque yo me quedo de pie dando caladas breves al tabaco, que expulso enseguida sin tragar el humo.

Las voces graves hablan de motos, del equipo de futbito y de lo buena que está una tal Almudena que es de Madrid y que viene algunos veranos porque su abuela vive aquí. Las agudas planifican un viaje a la playa, a San Juan de Alicante, y a veces coquetean con las otras y se vuelven todavía más agudas. Al rato llega otro grupo de chavales. Este punto de las obras acabará convertido en un enclave popular a lo largo del estío. Son mayores que nosotros, se trata de los muchachos de diecisiete años y las muchachas de dieciséis. Están por tanto en una escala superior, y los más atrevidos de los nuestros se acercan a saludar, solícitos, cómplices, mientras los demás nos quedamos cohibidos. Mi prima es de las que va. Se lleva bien con la del estanco, sus abuelos viven muy cerca y va a besarla y hablar con ella. Yo también la conozco mucho, pero no me acerco. El cigarro a medio consumir entre mis dedos me parece ridículo y lo tiro. El campo gravitacional en el que orbitan ahora los demás me deja al margen, convertido en espectador de una adolescencia de la que no tengo derecho a participar. Charlan, ríen, hacen chistes, alguien les ofrece nuestra bebida. Yo soy mejor que todo ellos, pero todavía no lo saben.

También soy maricón. Eso sí lo saben, aunque yo no lo diga, aunque nadie lo diga. No me insultan, no me escupen, no me pegan. Solo me ignoran y esperan a que me marchite. Pero en pocos años me iré a la universidad, porque ellos no valen para irse de aquí, pero yo sí, y entonces quedará claro quién vale de verdad, no como en este botellón cualquiera. Y después volveré con un buen trabajo o saldré por la tele o me darán algún premio y ellos serán los albañiles que construyan para mí una casa nueva, y me arreglarán los grifos cuando goteen, y ellas me cortarán el pelo y me prepararán el aperitivo en el bar. Y todo eso se lo ordenaré despacio, sin ínfulas, con la naturalidad de quien no quiere que se note que está por encima. Esa será mi venganza.

Me siento en un palé, el más apartado, para evidenciar mi aislamiento a quien quiera percibirlo. Me gustaría beberme de un trago la copa, emborracharme y montar un espectáculo. Al menos así tendría una anécdota que contar una década más tarde a mis amigos de verdad. Pero esta noche de primera juventud me quedo quieto y observo a los demás, me abstraigo hasta que todos se olvidan de que estoy ahí, para ver si soy capaz de olvidarme yo también. No puedo irme, eso sería más raro, creo. Algunas de las muchachas se acercan a veces, hasta forman un pequeño corrillo a mi alrededor al que pertenezco por fuerza. No es que me marginen todo el rato como a un apestado, pero yo sé que apesto. Qué diferencia hay.

Ya no quedan whisky ni cigarros, pero todavía nos quedamos un rato. Me entretengo mirando las estrellas, porque el cielo está despejado y parece que no caben más. No me sé las constelaciones, solo reconozco el cinturón de Orión porque salía en *Men in Black*. Del camino que muere en las obras donde estamos empieza a llegar un sonido inquietante, una mezcla de rugido y bakalao. Casi todos nos callamos porque crece muy rápido y, antes de que nos demos cuenta, nos ciegan unas luces muy potentes. Un coche se planta a pocos metros de donde estamos, con un frenazo que no enmudece del todo el imponente ruido del motor y el chunda chunda que escapa por las ventanillas bajadas. La nube de polvo que se levanta oculta a duras penas el cochazo tuneado del Lombriz, un chico que tendrá unos veinte años subdesarrollados y que intenta compensar su triste figura con mucho descaro y música máquina. Siempre fue un niño quebradizo, la debilidad y el tamaño de sus extremidades le otorgaron su mote. Teñido de rubio pollo y aún con sus gafas de culo de vaso, lleva años labrándose cierta fama como pinchadiscos en garitos de Valencia y Alicante, clubes de tercera que se creen herederos de la ruta. Es una mezcla curiosa de héroe local y mala influencia. Pero del coche no se baja el Lombriz, se baja Paco.

Su entrada triunfal nos maravilla. La luz blanquísima de los faros del vehículo, que al instante da la vuelta con estrépito y se echa de nuevo a la noche, ha recorrido su cuerpo, silueteándolo como cuando aparece el villano de una película en blanco y negro. Siempre ha sido moreno, pero este verano su piel tiene la textura del helado de chocolate que espera ser lamido. Un vello aún más negro le trepa por las piernas, bajo sus pantalones de corte pirata. También se descuelga sinvergüenza de las axilas a los lados de su camiseta sin mangas de El Niño, y hasta le ensombrece el mentón con una grisura que combina con su tono de piel. Los músculos de hombre han roto ya el envoltorio de niño. Una combinación de bendición genética y mucho fútbol le han convertido en el mejor exponente de nuestro género, en el líder natural de todos nosotros.

Paco llega con la confianza del señorito que entra en sus dominios. Nos saluda animoso, a ellas les da dos besos y a ellos les choca los cinco. Yo no me levanto de mi sitio, cómo hacerlo si me tiemblan las piernas, así que me ofrece una de sus palmas enormes y morenas abierta a la altura de mi cara, que coincide con la de sus muslos. Le entrego la mía, flácida y caliente, y es cuando estira de mí y me levanta de sopetón. Nos abrazamos porque me ha arrojado con fuerza contra él y me da golpes en la espalda y se ríe. Él continúa la ronda de saludos sin darle más importancia a un contacto que me deja fuera de juego, con el corazón a mil y el brazo dolorido.

Me froto el hombro. Paco se ha hecho enseguida con el control de la situación, nos dice que vayamos para la Cueva, otro de los locales del pueblo. Pero no es cualquier cosa, ir a la Cueva es uno de los ritos de iniciación que nos permitirán dejar de ser niñatos. Sabemos que allí nadie te pide el carné para servirte alcohol, Paco además se está encargando de repetirlo ante la excitación general. Le miro y descubro que la Primanica está a su lado. No a su lado como por casualidad, sino a la distancia justa para que signifique otra cosa. Él titán de piedra oscura; ella exuberante estatua de marfil. Me caigo del guindo. Estar así de juntos es la única combinación posible entre ellos, siempre lo ha sido, y es en ese momento cuando algo dentro del cuerpo se me desprende, algo que quedará a la deriva y que a veces notaré tras una costilla y a veces en la nuca y a veces metido entre las vértebras.

El grupo empieza a caminar. Los de la otra pandilla también vienen, somos una comparsa encabezada por Paco y Ana; una romería presidida por ellos. Me pregunto qué maleficio ha logrado que las dos personas con las que he tenido más trato, que la prima con la que he compartido el néctar de la infancia y el compañero que parecía tolerarme mejor, estén ahora en una pantalla tan lejana, en un nivel que solo puedo observar desde abajo, estirando mucho el cuello. Ellos en primera fila y yo en la última, solo, entre las sombras. Parece que abandonarme es como fumar, que darme de lado es como beber tu primer cubata: algo que hay que hacer para ser mayor.

Cruzo el pueblo unos pasos por detrás del resto. Entramos al patio por el que se accede a la Cueva, en el que siempre ponen una barra durante las fiestas de San Roque. Soy el último en bajar y, cuando llego, el vaho del local me empaña las gafas. Algunos ventiladores por las esquinas no son capaces de disipar el ambiente bochornoso que nos da la bienvenida. Esto parece una guardería, oigo decir a alguien con desprecio cuando paso a su lado. El pub tiene unos reservados heredados de otra época, huecos semicirculares con un asiento corrido que rodea una mesa. Me alegra que nos situemos cerca de uno porque así me puedo sentar para hundirme en mi tristeza mientras los demás se divierten. Otros toman asiento también, comentan, ríen, beben. Bailar todavía nos da vergüenza a casi todos, así que van sentándose, levantándose y cambiando de interlocutor con fluidez.

El local no está lleno ni vacío; la música no está alta ni baja, las luces no iluminan demasiado, pero tampoco estamos en penumbra. La intrascendencia de lo que me rodea, la mediocridad que percibo a mi alrededor o dentro de mí empieza a repugnarme, pero aguanto un poco, aguanto porque qué otra cosa puedo hacer. Aunque estoy metido en lo más profundo de uno de los reservados, aunque veo cómo la gente se divierte y me ignora, o me ignora y se divierte, me parece imposible que en ninguna de las mentes de las personas que hay aquí exista otro pensamiento que no sea el de «qué patético Valentín, mírale ahí solo, no habla con nadie, qué ridículo que venga aquí, si parece un chiquillo todavía, si todos sabemos que es maricón, que se vaya a que le den por culo que seguro que le gusta, si pudiera nos la metería a todos los de aquí, pegad el culo a la pared, qué hace que no se va del pueblo». Sé que todos lo están pensando y que disimulan muy bien, porque al no decírmelo a la cara es todavía más humillante.

Dejo pasar un rato en el que la Isa, la Lara o la María José me comentan algunas cosas sin importancia, hacen alguna broma o me miran de vez en cuando con una cordialidad que solo puede ser fruto de la lástima. Ellas quizá no me odian, pero les doy pena; es igual de insoportable. Me levanto cuando entiendo que ya he cumplido, digo al aire que me voy y busco la salida. En casa me espera *Cien años de soledad*, mi gran descubrimiento. El verano pasado se lo dediqué a *El señor de los anillos*, que ahora me parece cosa de niños. Asombrarme con los sinsabores de la familia Buendía me hace sentir adulto. La calle está fresca, aunque sea por comparación con el local, así que siento un alivio centígrado cuando tiro para mi casa pensando en el libro, sobre todo en José Arcadio y su enorme polla tatuada que tanto me ha turbado desde que llegué a esa parte. Cuando me alejo lo suficiente de la Cueva puedo notar físicamente cómo mi diafragma se destensa, cómo mis órganos internos vuelven a su sitio tras este tiempo de implosión. Pero oigo mi nombre, me giro y es la Lara, que me llama y viene corriendo, repitiendo que espere.

¿Alguien que me busca, en la calle, de noche? Pero si lo que todos quieren es perderme de vista. Esto parece más una escena de una serie de instituto. La muchacha llega transida de la emoción de quien vive algo excitante que no esperaba, y me pongo nervioso. ¿Qué me quiere decir? ¿No será esto una confesión romántica? En las series suele ser eso, en *Compañeros*, *Popular* y así. Mientras preparo posibles respuestas y decido si es mejor seguirle el rollo y ganarme un respeto inesperado o no mentirle y ser buena persona, me dice que mi prima —a la que no he visto en la Cueva desde hace mucho, ahora que lo pienso— le ha mandado un mensaje y que me pide que le lleve esto a la cocinilla. Dice «esto» y, como un mago que desvela un truco, levanta un puño que va girando y abriendo con parsimonia hasta que se convierte en una palma boca arriba sobre la que descansa un preservativo. Me mira con complicidad, los ojos le brillan. Yo me pongo muy rojo, puedo notarlo, pero agarro el condón y ella se marcha pizpireta, dando saltitos. El plástico del envoltorio está caliente y me asquea. Me arde la cara, me escuece el pecho. Aprieto el condón en la mano y pienso que pronto estará rodeando la polla de Paco, su volumen, su temperatura, su tímida curva. Creo que voy a llorar.

Pienso en no llevárselo y que se jodan, pero me desdigo pronto porque no tengo la capacidad para fabricar una coartada que pueda defender al día siguiente. No llevárselo precisaría una elaborada historia que lo justifique. Es más fácil cumplir sin más y volver a mi lectura y a una soledad que ya no sé si acato por ley o por voluntad propia, pero que en esta noche y en esta calle oscura termino por aceptar.

La madrugada de Baratrillo es estanca, oigo tan solo mis pasos que chancletean de camino al almacén donde el abuelo de Ana guardaba el tractor y en el que tras jubilarse construyó él mismo una pequeña estancia con una cocina de butano para ir a comer y echar la tarde algunos días. Como está casi en el campo, el borde de una vega que desciende por el terreno le regala una cierta sensación de paisaje. Tengo el condón apretado en el puño, fantaseando con que alguna de mis uñas lo penetre y lo vuelva peligroso. Pero como me las muerdo, el esfuerzo solo me hace daño a mí.

El callejón donde está el almacén convertido en cocinilla no tiene farola, así que está muy oscuro. De noche el crujido del campo llega más claro y me asusta un poco. No tengo móvil, no puedo avisar a mi prima de que estoy aquí, así que no queda otra que llamar al acero de la puerta recortada dentro de un portón más grande por donde entraba y salía la maquinaria. Doy unos golpes suaves que al recorrer el metal se amplifican y llenan el callejón de un eco plateado. Con sus ondas también se hace más grande mi disgusto de estar aquí.

El ruido cesa, pero no aparece nadie. No me atrevo a tocar de nuevo, así que empiezo a llamar a mi prima, primero flojito, imposible que me oiga de esta manera, después más fuerte, Ana, Ana, Anica, y al final, sin mucha precaución, un gritito ridículo atravesado por un gallo.

Ahora sí que siento que algo se mueve tras la puerta, que algo ha despertado. El pestillo herrumbroso suena aún más impropio que mi voz y una línea de luz parte la oscuridad y crece con un ligero resplandor. Un hueco en cuya mitad surge la cara de mi prima, más guapa que nunca.

—¿Traes eso?

Cuando la vista se me adapta mejor le distingo un foso colorado alrededor de los labios. Le tiendo el preservativo sin mayor ceremonia y ella lo coge y lo esconde enseguida. Entiendo que la misión está cumplida y voy a darme la vuelta, pero ella me llama.

—Valentín. —Lo dice de una manera que parece que me lo esté diciendo mi madre o algo así, una mujer mayor de la familia—. ¿Vamos mañana a la piscina?

No quiero ir contigo a la piscina.

—No puedo.

—¿Por qué?

Porque eres una puta.

—Tengo que ir al campo con mi padre.

—¿Por la tarde también?

Vete a follarte a Paco y déjame en paz.

—Sí.

—¿Vamos al trillo cuando vuelvas del campo?

Cierra la puerta, ponle ese condón a la polla de Paco y métetela por el culo.

—No. —Es que ni le voy a poner más excusas.

Antes de que tenga tiempo de decir algo más, me echo a la noche, cruzo el pueblo y llego a casa. Creo que esa noche soñé con ella, apareciéndoseme sola, temblorosa, quizá vestida de fantasma, en la misma oscuridad que contemplo media vida después, acodado en la misma ventana del mismo cuarto, escuchando los chasquidos de la pareja que se besa en el parque y cuya onda expansiva quizá se mezcla con los restos que puedan quedar en estas calles de mis antiguas penas.

II
Aire tibio

Mi madre llama a la puerta de mi habitación. Tiene una parte de cristal traslúcido, vestigio de la antigua ordenación de la casa, así que he podido ver cómo su volumen tomaba forma y esperaba un segundo antes de hacer sonar un par de golpes. Me dice que nos vamos a ver a la tía Saturnina, la hermana de mi abuela Valentina, madre de mi madre. De mis abuelos no guardo excesivos recuerdos porque murieron cuando era pequeño, ella con párkinson y él con alzhéimer. Eso impidió que tuviéramos, aunque vinieron a vivir a casa cuando ya no se podían manejar solos, una de esas relaciones utópicas de los anuncios de Werther's Original. De mi abuela recuerdo sobre todo su temblor —parece que solía preguntarle con mi lengua ceceante: yaya, ¿por qué tiemblaz?— y unos gritos escalofriantes en mitad de la noche poco antes de morir. Nunca sabré si eran de dolor o los encendía la rabia de habitar un cuerpo transmutado en prisión insoportable. El recuerdo más nítido que conservo de mi abuelo es cuando me llamaba por otro nombre y se dirigía a mí como si fuera una persona mayor, y las veces que se ponía a charlar con su propio reflejo. A veces incluso se reía.

Me quedé pronto sin la yaya y sin el yayo, y la tía Sátur es la única referencia que me queda de la vejez. Como el día está nublado y el calor da una tregua momentánea, me pongo un pantalón chino y una camisa fina a la que enrollo las mangas hasta los codos. Podría ser el look con el que me presentara a una entrevista de trabajo, pero en vez de eso voy a ver a mi familiar octogenaria.

—¡Mira qué guapo se ha puesto! —Celebra mi madre cuando bajo y me reúno con ella en la puerta.

Con el trajín la Olvi se pone a ladrar. Me detengo un momento frente al espejo de la entrada. Así vestido parezco respetable, es verdad. Entre la vestimenta y la sombra protectora de mi madre, cuando echamos calle arriba me siento mínimamente parapetado. Mi madre me va comentando algo sobre el arreglo que le quieren hacer al paseo, yo asiento y le entrego algunos monosílabos de afirmación, porque tampoco es que logre distraer del todo la hipervigilancia que se me activa cuando camino por el pueblo. Empieza a ser agotador.

Desde una de las esquinas que cruzamos asoma la cabeza la Teresa, vecina de siempre:

—¡No dirás que vas mal acompañá —bromea dirigiéndose a mi madre—, que hoy llevas guardaespaldas!

—¡Cómo lo sabes! —responde ella, y yo me quedo unos pasos atrás mientras hablan, como cuando era pequeño. Comentan alguna cosa intrascendente y luego la Teresa me mira y me dice:

—Hijo mío, no crezcas más. Te paece.

Sonrío, respondo con timidez:

—Con veinticinco años yo creo que ya no crezco.

—¡Si es que hay que estirazar el cuello pa verte la cara! ¿Cuándo has venío?

—Hace unos días. —Qué más da si son cuatro o cuarenta.

—Así está tu madre de contenta.

No sé si está contenta, pero ante la Teresa desde luego lo parece o se encarga de parecerlo. Que alguien ajeno a la familia lo verbalice me hace pensar que es posible, que quizá mi madre está disfrutando de tenerme cerca.

Nos despedimos y seguimos remontando la calle. Giro la cabeza y me fijo en la tienda de la Paquita, ca la Paquita —aunque creo que ella ya está jubilada—, el ultramarinos donde venía a hacer recados, y junto a la puerta veo que todavía está la máquina expendedora de cocacolas y refrescos que pusieron cuando era pequeño y que entonces se me hacía tan futurista, tan urbana, tan poco propia de aquí. Alguna vez pasaba cerca por la noche y su luz artificial anillaba un extraño espectro en mitad de la calle. Parecía uno de esos portales de ciencia ficción que llevan a otros lados.

Llegamos a la plaza de la iglesia, giramos a la derecha, vamos hasta la esquina. En una puerta protegida por una pesada persiana de madera mi madre toca el timbre, aunque avisa de que la tía Sátur está cada vez más sorda. No responde, así que retira la persiana por un lado y prueba a abrir la puerta, que en efecto está abierta.

—¿Tía?

El pasillo al que emergemos está en penumbra y es muy fresco. Mi madre la llama de nuevo y de algún lado nos llega un agudo:

—¿Quién?

Avanzamos dejando a un lado un mueble de recibidor con tapetes de ganchillo y figuritas encima, mitad religiosas y mitad paganas: santos, mártires y payasos de porcelana. Mi madre va muy segura hasta la última de las puertas, que es la de una salita donde en un sillón está la tía Sátur, posada como una figurita más que alguien hubiera dispuesto con delicadeza.

Encogida y de luto riguroso, el negro que la rodea contrasta con una cabecita totalmente blanca. Supongo que han dejado de teñirla desde la última vez que la vi. En su rostro arrugado brillan débiles dos lucecitas que se alegran de vernos. Como un títere algo maltrecho, levanta los brazos cuando nos acercamos y empieza a emitir unos soniditos que me recuerdan un poco a la Olvi, la verdad. Aproximo mi cara a la suya y siento una piel tibia y descolgada, como la de las partes más tiernas de un reptil, y el olor inconfundible de los polvos de talco. Me abraza sin ninguna fuerza y me regala una ristra de besicos manchegos, remedo de los que explotaban en los mofletes rosados de mi niñez y que hoy son poco más que pólvora mojada.

—Sentaros aquí a la mesa, traer sillas —nos pide con un gesto breve, con una voz en los límites de la percepción del oído humano—. Coger zumo o lo que queráis de la cocina, tú sabes dónde están las cosas. —Mira a mi madre.

—No se preocupe, tía, si nos vamos enseguida —responde ella.

Nos sentamos. La mesa también tiene un gran tapete de ganchillo a modo de mantel, con una funda de plástico encima que parece haberse fundido con la labor a lo largo de los años, adaptándose a su textura.

—Qué gozo me da que te pusieran el nombre de tu abuela —dice con los ojillos clavados en mí, y se le empiezan a aguar al instante—. Si Dios quiere, pronto estaré con ella.

—No diga eso, tía, si está muy bien. —Mi madre se vuelve hacia mí también, indicándome que la secunde.

—Si está hecha una mocica —exagero y creo que me sale bien. Percibo un sonido familiar; uno de esos relojes antiguos marca el compás del silencio desde algún lado. Al levantarme después veré que estaba detrás de mí.

—Mi Valentina, qué lástima. —Y con las mismas—. ¿No querís tomar na?

—No se preocupe, tía —insiste mi madre, y soy yo ahora quien la mira, esperando que tome las riendas de la conversación. La tía Sátur se ha sacado mientras un clínex arrugado de una manga, se sorbe un poco, se seca los ojos y lo guarda otra vez—. ¿Qué le dijeron en el hospital? Cuando le dieron el alta.

—No me enteré mucho, pregúntale a tu prima. Creo que dijeron que volviera en tres meses.

Las dos mujeres hablan un poco de la familia, repasan algunos nombres de primos lejanos o de sobrinos que no conozco; me aburro y espero paciente a que mi madre decida que hemos cumplido. Observo a la anciana. Desde mi último encuentro con ella ha menguado, pero no hacia abajo, se diría que hacia atrás, como si su volumen se hubiera achatado hacia la espalda y la parte trasera del cráneo. La nariz, los pómulos, la barbilla, todo da la sensación de tener menor profundidad. Habla a trompicones, en las pausas parece coger aire, aunque no se oye una inspiración, solo se detiene unos segundos y vuelve a arrancar, casi siempre con un chirrido muy agudo que luego modula hacia el lenguaje.

En un momento dado mi madre se da un golpe con las palmas de las manos en las rodillas y dice que nos vamos. La tía hace ademán de levantarse y mi madre me pide que la ayude. Cuando la agarro por un brazo y empujo con cuidado la espalda, tengo la impresión de que, más que alzarla, estoy sujetándola para que no se escape al aire, como un globo perdido en una feria. Me indica que le acerque un bastón que hay por allí y cuando se lo doy me dice que era de mi abuela y le cae otra lágrima.

Desandamos el pasillo seguidos por el sonidito de sus zapatillas de andar por casa, que apenas rozan el suelo. Allí me vuelvo a inclinar para una nueva bandada de besicos. Mi madre abre la puerta y retira la persiana, despidiéndose. La anciana me echa un último vistazo y le dice:

—Mira que es grande, le parece a aquella pobre muerta.

Cruzando la plaza de la iglesia le pregunto a mi madre a quién se refiere, y me dice que a la tía Ramona. Pero no sé quién es la tía Ramona.

La mediana no quiere ir al palacio, así que me toca volver a mí. Pongo me toca como si fuera la lotería, no te jode. No me toca, me obligan. Me obliga padre. Las perras que nos dan de lo del huerto son casi las únicas que entran en esta casa, ya lo sé. La verguenza que yo pase no vale lo que una perra chica. Y como tampoco es que le pueda contar clara la pasá de la última vez.

No pienso mirar a J a la cara, me da igual lo que me diga. Qué sofoco delante de sus amigos los valencianos, señoritingos que daban ganas de estamparlos. Que cuando llegué ya vi a la Manises revolicá, porque tenían bisita y me tenía que atender ella. Y J que me olló o lo que fuera, y me manda llamar pa presentarme allí como si fuera un fenómeno. Menos mal que una es como tiene que ser y llevaba el vestidico que me hice el año pasao pal día San Roque. Total que J viene por mí y poco menos que me lleva del brazo y dice ven que están mis compañeros y les gustará conocerte. Una hija de la tierra, así me presentó. Que yo sepa soy hija de mi madre que en paz descanse, que es la que me parió. Una hija de la tierra totalmente especial porque tiene, cómo dijo, inquietudes culturales. No sé cómo gobernó aquello que parecía que hablara de otra.

Me miraban y yo estaría más colorá que un ababol, pero parecían simpáticos y me sonreían y me preguntaban cosas del pueblo y del campo. Cuándo se sabe que una fruta está pa coger, cómo se crían las patatas, cosas así que yo pensaba que las sabía tol mundo, y los señoritos más, ¿o pa qué estudian tanto si no? ¿No son ellos los que saben más que nosotros? Que padre to la vida pa hablar con ellos se a quitao la gorra, me da un corage.

Pos no sé cómo empezaron a hablar del alcalde y me preguntaron. Y yo dije, ya ves tú, que no hablaba porque en boca cerrá no entran moscas. Y se rieron. ¿Cómo a dicho?, salta uno. Y yo sin entender, porque es un dicho que digo yo que abrán oído alguna vez. ¿Cómo a dicho usté mosca? Ahí ya me se volvieron a subir los colores porque pensé algo e hecho mal. Y uno que era un gallito que se le veía que era más borde que

la grama, ¡di mosca!, ¡di mosca! Y J se reía como el que más.
Y claro, no me quedaba otra y dije mosca. Pero ahí ya me salió
como lo dicen ellos, no como me abía salío la primera vez.
Entonces ya no sabían si reírse o enfadarse porque no les daba
yo en el gusto de decirlo como ellos querían. Y J que venga,
que lo dijera. Y yo aguantándome las ganas de llorar, ya no
me salía ni mosca ni mosco. Qué te cuesta, decía J, si es para
que vean cómo habláis en esta tierra. Que digo yo que si él no
es también de esta tierra aunque alla nació en el palacio, ¿o es
que la tierra del palacio la traen de otro sitio? Pero yo ya veía que
se estaban riendo de mí y él el que más. Que la cara con la
que me miraba... no se la abía visto nunca.

    Y haora esto a tragármelo porque no me queda otra que
volver, malditas las ganas que tengo. Pos na, hija mía, tú los
ojos al suelo, les dejas lo del huerto, estiras la mano pa que te
echen esa moneda maldita y media vuelta. Como cualquier
hija de la tierra que no le queda otra que servir a los hijos de
las perras.

En Infojobs, al clicar sobre la barra del buscador se despliegan
las últimas palabras que introduje en él, ni siquiera tengo que
teclearlas enteras porque el equipo ya sabe lo que trato de encontrar; es una buena metáfora de algo que no tengo fuerzas
de desarrollar. No hay mucha cosa en los resultados. Algunas
ofertas calcadas entre sí, morralla, una nueva un poco interesante de una productora audiovisual, que relleno concentrado
porque es de esas en las que hay que responder varias preguntas
medio filosóficas salidas de un despacho de recursos humanos.
Cuando finalizo por fin el formulario y hago clic en enviar, me
aparece que otros 1843 usuarios lo han hecho antes que yo.
Levanto la mirada del ordenador y la clavo en el gotelé azul.
    Para llevar mi pensamiento a alguna otra cuestión, busco
información sobre *El corazón es un cazador solitario*, que

me está gustando mucho. Constato con horror que Carson McCullers lo publicó con 23 años. Consulto la edad a la que otros autores que me gustan publicaron sus primeras obras. Capote, 24; De Villena, 20; Sagan, 20; Mann, 26; Matute; 23. Joder. Si voy a escribir algo que me saque de aquí, un texto que transforme este tiempo suspendido en una pista de despegue, será mejor que me dé prisa. He fantaseado durante años con pasar al otro lado de la lectura, y desde luego nunca voy a tener tantas horas para dedicarme a ello como ahora mismo.

Pero ¿quiero escribir o quiero haber escrito? Pienso en sentarme a plasmar una historia y se me encoge el estómago. Pienso en ofrecer un taco de folios ya preñados de mis ideas y se me va el santo al cielo imaginando la cara de la gente, su expresión de asombro. Luisma desde luego se alegraría, siempre me ha dicho que tengo que escribir algo. Pero si le dedico tanto esfuerzo a ese algo y no llega a ningún sitio... No soportaría fracasar *también* en eso. Voy a llamar a Luisma, ya veré después.

—¿Qué pasa, tía?

—Hija, la desaparecida, ya era hora. Que pareces Madeleine—. Con su primer chiste me traslado a cualquier tarde en el Tigre de la calle Hortaleza, a cualquier esquina de Chueca camino de una discoteca, a cualquier noche infinita.

—Qué exagerada.

—¿Es que en tu pueblo no hay cobertura?

No sé calcular el tiempo que llevo sin escribirle, sin llamar. Si pienso en ello me doy cuenta de que me daba vergüenza tener que contarle que me he ido hundiendo hacia no sé qué profundidades.

—Somos más de telégrafo, ya sabes. ¿Qué tal?

—Pues aquí, a punto de salir para el aeropuerto. Que ya empecé en el dutyfree, me han puesto donde las cremas. Y hala, todo el día vendiendo bien de potingues a las señoronas. Ya sé hasta decir cuatro palabras en ruso.

—¿Y qué las recomiendas a las señoras? —Cualquier voluta que retuerza el lenguaje nos divierte.

—Que se den unas friegas con leche de burra, no te jode. Yo mientras compren algo caro tan contenta, que voy a comisión.

—¿Tus padres qué tal? —Sienta bien preguntar por la familia, no sé, hacer algo de persona normal.

—Como siempre, allí en Salamanca. Mi padre de momento sin más novedad. —Joder, cómo se me había pasado eso.

—Bueno, en estos casos, *no news, good news.*

—Uy, la británica, Isabel segunda. Que eres de Albacete, peazo mariquita.

—Mariquita no, maricón...

—¡Que suena a bóveda! —Lo decimos a coro y reímos con esa frase de Miguel de Molina que tanto nos gusta. Se supone que respondió así a los insultos en diminutivo de unos falangistas que se colaron a reventar uno de sus espectáculos, antes de que le dieran aquella paliza que le mandó al exilio.

—¿Qué tal estas?

—Pues bien, cada una a lo suyo y dios en lo de todas. Este finde hemos quedado para ver *Expediente Warren*, una de miedo.

—De verdad, cómo os gusta. Yo bastante terror paso en el pueblo aquí metida.

—¿Cómo lo llevas?

¿Cómo lo llevo?

—Pues qué te diría yo. Al llegar la verdad es que fatal, ahora mismo, bueno, no me queda otra que ajo y agua. Lo peor es... no sé, la sensación de que estoy perdiendo el tiempo, de que estoy haciendo cola en el súper y nunca llega mi turno.

Se lo he dicho a medida que las palabras me golpeaban en mitad de la masa cerebral. Es este sentimiento de provisionalidad el que me está matando. Me pasé años esperando, esperando a cumplir los dieciocho e irme de aquí, esperando acabar los estudios para tener trabajo, para ser independiente del todo, y es injusto haber vuelto a este suspenso.

—Normal.

—Una puta mierda, vaya.

—¿No te ha salido ninguna entrevista ni nada?

—Nada. Y mira que busco. —Silencio—. ¿Tú sabes la de gente que hay con los mismos títulos que yo? Y muchos tienen más idiomas, más informática, más cosas que han podido estudiar en colegios privados y en clases particulares.

—Algo te tiene que salir. En el aeropuerto buscarán a alguien tarde o temprano. Yo todavía soy la nueva, pero me enteraré.

—Como si es limpiando el baño —no es verdad—, pero necesito volver ya a Madrid. ¿Has ido al sitio nuevo de osas?

—¿Cuál, el Bearbie? ¿El del Long Play?

—Creo que sí, es que las veo a todas en el Facebook hablando de esa fiesta.

—Fui un día con doña Rogelia —un chico muy feo con el que comparte piso, solo nosotros le llamamos así—, que venía ella muy bien acompañada por la señorita Chanel —cocaína— y estábamos desbocadas. Estuvo bien, bastante lleno, mucho osazo sin camiseta al final. Y yo subida por las paredes que parecía Maggie cuando le dan café.

—Me meo.

—¡Ah! Y había unas DJ travestis, qué arte. Ponía que se llaman las Juanettes, ¡con dos tes!

Ese es mi mundo, joder, no estas cuatro paredes que me separan del campo.

—Pues ¿sabes qué? Que estoy pensando en aprovechar y ponerme a escribir algo, ya que tengo tiempo.

—¡Pues claro, hija! Afila la pluma. Siempre te he dicho que tú ibas a escribir, que era cuestión de tiempo.

No charlamos mucho más porque Luisma se tiene que ir a trabajar, pero al colgar mi cuerpo está otra vez cargado de electricidad estática. Qué rabia no acordarme de lo de su padre; debería haberle ido preguntando. Me perdono rápidamente, me siento en el escritorio y abro el portátil.

Cierro Google Chrome, cierro Spotify, cierro todo y abro Word, decidido a arrancar ese texto que me catapulte de aquí. Siempre he tenido ideas para novelas y para cuentos. Un hombre encuentra una tarjeta SD tirada en el suelo y dentro halla extraños documentos que le revelan el futuro. Un muchacho descubre que no le late el corazón, pero aun así no está muerto. Una señora mayor está jugando al bingo y salen seguidos todos sus números. Una chica joven es la encargada de acompañar a un famoso director de cine extranjero de promoción en España y este se enamora de ella. Cualquiera vale, en realidad. Se trata de escoger una y tirar millas.

Pero cuál es mejor. Cuál es la que me puede granjear esa fama instantánea, cuál puede ser mi *Otras voces, otros ámbitos*. Abro Chrome de nuevo y busco la famosa instantánea de Truman Capote que iba en la contraportada de la edición original de la novela. Esa donde aparece, con su aspecto infantil y mirada lasciva, tendido en una cheslón mirando directamente a cámara, ofreciéndose a los ojos que le observan. Sería gracioso hacer lo mismo, que detrás de mi libro haya una foto mía a toda página, una imagen que capte mi esencia y la haga explotar ante aquel que se detenga a contemplarla. Quizá si me hago más tatuajes, un escritor joven cubierto de tatuajes podría llamar la atención. Aunque Ben Brooks, el de *Crezco*, luce ya un poco así. No me sirve.

Tal vez unas gafas más vistosas. ¿Y si me hago acompañar siempre por un chihuahua? ¿Sería explotación animal? Un chihuahua conecta con esa frivolidad que en España nunca nos hemos sabido permitir, sería un buen golpe. O no aparecer nunca, no dar la cara, como el escritor estadounidense ese de novelas de misterio. Pf, eso no. Lo que quiero es que me reconozcan. Llegar al pueblo a visitar a mis padres y que todos identifiquen quién soy, ir por la calle y saber que si las miradas se dirigen a mí es por admiración y no por desprecio.

Bajo lentamente la pantalla del ordenador y lo cierro. Puedo empezar en otro momento, tiene sentido encontrar primero mi personalidad como creador y luego ponerme efectivamente a crear. Cuando sepa quién soy, lo demás saldrá solo.

Cuánta miseria, Dios mío. Al volver del horno tengo que venir corriendo, la gente te se tira. Y no te creas que son solo los de las cuebas los que te piden, son los del pueblo. Si antes muchas veces el que comía no cenaba, pos después de aquello que pasó, échale ilo a la cometa.

Esta mañana en la fuente me encontrao a la María la abuela, que ya no tiene abuela, pero se va quedar con la María la abuela to la vida. Está más perdía que perdía, si es que se a hecho vieja sin ser joven. Como era la mayor la dejaron a cargo de su abuela, y mira que la mujercica tenía 24 nietos, me a dicho. Que en una fuente que paece una bañera les acía las natillas. Pos con más de 90 años se a muerto la mujer y claro, to la vida cuidando de ella, la María no a vivío la suya. Ya me dirás dónde va haora ella sola, que paece un alma en pena.

La mayor condena de una mujer es quedarse sola. Porque si es un hombre, como Josete que es biudo, pues aún se va al casino o al campo, o al horno si ace falta que el hombre se ace su pan cuando tiene trigo. Pero una mujer sola, a lo preciso y rapidico no vallan a decir. Ya ves tú qué hay que decir. La pobre si puede emparvar con alguien pos falta le ace, que en su casa desde luego como no hable con los animales. Me a tenío buen rato contándome sus penas, a repasao a sus primos del primero al último. Que si uno está en Carcelén, que la otra se casó y se fue pa Alicante. Yo le e dicho que si no se va con su Elisa, pero dice que no quiere meterse a allí con el marido y con los chiquillos y to. Que prefiere estar sola. Y algo me a entrao por el cuerpo cuando lo a dicho, porque yo tendré pasás con mis hermanas y con padre, pero prefiero eso mil veces antes que estar sola.

Julio me llama por teléfono y me invita de nuevo a su piscina. Hemos estado intercambiando algunos wasaps, pero no ha dejado de sorprenderme que me llame. He observado el móvil vibrar unas cuantas veces antes de cogerlo. La gente de su edad prefiere llamar aunque solo te haya visto una vez, supongo. Me dice que se lo pasó muy bien el otro día, lo cual en lenguaje marica significa: follemos de nuevo. Puede que haya notado mi vacilación, la esquirla de segundo que se ha colado antes de responder un yo también un poco por compromiso. No es que sea mentira, pero hijo, ya hemos guarreado, ha estado bien, continuemos con nuestras vidas.

Después me empieza a contar otras cosas, proyectando una cantidad de confianza o de interés entre nosotros que me abruma. Doy por hecho que quizá repetiremos si coincidimos otro día, pero ya está, no hay que relatarle tu vida a alguien solo porque te haya comido el rabo. Creo que es un hombre solitario, le he preguntado por su fiesta de cumpleaños y ha dudado y me ha dicho que bien, que sin más, y me da que lo de la fiesta se lo había inventado.

No me apetece un romance ahora, estoy a otras. A qué otras no sabría explicarlo, pero no a estas. En la conversación sale el tema de los novios, me pregunta si he tenido relaciones formales. Al decirle que no lo achaca a mi juventud, pero no es por eso. Si consultas a mi círculo de Madrid cada uno tendrá su teoría, pero yo no he tenido novio porque me niego. No me hace falta jugar a las parejitas para sentirme completo, parece que sea una obligación emparejarse para disfrutar de una vida adulta de verdad. Mis amigos que se han echado novio, o peor, que viven con él, se vuelven casi siempre un coñazo. Los que salían contigo, se reían contigo, viajaban contigo y se quedaban al after contigo, se echan un novio al que ni siquiera conocen demasiado y ya no salen, ya no viajan, ya no se quedan al after y algunos ni se ríen. Recuerdo aquel novio de Sergio que se enfadaba si este salía con nosotros y se pasaba una semana sin hablarle. Aquel de Fran que venía como a vigilarle cuando estábamos de fiesta y le convertía en un poto triste. Aquella relación de Alberto con un mentiroso compulsivo que hasta le dijo que le habían diagnosticado cáncer para darle pena y que no le dejara.

Mi impresión, bien macerada en una década de estudio de varones homosexuales de toda clase y condición, es que la soltería es el estado natural de la marica salvaje. Desde luego, es el mío. Y no porque yo quiera tirarme a todo lo que se mueve, pero quiero *poder*. Y, sobre todo, qué necesidad de jugar a las casitas cuando lo mejor de no encajar en lo que te han contado que es la vida es librarte de sus normas.

El rato en la piscina con Julio acabó por gustarme más de lo que pensaba, pero me parece bien que se quede ahí, en el recuerdo de una tarde agradable de sol y mamadas. Es evidente que él no piensa lo mismo. Despego la oreja un segundo del teléfono y chequeo en la pantalla que llevamos casi diez minutos hablando. Me cuenta lo aburrida que está la escena gay en Albacete, que si no hay un local de ambiente como tal, que si siempre están los mismos tíos en los mismos sitios y se los sabe de memoria. Decido que, si vamos a charlar, que sea sobre algo que me interese:

—¿Cuándo saliste del armario?

Su cháchara se detiene. Tic, tac, tic, tac.

—Define salir del armario.

Traduzco: no lo ha hecho. Al menos la salida oficial, la que cuenta.

—Bueno, ¿lo saben tus padres?

Por el pequeño altavoz intuyo una cara de incomodidad o de tristeza. Arranca entonces con una explicación confusa que va tomando fuerza y que se resume, como les he oído antes a otros homosexuales mayores que yo, en que no ha salido del armario porque nunca ha «estado dentro». Que a veces ha llevado a novios a casa, cuando era más joven y vivía aún con sus padres, pero sin decir explícitamente que se trataba de su pareja. Que si no hay por qué ir presentándose por ahí diciendo «soy Julio y soy gay». Le falta terminar con un «a quién le importa lo que yo haga».

Pero seguimos hablando y acaba por detallarme aspectos de haber sido un adolescente marica de provincias en la década de los ochenta, algo que sí me hace prestar atención de verdad. Me entero de que entonces se ligaba mucho a través de ciertas revistas, que tenían una sección de contactos en la que publicabas un anuncio para que otras personas te escribieran. Por lo visto, para que no apareciera tu dirección impresa, mandabas la carta a la redacción y desde allí se la hacían llegar al destinatario. Cuatro trayectos y un chaval en una oficina despachando envíos solo para poder contactar con otro marica. Hay algo artesanal en el proceso, un esfuerzo depurado que me hace sentir que lo que expresaran en las cartas debía tener cierta transcendencia.

Julio insiste en que, a pesar de lo rudimentario que parece el proceso desde la actualidad, los maricones no hemos cambiado tanto. En el primer contacto te solían pedir fotos, como se hace en Grindr, solo que entonces eran físicas y las tenías que mandar dentro de los sobres. Él lo hacía con algunas muy pudorosas, pero chicos más mayores y con menos remilgos se hacían fotografías desnudos, las revelaban y las enviaban. Algunos también indicaban su teléfono, pero para un adolescente ligar a través del fijo era más complicado.

—Una vez sí llamé —me explica tras un breve suspiro de aire soñador—. Estaba solo en casa y llamé a un chico de Barcelona que me gustaba mucho, al menos por carta y por foto. Era mayor que yo, quizá eso era lo que más me atraía, y enseguida empezó a preguntarme cosas sobre sexo. Yo tendría dieciocho años, aunque le había dicho que tenía veinte. Los dieciocho de entonces, claro, que no son como los de ahora. Estaba muy cortado y no sabía qué responder. Cómo tienes la polla, estás empalmado, te gustaría que te la metiera, cosas así. Yo estaba cada vez más nervioso, casi me pongo a llorar. Y él lo notó, claro.

—¿Y qué pasó?

—Dejó de preguntarme esas cosas y me dijo que cómo me llamaba, si me llamaba Julio de verdad como le había dicho por carta. Le dije que sí. ¿Y qué edad tienes? Porque se había dado cuenta de lo que estaba pasando. Le dije la verdad. Entonces empezó a tranquilizarme, y me pidió que le perdonara, pero que casi todos los chicos con los que hablaba lo que buscaban era eso, sexo telefónico. Me empezó a preguntar pero ya de mi vida, de mi familia, que dónde vivía... Fue una conversación larga que no se me olvidará nunca. Me explicó que en Barcelona las cosas estaban más abiertas que en el resto de España, y que al ser mayor de edad ya me podía ir de casa. Que si quería ir para allá él me ayudaría y me presentaría a mucha gente y me enseñaría bares en los que se ligaba sin problemas. Eso entonces no era tan fácil de imaginar que existiera de verdad, desde luego no para alguien que solo había vivido en Almansa. Yo me lo creí, y durante un tiempo estuve imaginándome cómo sería esa vida en Barcelona, aunque luego me fui a estudiar a Valencia porque estaba más cerca.

—¿Y no supiste nada más de ese chico?

—Le llamé alguna vez más, pero ninguna fue como esa. Cada vez me despachaba más rápido, creo que se conformó con esa buena acción del día y pasó al siguiente ligue. Se llamaba Román. Mucho después, por pura casualidad, me enteré de que había muerto como tantos otros en los años duros del sida.

Al colgar compruebo que hemos hablado treinta y ocho minutos. El finde de la semana que viene hemos quedado en su piscina.

Hola cuaderno. Ayer volví al palacio. Iba yo conbencía de dejar lo del huerto y volverme sin decir más que buenas tardes. Pero J, que es muy zalamero cuando quiere, vino enseguida con esa sonrisa y con buenos comentarios pa que me entretubiera. Que si vaya pimientos más hermosos, que si las panochas las iba a mandar asar esa noche pa comérselas tiernecicas. Y yo, claro, tampoco una va a acer desplante, pos le contestaba con alguna palabra, pero sin ninguna gana.

Pos va entonces y me regala un libro. Un librico que cabe en la mano, pero un libro que no tengo que devolver. ¡Un libro mío! Tiene las tapaderas rojas y una cinta arriba pa poner por dónde vas como los misales. El papel me da miedo que se rompa porque es muy fino, paece con el que se acen los hombres los cigarros. Se llama La isla del tesoro, me a dicho J que va de piratas. Con lo que a mí me gustan las películas cuando van de piratas, aunque él me alla dicho que son cosas de chiquillos. El autor es estranjero, pone que se llama Robert Louis Stevenson, viene un retrato suyo y es un hombre con bigotes, parece muy simpático. Debajo pone M. Aguilar Editor. Madrid 1946. Fíjate, el librico a viajao más que yo.

Claro, ma dao el libro y me puesto tan contenta que ya se cree que con eso lo perdono. Que me puede ir a buscar por lo oscuro otra vez. Pos no señor, no to se consigue gastando en un regalo. Pero la pesombre, qué quieres, pos me sa pasao bastante.

Nos sentamos a la mesa y mi madre nos retransmite las últimas noticias. Alguien ha faltado a un entierro en el que debería haber estado y menuda campaná; de otro alguien dicen que tiene muchas deudas porque se ha enganchado a las apuestas por internet. Escucho sin interés mientras me sirvo el atascaburras que ha preparado. A mis amigos de Madrid a veces les he divertido explicando el origen de esta especialidad, que choca desde su propio nombre y más si se exagera la manera en la que lo pronunciamos, en la ese convertida en jota. Según cuenta la leyenda, unos comerciantes manchegos se quedaron atrapados en la nieve con sus animales y mezclaron en un mortero lo que llevaban para vender: patata hecha puré, aceite de oliva, ajo, bacalao en salazón, huevo duro y nueces. El resultado de esa combinación improbable es un bocado que me sabe a casa.

—Pos el hermanico por lo visto se desentiende, se ve que desde lo de la herencia no se hablan.

Despego entonces mi conciencia de la mesa y la llevo al resto de las casas del pueblo. Siempre he dado por hecho que en todas se hace lo mismo que en esta a la hora de comer: comentar lo que pasa en las demás. Aunque cualquier forastero diría que en Baratrillo nunca ocurre nada, no falta material para el parte diario, en el que se desmigan relaciones, desacuerdos, connivencias y enfrentamientos. Con cada nueva información, mis padres pelotean motes y parentescos para determinar de quién se habla, en lo que parece un muestrario de referencias dadaístas.

—Y claro, pos han tenío que vender la casa de la cuñá, la del mayoral de San Justino.

—¿La hija del Esmirriao?

—No, coña, la de Relojico.

—Ah, la que está casá con el feo doble.

Se enfadan cuando no saben a quién se refiere el otro, para ellos no identificar a alguien es una falta, un vacío intolerable en el conocimiento que tienen de su alrededor. Me pregunto si ellos sienten el acecho que proyectan sobre los demás, si hay un acuerdo tácito del que no participo que dicta que el precio para comentar lo de los demás es que los demás comenten lo tuyo, y si eso lo he heredado junto al mote familiar. Si en otros comedores y en otras salitas se está produciendo una conversación que me apunta con su borde.

—Ha vuelto el hijo del Borrachín.

—¿El que está en Madrí?

—Sí, el maricón. El muy inútil no consigue trabajo y se ha tenío que volver al pueblo.

Me siento desnudo mientras apuro el atascaburras y me sirvo un trozo de pollo asado. Mis padres continúan con el repaso diario de dimes y diretes y me gustaría que lo dejaran, que hablaran por una vez de otra cosa. A veces he conocido a los padres de algún amigo de Madrid y son gente culta y al día. Seguro que mientras comen tratan cuestiones importantes: has leído tal columna de *El País*, este fin de semana se estrena la última de Woody Allen, cosas así. Pero no, aquí es mira lo que ha hecho esta o te parece lo que le dijo aquel a no sé quién. Mucho criticar el qué dirán, poco el qué decimos. Qué asco.

—¿Tenéis que estar hablando siempre de los demás?

Me ha salido una voz tranquila y monocorde, sin ninguna inflexión, y eso hace que haya sonado peor que si lo hubiera gritado. No pretendía meter baza, no así, no ahora, pero ya lo he hecho y estoy dispuesto a asumir las consecuencias. Mis padres me miran y no dicen nada. Para cuando vuelven a mirar sus platos ya se me tambalea la valentía.

—¿Y de qué quieres que hablemos, hijo mío? —La pregunta de mi madre me resulta terrible porque lo pregunta de verdad.

—De otra cosa, yo qué sé...

—La concejala ha dicho que van a hacer una reunión en el ayuntamiento, por lo del centro joven —expulsa sin darme tiempo.

El puto centro joven. ¿Todavía estamos con eso? Alguna otra vez me lo ha mencionado estos días, como una mosca cojonera que viene a molestarme y a la que no puedo aplastar porque la llevo dentro. Lo de la sesión informativa es algo que había leído en la web del ayuntamiento y que no había comentado para librarme de ella. Desde que salió el tema por primera vez he ido ofreciendo y ofreciéndome a mí mismo argumentos para evitar este momento. Porque sabía que este tema iba a volver, claro. No les voy a dejar sobre la mesa lo que pienso en crudo, pero creo que deben entender que a su hijo le queda pequeño ese puesto. Antes de hincar el diente al pollo asado me tomo la molestia de explicarles lo que hay: estoy buscando trabajo en Madrid, que es donde se va a desarrollar mi carrera en cuanto arranque, y no puedo comprometerme con nada aquí. En verano todo está parado, pero confío en mis opciones en septiembre, y no falta tanto. Mi madre a la izquierda, mi padre a la derecha. Escuchan en silencio, tampoco comen mientras expongo mi tesis. Veo cómo se empequeñecen cuando uso un lenguaje adulto, cómo intentan absorber mis palabras.

Mi madre habla primero, dice que lo que decida está bien, pero insiste en que, ya que se ha presentado esta oportunidad, no pierdo nada por intentarlo. Mi padre nos observa desde sus ojos pequeñitos. No recuerdo que haya intervenido demasiado en ningún asunto importante, por eso me quedo en blanco cuando dice:

—El trabajo es el trabajo.

No me atrevo a rebatir a una persona que aprendió a labrar antes que a leer. Alguien que no me está incorporando en su trabajo en viñas y bancales porque se supone que estoy a la caza de una oportunidad, y resulta que ahora tengo una. Rebusco alguna excusa en la recámara, algo que pueda elaborar sin que se me caiga la cara de vergüenza. Los dos me están mirando tan cerca, tan tiernamente, con algo cercano a la lástima desde los lados de la mesa, que ya no respondo más. Estas personas están viendo cómo su hijo se marchita y no les permito que cuiden mis tiernos brotes mientras atestiguan mis días de encierro, mientras me disculpan, mientras piensan convencidos que lo que yo elija es lo mejor porque yo sé más que ellos del presente y del futuro.

—¿Cuándo es esa reunión? —digo de la manera más fría mientras mordisqueo el pollo.

Joder, no puedo ponerme a trabajar en el pueblo, no puedo renunciar a mi vida de verdad durante un año por cuatro perras.

—Mañana.

Se me atasca la carne en la garganta, un pedazo de pechuga se me adhiere al pescuezo por dentro. Bebo agua y la escupo, medio me atraganto, mi padre me da golpes en la espalda hasta que trago. No tengo fuerzas para decepcionarlos también en esto. Sigo comiendo, más despacio, y voy pensando que si me presento y dejo el examen en blanco no me seleccionarán y ellos no tendrían por qué enterarse de los motivos. Hay salidas para esta situación, concluyo, aunque me dé pereza acometerlas. Ante la inspección discreta de mis padres, intento componer una sonrisa y digo que iré. Se me acelera el corazón y me sudan las manos cuando pienso en ello, pero iré. La satisfacción que muestran con esta respuesta me hace daño.

Termino rápido, me quiero subir a mi cuarto. Mi madre me dice que no coma tan deprisa y que qué quiero de postre, que hay unos plátanos que se van a pasar. Apenas si me molesto en responder que no quiero nada y ya voy brincando los escalones de dos en dos para encerrarme. Al llegar a mi habitación no calculo bien y creo que sin querer doy un portazo. Su sonido reverbera piso abajo y eso me hace sentir bien. Me tumbo con *El corazón es un cazador solitario* y me fuerzo a no subirme al tren del pensamiento que me distrae de las frases que voy persiguiendo con los ojos sin respiro. Leo, leo y leo hasta que lo termino.

Para entonces es media tarde y las golondrinas vuelven a conquistar el pedazo de cielo que puedo ver desde la cama, tras protegerse en sus nidos de las horas de más calor. Estoy enfadado con mis padres y es por algo que no puedo explicarles, que no puedo modificar y que ni siquiera creo que ellos pudieran entender. Estoy enfadado porque son lo que son y no lo que me vendría bien que fueran. A la vez me pregunto dónde van las golondrinas cuando llega el frío, de dónde vuelven al final de la primavera.

A veces me gustaría que mis padres fueran otras personas. O que fueran ellos, pero de otra manera. Si mi padre no fuera agricultor, si yo no fuera consciente de lo duro que es su trabajo por las veces que he ido a ayudarle, no me sentiría tan mal al saber que lo que más le ata a la tierra es que yo existo. Busco en Google con el móvil y compruebo que las golondrinas son una de las aves migratorias más conocidas en todo el mundo. Existen un total de seis subespecies de golondrinas comunes, y todas viven en el hemisferio norte. Si mi madre no hubiera renunciado a su vida para cuidarnos, a sus padres, a su marido y a su hijo, no me sentiría tan mal. Si fueran, no sé, un carpintero con un horario normal y una maestra, si sobre mí no hubiera caído la responsabilidad de ser el primero de la familia en *vivir bien* —y el primero en fracasar en ello—, creo que no me estarían doliendo los ojos por dentro de esta manera.

Durante el invierno, las golondrinas viajan al hemisferio sur, así que es posible verlas en Oceanía, África y Sudamérica. A modo de curiosidad, cabe señalar que durante la migración pueden volar hasta novecientos cincuenta kilómetros al día. Son insectívoras, de forma que los insectos son su principal fuente de alimentación, y tienen la capacidad de alimentar a sus crías en pleno vuelo. Si yo no fuera el fracaso que soy, les podría mirar a la cara. Si al menos fuera heterosexual, con esa promesa siempre en el aire de reproducir la familia, de darles unos nietos en los que descubrieran un gesto del otro o ese remolino concreto en el pelo, el fracaso no sería tan palmario. Me levanto de la cama antes de que la tristeza me deje disecado en ella. Desciendo a la planta de abajo y mi madre está en su rincón, haciendo ganchillo. Levanta la cabeza sin abandonar la labor y con una cara que tiene algo de súplica me dice que si quiero un helaico, que ha comprado esta mañana una caja en los Veinte duros. Sé que ha notado mi molestia antes y que se está esforzando por hacerme sentir mejor, lo cual tiene el efecto contrario, porque me dan ganas de llorar. Viéndola tricotar desprende la humildad de un arácnido al que no le quedará más remedio que reparar su tela si decido destruirla de un manotazo. Por salir del paso le explico lo que acabo de aprender sobre las golondrinas. Me siento junto a ella, en el sofá. Nunca lo hago, es el sitio donde casi siempre está durmiendo la Olvi, pero ahora debe de andar por otro lado. Le pregunto qué tiene entre manos, araña insomne que nunca abandona su quehacer, y la voz que se desprende de mí tiene un aire artificial, como de doblaje de película antigua. Ella despliega el resultado de lo que teje y me lo muestra.

—Es un vestidico pa una nena que acaba de nacer. —El ganchillo es de nudos grandes y de color rosa—. ¿A que está gracioso?

La miro mientras sigue escupiendo seda por sus dedos. Mi madre no para. Si no está haciendo recados o las cosas de la casa, se sienta en este rincón y ganchilla. Es una arañita inofensiva que regala su trabajo a cualquiera. Me fijo en el movimiento de la aguja, en la velocidad con la que conjura nudo tras nudo y les da forma. Vista de cerca, su movimiento la multiplica, parece que hay más de una. El grueso hilo rosa se anilla a sus dedos, que a esta distancia revelan con franqueza el paso del tiempo. Me parte en dos la certeza de que ninguna prenda menuda que salga de esas manos será para sus nietos porque nunca existirán, ni para una vida que seguro proyectaron para mí y que probablemente nunca habite. Me resigno a que todos los esfuerzos por sobrevivir y salir adelante de mis antepasados, empezando por mis padres y terminando en la chamana de la cueva, la primera mujer fijada en la memoria del pueblo, vayan a concluir con la traca final de mi existencia inútil saltando por los aires. Y lo peor es que soy consciente de que nunca hablaremos de ello, ni de esa vida que no será ni de esos niños que no nacerán ni de esas otras familias con las que yo fantaseo y supongo que ellos también, con las que nos comparamos en silencio y que nunca serán reales. Sé que no voy a hacerlo, pero en esta tarde con rumor de golondrinas me gustaría mirar a los ojos azules que me vieron nacer y pedirles perdón. Perdón por lo de antes y, no sé, por todo.

Vengo deslomá de sembrar las abichuelas. Y luego casi todas van pal palacio, pero bueno, no seré yo la que se queje. Aquel hambre de maestro escuela que nos despertaba por la noches que era como un perro mordiéndote las tripas lo vamos sorteando.

Mientras acíamos la faena, me fijao en que padre cada vez va más encorvao. Se está aciendo viejo, y a ver cómo nos arreglamos. Porque no aría falta mucho pa que el hambre se nos colara otra vez en la casa. La mediana más pronto que tarde se casará y se irá, y la pequeña falta más, pero tres cuartos de lo mismo. Yo... Yo no soy ninguna moza, pa que lo vamos a negar. Yo lo sé y ellas también. Pero como faltó madre, pues quién iba a gobernar esta casa, pues la mayor.

Con J no me voy a casar. No estoy tonta. Los señoritos no se casan con una hija de la tierra, como él dice. Y si no pue ser con él, pues yo no me quiero casar. No tengo necesidad de hecharme otro hombre a las espaldas, bien cría era cuando me tocó uno en la rifa. Pero se está aciendo viejo y pienso en cuan-

do ya no pueda trabajar, que faltarán manos en el campo y sobrará mal genio en la casa. Porque este hombrecico cuando no pueda ir al campo no va aver quien lo aguante.

No me quiero amargar la tarde. Mis hermanas se están hechando la siesta y solo se oyen los pajaricos. Estoy repasando las páginas de atrás y me parece mentira lo que llevo escrito. Así junto parece un libro, como La isla del tesoro. Aunque lleno de palabrujos mal puestos, ya lo sé.

En la novela cuenta un muchacho que un viejo llega a la posada donde trabaja y se muere y dentro de un cofre grandismo que lleva encuentran el mapa del tesoro. Imagínate que eso pasara aquí, menuda campaná. Claro que allí después de la trápala se hechan al mar a buscarlo, aquí como no te heches a la acequia... La vida de verdá no es como los libros, aquí casi mejor no encontrar ningún mapa. Porque al otro día tendrías que lavar y guisar y coser igual, y al otro y al otro y al de más allá. Y lo único que pue pasar es que lo acabes hechando a la lumbre cuando seas vieja porque ya no tienes fuerzas pa ir a buscar ningún tesoro.

Mi madre insiste en darle un repaso con la plancha a la camisa que me he puesto, así que me quedo con el torso desnudo mientras le da unos enérgicos golpes de vapor que suenan a minúscula locomotora. Tiene la mesa de planchar en su habitación, donde una de las puertas del armario es el espejo de cuerpo entero en el que el yayo hablaba con su imagen reflejada. En él nos observo a los dos, ella arqueada en su actividad y yo con mis tatuajes a la vista. Somos un par de personajes de series distintas de televisión que se han mezclado: ella cada vez más abuela de *Cuéntame*, yo intentando parecer un extra de *Girls*.

La camisa está caliente y cuando salgo a la calle arranco a sudar de inmediato. Concentrado en mandar señales a mis glándulas sudoríparas para que se contengan, atravieso la calzada con una preocupación más acuciante que las miradas con las que pueda toparme. Algunas gotas se empiezan a deslizar espalda abajo, las noto, y me debato entre andar más rápido para llegar cuanto antes o detener el paso para no sudar tanto; no es que lo decida, pero lo cierto es que estoy prácticamente corriendo. Camino del ayuntamiento cruzo la plaza donde está la escuela, y quizá por la actividad atlética o por la inmisericordia del sol golpeándome con sus rayos, se me desbloquea un recuerdo que guardaba en el polo sur de la memoria. La porra.

La porra es un juego que Paco se inventó y en el que todos los muchachos de la clase estábamos obligados a participar, porque más que un juego era un estado de la cuestión. Al acabar las clases, nos colocábamos en fila en una de las paredes del colegio y, tras la debida señal, debíamos salir pitando hasta alcanzar la fuente de la plaza, adornada con la estatua de dos burros. Quien llegara el último debía someterse a los balonazos de los compañeros en un fusilamiento escalonado. Porque llegar el último significaba la vergüenza, la debilidad, algo que el grupo debía castigar. El perdedor se apoyaba en la pared y, uno a uno, el resto disparaba el balón para intentar impactarlo contra su cuerpo diana.

Las carnes rollizas que me envolvieron toda la década de los noventa me convertían en uno de los más asiduos represaliados. Y el caso es que, de alguna manera, aquella penitencia me parecía justa. Ser más gordo y menos diestro que mis compañeros me situaba por debajo de ellos, y resistir los envites del balón era una purga de aquello. Tras los balonazos, se reestablecía un equilibrio en el que ya no era peor que los demás, al menos hasta que volviera a demostrarlo.

Que Paco me acompañara algunas tardes a casa para jugar al ordenador o para que le ayudara con los deberes, y que al día siguiente fuera juez y parte en mi linchamiento no me causaba una impresión negativa. En ambos casos estaba reconociendo que yo existía, y fuera para reírnos juntos exterminando gusanitos o para firmarme un balonazo en las nalgas rechonchas, hubiera sido peor ser uno de esos niños marginados que salían en las películas. Además, haber ocupado tantas veces el paredón redoblaba mi satisfacción cuando el ajusticiado era otro. Esas veces, Paco me vitoreaba cuando le acertaba en las carnes a quien le había tocado el escarnio aquel día.

Revivo el escozor del cuero en las nalgas, la mezcla de dolor y excitación que tantos años después he intentado reproducir en algunos cuartos oscuros, mientras accedo al edificio del ayuntamiento. El aire acondicionado está a tope en la sala donde se celebra la reunión, así que me siento y separo un poco los brazos del cuerpo con la esperanza de que se me seque el sudor de los sobacos. Me sorprendo de lo poco que me ha costado venir hasta aquí. Las calles estaban casi desiertas, como siempre, pero ahora que lo pienso no he echado muchas cuentas de con quién me cruzaba. Supongo que si voy pensando en otras cosas, no dejo mucho espacio en el que sembrar las minas de la vigilancia total. El trayecto ha sido como cuando en el Super Mario tienes que volver para atrás a coger una llave, y vas y vuelves rápido porque ya has aplastado antes a todos los muñequitos.

Llegan tres o cuatro personas más, en total seremos una decena. Nos saludamos con educación. Activo mi nueva estrategia y me distraigo de la incomodidad de estar aquí reproduciendo mentalmente el vídeo de las hermanas del baptisterio de YouTube. Esta es la entrada del baptisterio, que estaba todo cubierto de tierra. Y mi abuelo iba arando con los mulos. Y se coló, con una piedra romana. Algunas caras me suenan, otras noto que me reconocen, pero no me dicen nada. En una de las paredes hay un reloj que se chiva de que la reunión empieza diez minutos tarde. Se encontró que era un baptisterio paleocristiano romano del siglo primero. ¿A quién no le va a gustar un imperio romano? ¿A quién no le va a gustar?

Uno de los técnicos del ayuntamiento aparece y nos cuenta poco más de lo que viene en internet: requerimientos, documentos que hay que presentar, que el examen consiste en algunas preguntas teóricas. Los oyentes nos parapetamos en un estado parvulario, somos alumnos aplicados que quieren causar la mejor impresión posible. Una chica llega tarde, muy apurada, y pide perdón mientras se sienta. Todos recorremos su tránsito con la mirada, la vemos arrastrar con estrépito una silla de una esquina para sentarse cerca de nosotros, nos fijamos en cómo suda, en cómo se le pega el pelo a la frente y en cómo el señor no ha podido continuar con su perorata hasta que ella no está sentada. Todavía tardo unos segundos esféricos en asumir que quien acaba de entrar es mi prima Ana.

Así es como, sentada bajo un retrato de Juan Carlos I descolorido, casi azul, como los muestrarios de helados que se secan al sol en las puertas de los bares, me doy de bruces con ella. Busco los restos de su esplendor adolescente, pero desde aquí no soy capaz de verlos. La camiseta arrugada, los shorts vaqueros baratos, las chanclas desgastadas y el moño desecho que contiene apenas los borbotones rubios —teñidos, sin duda— duplican los años que parece que han pasado por ella. Sofocada por la carrera, roja entera, se abanica con los folios que le ha extendido el hombre que nos habla. El foco de la habitación se reconduce hacia él de nuevo, hacia su monótona charla, pero yo no puedo dejar de mirar a Ana, intentando recuperar de la mujer que atraviesa mis sentidos los recuerdos que ahora me parecen idealizados. Dónde coloco la cara de ángel, dónde la figura de sílfide, la voluptuosidad precoz, el aura de cariátide inquebrantable. Dónde la memoria de tantas confidencias infantiles, la génesis de aquella intimidad primera. Qué hago además con las cenizas de aquel desencanto fundacional, de aquella ruptura. La Primanica, quintaesencia de lo peor y lo mejor de mi niñez, de mi pubertad. Cuerpo depositario de esperanzas y frustraciones, cáliz que acabé rechazando por no sé qué pecados. Tenerla enfrente es como incorporarme a un juego sin conocer sus reglas, en mitad de la partida.

Parpadeo varias veces para acostumbrar la córnea y superar el impacto inicial. Me concentro en el papel que me han dado, finjo que lo leo mientras mando señales eléctricas a todas las unidades para ver qué hacemos. Voy del papel a su cara, de su cara al papel. La observo intermitente seguir las palabras del técnico, y cada movimiento limpia un poco los escombros del impacto inicial. Ana se ajusta el moño, vuelvo a la fotocopia. Ana se muerde el labio en un gesto que reconozco. Fotocopia. Ana me mira. Fotocopia. Ana me sonríe.

Le devuelvo la sonrisa, es un acto reflejo. Me hace un gesto con la mano, medio «hola», medio «ahora hablamos», pero no abandona la sonrisa que, ahora sí, devuelve su rostro a la edad que tiene y que me hace entender, aunque no de inmediato, que me alegro de verla. Tenerla a unos metros es como recuperar una foto antigua que creías perdida. Por ejemplo, aquella en la que bailábamos *Wannabe*.

La reunión acaba con un turno de preguntas en el que nadie dice nada. El señor la da por concluida y Ana se me abalanza. Me besa antes de que yo esté del todo de pie, me abraza con fuerza. Le saco dos cabezas, pero sé que ella *me puede*.

—¡Estás más alto! —De cerca sigue teniendo bastante de aquella muchacha portada de calendario, aunque bien disimulado por un aspecto que se diría que se ha escogido a conciencia para resultar desfavorecedor. Aunque a esta distancia el engaño es más débil, la manera en que habla, su tono de voz y sus gestos acompañan la quimera: son totalmente de señora mayor, copiados de las mujeres del pueblo. Es como si mi vecina Teresa poseyera el cuerpo de Elsa Pataky—. ¡Qué ganas tenía de verte! Ya me dijo tu madre que estabas en Baratrillo.

Realmente me da la sensación de que es una conocida cualquiera y no la chica a la que confié mis prístinos secretos. Eso me hace vacilar, porque mi mente, cómo no, está cuadrando a tiempo real cientos de respuestas posibles, pero ninguna responde al modelo de conversación intrascendente en la pescadería.

—Es que estoy buscando trabajo, paso mucho tiempo con el ordenador.

—¿Cómo están mis tíos?

—Bien. Como siempre. ¿Tu madre?

—Recién jubilá, feliz de la vida. —La gente de la reunión se marcha, iniciamos un movimiento lento hacia la puerta—. Y ara que estamos nosotros aquí, pos imagínate.

—Claro, estará contenta. —No creo que sea buena idea preguntarle por su padre—. ¿Y Paco, qué tal?

—Bueno, ahí anda. Con la crisis lo suyo está muy mal, no se construye na. Ya me dijo tu madre que no pudistes venir a la boda. —En la voz no hay rencor, como mucho una sustancia untuosa que podría deslizar la charla hacia arenas más profundas.

—Sí, estaba de viaje. Pero me enseñó fotos, estabas muy guapa. —Es verdad. Los dos estaban muy guapos.

Llegamos a las puertas de cristal y salimos a la calle. Frente al ayuntamiento hay una placita con árboles viejos que la bendicen con una sombra que dura todo el día. Si nos concentramos, probablemente los dos somos capaces de proyectar los niños que fuimos esquivando estos troncos, jugando al pillao. Creo que dudamos a la vez, no sabemos si es más educado despedirnos, emplazarnos a otro momento o continuar la charla. Pero Ana resuelve:

—Me tengo que ir corriendo, pero nos tomamos un café cuando tengas tiempo. —Esas dos últimas palabras dichas con una intención que no sé descifrar—. Si quieres, claro.

—Claro que quiero. —Claro que quiero.

—Mi número es el mismo —me guiña un ojo, ¿ella guiñaba el ojo antes?—, ya lo sabes.

Se pone de puntillas, me da dos besos y se va. Me quedo
hecho un pasmarote, observando el vulgar contoneo de sus
caderas al alejarse. Imbuyéndome en un reflejo que me espan-
ta por lo que me reconozco en él.

Hay que arreglar el quinqué, que se le calló a la pequeña y se
a roto la boquilla y es un pico. Nos quedamos sin chocolate en
las pascuas. En La isla del tesoro pone: el suelo veíase cubierto
de arena para evitar que se ensuciase. Hacen como aquí cal
Pichón, que le hechan serrín y hasta pasan con la mula, y eso
que es un bar.

J me dijo anoche unas cosas que no me atrebo a escribirlas.
Pero por si me quiero acordar cuando sea vieja y repase este
escrito: semillas de ababol, luna llena.

Desayuno con mi madre. Soy el primer sorprendido al haberme despertado a una hora decente, al compartir mesa con ella
para empezar el día. Ni siquiera ha sido premeditado. Anoche
cenamos, le comenté que había visto a Ana, leí un rato y con-
cilié el sueño con menos dificultades que de costumbre. He
amanecido sobre las nueve, bastante descansado, soy consciente de que es jueves, de que el mes de julio encara su recta
final y de que el cielo está preñado de grandes nubes blancas,
muy lejanas, que sirven de bonita profundidad de campo para
las piruetas de las golondrinas. Ya en la cocina, en vez de aco-
germe a la leche con cereales que tan poco esfuerzo precisa,
me preparo unas tostadas con aceite, tomate del huerto y jamón. Mientras sus ojos azules siguen mi recorrido, mi madre
se sonríe como el espectador de un circo que contemplara a
un chimpancé montar en bicicleta.

Resulta que me siento bien interpretando este papel, aunque sea consciente de que es eso, un papel, un engañito superpuesto al fraude que es mi estancia aquí. Pienso en lo poco que cuesta contentarla, en el mínimo empeño que hay que poner para sacarle una sonrisa. No es así con los demás, claro, solo le pasa conmigo. Supongo que debería alegrarme, pero su bondad, esta bula papal que nunca se tambalea haga lo que haga, me da un poco de rabia. A veces me gustaría que me riñera, que me dijera qué horas son estas para levantarse, cuántos currículums has mandado hoy, cómo piensas salir del paro. Es difícil ser adulto cuando te tratan como un niño al que se le celebra cada cosa que ejecuta como si fuera la primera vez, y más difícil es si uno se sumerge en ese estado como el que más.

Muerdo una tostada y recupero un nombre que espera a ser atendido en el flujo de mi conciencia desde que fuimos a ver a la tía Sátur: Ramona. Si viviera en una película, una voz en off lo repetiría ahora con mucho eco, como viniendo de un sueño. Es un buen tema para seguir ejerciendo de hijo bien educado mientras me tomo el desayuno a una velocidad muy inferior a la que me saldría natural.

—¿Quién es la tía Ramona?

Mi madre demuda su sonrisa, su cara es un eclipse total. Hay palabras que tienen ese efecto.

—Era hermana de la yaya. —Pausa—. La pobre se murió muy joven, antes de que yo naciera. Murió el año que nació tu padre, el cuarenta y nueve.

En otro momento me hubiera conformado con esta respuesta, pero mientras acaricio a la Olvi, que ha acudido a mi lado al escucharnos hablar, quiero encajar a esta mujer de la que no sé nada en el árbol genealógico. Juraría que ni he escuchado su nombre, pero empiezo a ser consciente de mi natural ensimismamiento. Había dado por hecho que mi abuela solo tenía una hermana, la tía Sátur. Si lo pienso mejor, ni siquiera sé mucho de mi abuela. Que nació en 1924, que vestía de negro, que el párkinson la castigó con un tembleque involuntario y la llevó a la tumba. Su presencia durante mi niñez se redujo a cuidados y requerimientos. Recuerdo acudir a levantarla cuando ya no podía sola, cosas así. Cuando me miraba, en su rostro siempre había más sufrimiento que cariño. Quizá mi energía infantil le recordaba la que ya no tenía, la que ya nunca tendría. Igual no podía mirarme sin que le doliera no disfrutar del todo de su nieto.

—No sabía que la yaya tuviera otra hermana.

—Sí, hijico, eran tres. Ramona era la mayor y fue la que crio a las otras dos, porque ellas se criaron sin madre.

—¿Cómo sin madre?

—Se murió joven también, y antes estuvo mala mucho tiempo. Por lo visto era una mujer grande, como la tía Ramona, y algo le entró que se quedó sin poder moverse y no la podían tener en la casa. —Toda esta información es nueva para mí, claro que tampoco he preguntado nunca por ella—. La yaya me decía que era como un ángel, con la piel muy blanca y muy suave. Claro, si estaba tol día acostá. Y que las llevaban de pequeñas a verla y les daba miedo.

Conecto lo que me cuenta con el retrato coloreado que cuelga cerca de una de las esquinas del salón. Siempre me ha hecho gracia porque sale mi abuela muy pequeña, con tres o cuatro años, pero lleva el pelo rapado y ropa de marinerito. A veces le he preguntado a mi madre por qué la vistieron de niño y no lo sabe. Fascinado por el travestismo infantil, nunca se me ocurrió preguntar por la mujer que le toma la mano.

—¿Qué le pasaba?

—Pos no lo sabemos. Una vez le pregunté a don Sebastián, el médico que había aquí cuando eras pequeño, y me dijo que seguramente era diabética y le dio una subida y se quedó así. O cualquier otra cosa, vaya usté a saber. En aquellos años no era como ahora, que enseguida te sacan sangre y te hacen pruebas. El caso es que tan joven, con la tía Sátur recién nacía, se quedó así sin poder moverse ni hablar, se la llevaron a la casa de sus padres pa que la atendieran allí porque en su casa con las chiquillas y to, pos era más difícil. Y luego a luego se murió.

—¿Y a la tía Ramona le pasó lo mismo?

La cucharilla del café choca con el fondo de la taza, mi madre la remueve aunque no queda nada. Noto que está escogiendo con cuidado las palabras.

—No, hijo mío, lo suyo fue de repente.

Percibo la solemnidad con que habla del tema y la reproduzco: le concedo a la respuesta la misma cantidad de silencio que la ha precedido. Aunque sean cosas de hace más de sesenta años, sé que las mujeres de los pueblos cargan con secretos, medias voces y confesiones que no caducan dentro de sus pechos bordados. He visto cómo las casas de estos lugares solo abren sus esquinas más ocultas a las mujeres, cómo estas depositan en ellos pedazos de una herencia invisible que quizá nunca más salgan a la luz. En esta conversación me siento un forastero, un insecto que ha acabado en esta telaraña y al que le han permitido instalarse en ella. Mi madre no tiene hijas, solo a mí puede enseñarme dónde están esos cerrojos que se ocultan en las sombras, qué llaves intangibles los atraviesan. Creo que ser marica me transfiere una parte de ese poder femenino.

—¿Qué le pasó? —Antes del «pasó» mi madre ya se ha levantado y está recogiendo los cacharros. Con el trajín se despoja de las hechuras graves de la charla, como los perros cuando se menean para secarse.

—Vamos otro día a ver a la tía Sátur, que te lo contará mejor —lo dice con el tono que usaría para: hoy comemos arroz al horno.

Hay días que da gusto estar aquí. Cada vez que hacemos mataero dan ganas de parar un momentico, hablar alto para que te oigan y decir: ¿no podríamos vivir to el año así? Vienen los vecinos a ayudarnos, como los ayudamos nosotras cuando matan, estamos contentos, nos ponemos de acuerdo para que nada esté fuera de su sitio. Y mira que se trabaja, porque desde que viene el matachín y sacan el gorrino a la puerta hasta que está la chicha arreglá y curándose, son días de muchismo trabajo. Pero no los hay mejores, claro que también son los días que más se come.

Después hay que esperar un año para volver a provar las gachas del mataero y las guarricas, qué buenas que están. La Cequela a trabajao como si el gorrino fuera suyo. Mira que es apañá la muchacha, y que no le salga novio. Claro que la pobre tampoco tiene mucho que agradecerle al señor. Fea lo que se dice fea no es, porque es tan prudente y tan buena que eso se le ve en la cara, pero a eso los muchachos no le hechan cuentas. Sentiría que se quedara sola, pero ya a estas alturas el hombre que se fije en ella sabrá que le está aciendo un favor grande, y con eso te acen valer menos que una zapatilla.

Muchas veces estoy con ella cosiendo en la puerta o lavando y nos quedamos las dos solas y me dan ganas de contarle lo de J, de contárselo todico. Pero sé que no puedo, que hay cosas que las mujeres no podemos contarnos ni entre nosotras. Y muchas veces son las que algunas se ponen a repasar en cuanto te das la vuelta. Que la Cequela bien sé yo que no me pone en la picota, pero a las otras de la calle las temo más que un nublo. En este pueblo las cosas que más se quieren ocultar son las que más se nombran cuando no estás delante.

Por eso digo que dan ganas de que el mataero no terminara. Porque cuando vienen los vecinos a limpiar las tripas y a embusar, y después comemos tos juntos, nadie diría que hablamos mal luego unos de otros, ni que estamos pendientes a ver qué hace este o qué hace aquella. Si hoy hasta hemos hecho café, que después de tanto trabajo es gloria bendita, y nos lo hemos tomao despacico para que nos durara y nos acordábamos de *cosas de cuando éramos pequeñas y hasta les e hechao una* *coplilla. Que estaba cantando y pensaba: nos matamos entre* *nosotros como Caín y Abel y bastantes enemigos tenemos ya* *la gente pobre. Pero cuántas veces nos envalentonamos con el* *que tenemos al lao porque no nos atrebemos con el de encima.*

Tengo que cortarme el pelo, me doy cuenta al abrir el portátil para ver un capítulo de *A dos metros bajo tierra*. En la pantalla negra, justo antes de iluminarse, he visto la silueta de una cabeza que casi ni reconozco. Mañana es la cita con Julio y será mejor que me adecente. Tengo que trazar un plan, porque ir a la peluquería de Valeriano, ca Vale, donde iba aquí toda la vida... no sé si es una posibilidad. Será más fácil buscar una en Almansa, que además ca Vale te cortan el pelo al lado de esa ventana grande a la vista de todo el que pasa.

Y eso que de pequeño me encantaba ir. Era uno de los pocos lugares donde podía ensayar ser otra persona, o al menos una versión distinta de mí mismo. El tiempo del corte de pelo era una hoja en blanco que podía colorear a mi antojo. Concentrado en su tarea, Vale respondía a lo que le iba contando con interés irregular, y eso hacía que yo pudiera practicar una conversación adulta sin demasiado peligro. En la peluquería me parecía que Baratrillo podía contener otros espacios, otras texturas, además de la de mi casa y la del colegio; rincones donde las personas se portaban de otra manera, o se portaban de otra manera conmigo. Quizá allí hablé por primera vez de política cuando ganó Zapatero y empezó a interesarme, o describía tal película que había alquilado en el videoclub, antes de que lo cerrasen.

Acudía allí, no sé, ¿treinta minutos cada dos meses?, así que era fácil sentir que no molestaba, que una exposición tan limitada a lo que yo era no me amenazaba demasiado. La peluquería no era como esta casa o como la escuela, en la que me rodeaba gente que tenía que verme todos los días, a todas horas. No puedo concentrarme en la serie mientras me acuerdo de estas cosas. La pauso en un primer plano de David Fisher. Como quien se acuerda de una palabra que buscaba una semana atrás y no le salía, rompe contra mí una sensación que había olvidado: el alivio finito, la quietud del ojo de la tormenta. Ese ratito en el que se bajaba la guardia; esa persona con la que se desactivaban un rato las alarmas.

Aquel chico que estuvo con nosotros un curso porque a su madre la destinaron como profesora en el colegio, ¿José Vicente? Creo que fue en sexto de primaria. Era el nuevo y tenía pinta de pardillo; me hice amigo suyo de inmediato. Que viniera de fuera me ofrecía un espacio vacío, con él todavía había tiempo hasta que descubriera que no quería juntarse conmigo. Qué alivio ser contemplado por unos ojos que no habían estado ahí desde siempre, qué libertad de movimientos cuando tu interlocutor no sabe cómo eres, de quién eres hijo, nieto, vecino, enemigo jurado. Primo.

Quienes nos hemos ido a un lugar donde *no te conoce nadie* hemos buscado el alivio de deshacernos entre la multitud, de abandonar en una esquina aquello que nos hacía agachar la cabeza. Quizá estoy generalizando. Yo hui y ahora he vuelto, y es extraño que haya sido al regresar cuando me he dado cuenta del desgarro con el que me fui de aquí. La manera en la que desgajé mi existencia de este pueblo y este pueblo de mi existencia.

Voy a ir ca Vale, me cago en dios. Voy a ir ca Vale porque quién me va a impedir que salga a la calle o que cruce la plaza de los burros o que me tome algo en el paseo si me apetece. Quién me lo ha estado impidiendo todos estos años. Prefiero no responder.

Busco en Google el teléfono y, con esta impetuosidad que me hace hasta un poco de gracia, pulso el botón de llamar.

—Peluquería, ¿dígame?

—Hola, quería cortarme el pelo, cuando puedas.

—Pos ahora mismo no hay nadie, si te viene bien.

—Ah... —El miedo viene de vuelta, después de completar su órbita de traslación fuera de mí. Pero decido no hacerle caso—. Perfecto.

—¿Quién eres? Pa apuntarte.

—Valentín —y antes de que active su Rolodex mental, me adelanto—, el del Borrachín.

—Ah, claro. Venga, pues vente pacá.

Me tiemblan las piernas cuando piso la calle, o espero con tal convencimiento que me tiemblen que para el caso es lo mismo. Esto no es acompañar a mi madre a algún lado o hacer un recao, es haber escogido hacer lo que estoy haciendo, y el resultado no tiene ni sombra de épica. Cruzo el pueblo, de nuevo cruzo el pueblo sin que ningún jinete del apocalipsis aparezca por encima de mi cabeza, y llego ca Vale. Me lanza un cuánto tiempo, pero poco más. En cuanto me siento en la butaca se pone a colocarme la capa y a silbar. No me pregunta si estoy de vacaciones, no se cuestiona qué hago en el pueblo; me pregunta simplemente cómo quiero el corte. Y eso que creo que quizá le diría la verdad, que estoy buscando trabajo desde aquí, que estoy en el paro.

Anoche chequeé Infojobs y derivados. De la productora a la que mandé aquel extenso cuestionario no hay respuesta. El verano avanza y en estas fechas el poco movimiento que permite la crisis está todavía más detenido. Mientras Vale me rapa la nuca entiendo que no soy el único en esta situación. Repaso la lista de mis compañeros de clase que me consta que están sin empleo, y los que han emigrado para buscarse la vida. No es que me compare, pero desde el pueblo es más difícil. Además, no tengo unos padres con contactos ni un excompañero de pádel que vaya a montar una empresa. Un consuelo tibio me avisa de que, por más formado que esté y por más empeño que le ponga, si se lo pusiera, mis opciones son limitadas. Lo cual es una putada, claro, pero también algo que escapa de mi control. Concibo la posibilidad de que esté haciendo más o menos lo que tengo que hacer, de que no pueda hacer mucho más. ¿No?

—¿Estudias en Madrí, no?

Vale me devuelve al presente.

—Estudiaba, ya he terminao.

—¿Qué has estudiao?

—Publicidad y relaciones públicas, y un máster en marketing digital. —La verdad es que suena bien.

—Ah, pues mi hija quiere hacer algo de eso.

—¿Ah, sí?

—Sí, está dudando, aunque tiene tiempo porque aún va a empezar el bachillerato este curso. Lo mismo podrías hablar con ella, que además está empeñá en estudiar en Madrí.

Qué.

—Claro, le das mi número y que me llame.

—Te lo agradezco, macho.

El cambio de tornas que siento es casi físico. Me he colocado, en Baratrillo de la Mancha, por encima de algo, de alguien.

Cuando llego a casa me miro al espejo con detenimiento. El corte es resultón, me veo guapo. En mi cuarto, me pongo los cascos y selecciono en Spotify *Electric*, el último disco de los Pet Shop Boys. La ventana está abierta y entra una corriente agradable. Es curioso el efecto de mirar esta ausencia de paisaje que tan bien conozco con los sintetizadores, los bombos, las cuerdas sintéticas y la voz de Neil Tennant estallándome en los oídos. Para cuando llega «Vocal», la última canción, me doy cuenta de que llevo un rato bailando. *And everything about tonight feels right and so young, and anything I wanna say out loud will be sung. This is my kind of music. They play it all night long.*

Hola cuaderno. Anoche Joaquín le estuvo echando serenatas a la África, y cantaba muy bien. Se casarán pronto, digo yo. Me alegro por ella, que es muy simpática. Esta mañana lo estaban comentando algunas y no sé cómo les e acabao contando la pasá con Don Manuel, cuando me llamó la atención por cantar la de los ojos verdes y me izo pasar verguenza. Todas se reían y al final me reía yo también. Y luego en misa no lo podía mirar a la cara porque me entraba otra vez la risa.

Pero no es eso lo que yo venía a contar, lo que pasa es que no quiero escribir lo que tengo que escribir. J tiene novia formal en Valencia, era una cosa que tenía a pasar y aquí está. Me alegro, mira lo que te digo. Al que le an de dar cien palos, cuanto antes.

Por mí que se case y que se valla del pueblo. A ver si es que soy yo la que va a buscarlo, que no e ido nunca. Yo voy a su casa porque me manda padre, y porque si no de dónde íbamos a sacar, en qué otro sitio nos iban a dar esas perras por lo del huerto. Se creerán que nos hace un favor, encima. Que del desprecio con el que me mira la señora cuando me la cruzo me dan ganas de tirarle los cuartos a la cara y decirle ay los llevas que no los quiero.

Pero el caso es que cuando me vino la Cojita con el cuento de la novia, que le añadió que cualquier día la teníamos por el pueblo pa ver qué cara ponía yo, no era rabia lo que me subía por las piernas. Era un alivio parecido al de despertarte de un sueño cuando te das cuenta que era un sueño.

Cuando pienso en J hay veces que lo primero que me se viene es la pesombre del domingo aquel en el palacio, y otras veces es lo blanco de su carne cuando le da la luz de la luna, que parece un espejo. Y sé que ni una cosa es pesadilla ni la otra sueño plácido, porque son cosas que han pasao de verdad, las dos caras de una moneda que me encontré una tarde de primavera aunque no me correspondía.

Lo que me corresponde es el campo, los sabañones en las ma-
nos de lavar en el agua helá del lavaero, los huevos de las
gallinas en esta cuadra, atender a padre cuando haya que lim-
piarle el culo como hicieron conmigo cuando nací. Lo que me
corresponde es padecer y levantar el brazo según con quién
me cruce por la calle, me toca confesarme aunque no crea en el
cielo ni en el infierno. Lo demás se queda entre los matojos y
en las lindes de los bancales, aquí a casi todas lo que nos toca
de verdad no es eso, es agachar la cabeza y hacer lo que nos
manden y esperar la muerte.

Me figuraba yo que cuando llegara este día iba a llorar
y hasta patalear, y nada. Lo que sí me viene es un cansancio
de dentro, que no es como el de los brazos y los riñones des-
pués de vendimiar, ni es dolor tampoco de tripas o de muelas,
que está en un sitio solo. Es un cansancio del todo, como cuan-
do te baja la fiebre y vuelves a poder juntar un pensamiento
con otro pero te cuesta un mundo. Ahora, que el domingo que
viene me encasqueto el vestido más nuevo que tengo pa que él
lo vea, a ver si se piensa que voy a estar aún con la tragantina.
Si el señor resucitó en tres días, yo igual.

Desbrozo un poco la pereza y le dedico un rato al dichoso
documento para el centro joven. Miro la programación de
lugares parecidos, me descargo varios PDF donde abunda la
simpática Comic Sans. Selecciono ciertas actividades que me
parecen menos coñazo y les doy un poco de forma; es sobre
todo un copia-pega, pero voy teniendo algo potable. Un taller
de cortos hechos con el móvil, un concurso de poesía, expe-
rimentos científicos seguros para niños... Alterno la holgaza-
na redacción del informe con vídeos de gente probando chuches japonesas en YouTube.

Recibo unos mensajes de Julio, que me escribe para confir-
mar que voy después de comer a su parcela. Respondo que

confirmadísimo, le añado algún emoji. Me apetece quedar con él, hablar con él. Me apetece contarle algunas de las cosas que me están removiendo últimamente y que quizá él ha vivido también. Follar no sé si me apetece, pero es la forma de acceder al conocimiento de alguien que ha pasado por una vida similar a la mía y me lleva ventaja. No sé nada de las existencias de los maricones de cuarenta, de sesenta, de ochenta años. La charla del otro día creo que es el único rato en el que un marica más mayor me ha ofrecido un pedazo valioso de su experiencia. Y no sé, aunque yo no vaya a vivir lo mismo, porque las circunstancias han cambiado muchísimo, da tranquilidad saber qué han hecho los demás antes que yo, cómo han superado sus movidas.

Probablemente si nos hubiéramos conocido en Madrid nunca me habría fijado en él. Para qué nos vamos a engañar, los hombres de esa edad que llamamos mediana siempre resultan un poco sospechosos cuando andan detrás de jovencitos. No es que yo sea un efebo, pero las parejas con esa diferencia siempre hacen levantar la ceja. Ni siquiera entre los grupitos de amigos en Madrid hay demasiada horquilla de edad, como mucho algún chico cuatro o cinco años mayor, de esos que se empeñan en vestir como si en realidad estuvieran por debajo de la media.

Yo desde luego nunca me había parado a charlar con un marica mayor, y claro, todo lo que me cuenta es nuevo. Estaría bien conocer alguno más, es interesante escuchar sus testimonios de primera mano, aunque no sean tan remotos, además de leer a Lorca y a Gide. Aunque, bueno, cuando vuelva a Madrid veremos si tengo tiempo para eso.

Después de comer repito fórmula: le digo a mi madre que voy a ver a la Marillanos a Almansa y le parece bien. Podría decirle que voy a ver a un chico al que estoy conociendo, podría avivar *esa conversación* que lleva pendiente una década, pero hoy no es el día. Nunca es el día, en realidad. Lo más seguro es que esa conversación envejezca y muera con nosotros, dentro de nosotros, y deberé acostumbrarme. Al fin y al cabo, llevo años practicando.

La furgoneta atraviesa el alquitrán que divide las viñas. Aunque llevo las ventanillas medio bajadas, la parte de debajo de los muslos se me pega al asiento a causa del sudor. Cuando llego a la zona, me hago el chulo e intento dar con la finca de Julio sin poner Google Maps, pero después de un par de vueltas abro la app y reprogramo las coordenadas que me mandó la primera vez. Al poco estoy delante de la valla cubierta de lona verde y hago sonar el claxon.

Julio aparece en la puerta en bañador y me sonríe de una manera que sé lo que quiere decir. Empieza a besarme en cuanto me acerco. Se me cae la mochila o la dejo caer y respondo; la oscuridad encendida de los ojos que mantengo cerrados se llena del sol de la tarde. Enredarme en su cuerpo tiene un efecto balsámico, aftersun sobre piel abrasada. Meto las manos por debajo del bañador y le agarro unos glúteos que me gustaría que fueran más firmes, pero qué más da. Él despega la cara un momento y me dice:

—Vamos dentro.

Me coge de la mano y me lleva a la casita, que es poco más que un comedor techado con una cocina de gas. En un lado hay un sofá en el que se tira y me arrastra con él. Sobre los bultos irregulares del viejo mueble me entrego con violencia y urjo ser embestido. Esto le excita y, sin hablar, desatamos un cuerpo a cuerpo refulgente. Su carne se me escapa de entre las manos, quiero abarcar toda esa piel moteada de pecas. Nos buscamos fieramente la boca, la nuca, los sobacos, las ingles, nos revolcamos como especialistas, como si lo hubiésemos ensayado.

La ropa no sé dónde ha quedado. A fuerza de puros envites acabamos en el suelo, que es de loza y está frío. Yo encima de él. Despego los labios un momento, separo la cabeza, le miro, le abro la boca con el pulgar y escupo dentro. Su mirada se transforma, rescato un brillo que sus ojos debieron de inaugurar veinte años atrás, cuando descubrieron el fulgor bioluminiscente de la carne a oscuras.

Me echa al suelo y con la destreza de un carnicero se hace con el peso de mi cuerpo, que dispone boca abajo. Una mano firme me aplasta el cuello contra el escalofrío de la loza, otra me levanta el pubis hasta que quedo en posición de ofrenda.

—Aah.

Cierro los ojos al notar la espiral de una lengua golosa buscándome las entrañas. Mi pelvis se arranca con una danza primitiva persiguiendo el placer de la pequeña extremidad, que me hace un poco de cosquillas. Julio se relame y me da una bofetada con la mano abierta en el culo que sabe ácida y:

—Aaah.

Cuando saca la lengua estoy extasiado y no puedo abrir los ojos. Sé lo que viene a continuación, y una marea eléctrica me eriza el vello de la parte baja de la espalda. Le oigo trajinar con algo que suena a plástico y me preparo para la quemazón, para el dolor salado, para convencerme de que no me voy a cagar encima aunque lo parezca, y para el festín interno una vez atravesados esos dinteles.

Pero no ocurre nada. Me recoloco mejor por si ese es el problema, me quedo con el culo en pompa como en una clase de yoga. Escucho mi propia respiración ralentizándose. Cada segundo de más aguardando a que te la metan es una moneda al aire que puede dar con todo al traste, pero aún estamos a tiempo.

—¿Qué pasa?

Abro lo ojos y me giro. Julio tiene un preservativo a medio desenrollar en una mano, y con la otra se masturba frenéticamente.

—Espera.

Tira el condón y con la mano libre se estira mucho el escroto hacia abajo mientras sigue haciéndose una paja desesperada. Cierra los ojos muy fuerte y levanta la cabeza al techo. La estampa me corta bastante el rollo.

—¿No se te levanta?

—Que te esperes, coño. —Me lo dice enfadado. Ni que tuviera yo la culpa.

—¿Perdona?

—Dame un segundo, joder.

Pero este tío quién se ha creído que es.

—Y eso que solo has cumplido treinta y nueve...

No sé por qué lo digo. No sé por qué no me limito a pensarlo, como uno de tantos hachazos con los que me entretengo a mí mismo. Julio me mira, y más tarde, en casa, me viene esa cara una y otra vez sin que pueda decidir si tiene más de furia o de decepción. También me acordaré de cómo se secaban las gotas de sudor que le corrían por el pecho casi imberbe. Diría que se evaporaron todas a la vez.

No sé cómo lo hago, pero antes de lo que parece factible estoy en la furgoneta, lanzándome a la carretera y sin saber muy bien qué acaba de pasar. Por la noche no duermo bien, reproduzco uno de mis habituales desvelos en los que esta cama se me antoja estar compuesta por protuberancias informes y esquinas en punta. Las sábanas, pegajosas y calientes, me atrapan las extremidades guiadas por una voluntad punitiva. No soy capaz de poner en pie una explicación de por qué he dicho lo que he dicho, de por qué parece que me empeñe en atraer a la gente para que me pueda rechazar con más fuerza, desde más cerca. Pienso en levantarme, en subir a la terraza o mejor irme al campo así, casi desnudo; hacer algo radical, dejar traslucir con el comportamiento de mi cuerpo el estrépito que contiene. Pero no hago nada más allá de dar vueltas y vueltas y vueltas y esperar a que la noche se vaya por el sumidero que se ha tragado todas y cada una de mis expectativas. En algunos momentos el sueño parece querer alcanzarme y yo me entrego, pero incluso él me rechaza, me busca y me abandona, me busca y me abandona otra vez.

Resulta que John Silver, que era el cocinero del barco, es pirata y de los peligrosos aunque le falte una pierna. Me da pena por el muchacho que cuenta la historia, pero ahora está de acá para allá viviendo aventuras. El mar yo solo lo he visto en las películas, tiene que estar tan bonico.

En la isla había otro pirata viviendo y el muchacho se lo ha encontrao y claro, se pensaba que era una aparición. Qué pensaría Ben Gunn tos esos días allí solo, uno detrás del otro. Aunque unos días sin nadie que me moleste no iba a estar yo a disgusto. En esta casa es al rebés, lo que no tienes es un rato para estar tú sola tranquila, pensando lo que quieras.

Cuento esto porque no tengo ganas de hablar del pueblo ni de nada. La guardia civil se ha presentao en la casa y le han dicho a padre que les hechara dos costales de cebá. Y, claro, qué haces, pues se los das. Y ellos se los llevan y aquí paz y despúes gloria.

Para que se nos pasara el disgusto, cuando nos hemos vuelto de misa padre ha sacao un poco chocolate, que sabe lo que nos gusta y al final nos hemos podío chocolatear para celebrar la pascua. Aún le queda algún rato de ser aquel hombre cariñoso que se le caía la baba con sus tres chiquillas. Se está haciendo viejo y parece que le da menos apuro que sepamos que nos estima.

Naufrago por internet. Miro vídeo tras vídeo a cada cual más absurdo y condeno a muerte muchas horas sanas que me servirían para cualquier otra cosa. Ni siquiera me entretienen del todo mis clásicos infalibles, como el *Sorpresa ¡Sorpresa!* de

Mónica Naranjo o las vecinas de Valencia. En la pantalla un vídeo encadena otro y mi abandono es total. Llamo a Luisma, pero tiene el teléfono apagado.

Doy vueltas por la habitación, no entiendo qué hago todavía aquí. Por qué me he dejado embaucar por una tentativa de puesto de trabajo y por un conato de relación con un hombre si ni una cosa ni la otra se pueden concebir en este pueblo de mierda, en esta casa que se me cae encima. Pero qué hago aquí todavía, joder.

Del modo en que lo haría un modelo defectuoso de la nave Tardis de *Doctor Who*, este cuarto tiene, o ha tenido hasta ahora, la capacidad de trasladarme al mismo espacio-tiempo, a la misma circunstancia: al limbo suspendido de mi previda, el estado fetal en el que solo debía tener paciencia y esperar salir de aquí. La ansiedad de estar rodeado del pueblo la he soportado con la certeza de que me marcharía en dos o tres días, pero ese circuito se ha roto. Y qué coño se hace ahora.

Sé que Baratrillo no es mi lugar. Lo sé desde siempre aunque nadie me lo dijera, porque quién se molesta en subrayar lo evidente. Bien rápido lo aprendí. Creo que no respiré con plena capacidad pulmonar hasta que salí de aquí y creo que no podré hacerlo de nuevo hasta que me vaya. No es solo ser maricón, tiene que haber algo más. Miro a la gente del pueblo y está tranquila, vive tranquila. Qué abismo invisible me separa a mí de esa serenidad, qué estoy haciendo o dejando de hacer para no alcanzar nunca esa satisfacción con el hecho de existir. De dónde sale esta mancha que llevo en la frente; por qué parece que la inscribo a mayor profundidad cuando trato de borrarla. Todas las vidas me parecen fáciles menos la mía. Todas las personas me parecen preparadas para el mundo menos yo. Si uno se ha hecho mayor con la certeza de que no está en su sitio, siempre conservará la duda.

Baratrillo me ha jodido para siempre, nunca odiaré otro lugar con tanta intensidad. Ojalá me hubiera tocado cualquier otro lado. La Antártida, el desierto de Atacama, el Valle de la Muerte, me da igual. Ojalá al menos mis padres fueran de dinero y no un campesino y un ama de casa, así hubiera podido seguir en Madrid sin sentirme mal, sin tener que venirme al culo del mundo a esperar a que cambie mi suerte, a que quienes sí tienen ese poder cambien mi suerte. Me parece imposible que nadie sea feliz aquí, donde cada día y cada mes y cada año es una repetición del anterior, del siguiente, del de hace un año y dos y cinco y cien. Así estoy ahora, después de haber obtenido los títulos que me pedían, las notas que me exigían, el nivel de inglés, el Photoshop, las fórmulas del Excel que me cago en sus muertos. De nuevo aquí, con mi madre partiéndome la sandía, con mi padre durmiéndose frente a la tele, con el Valentín pequeño al que se le torció la vida cuando tomó conciencia del sitio donde le había tocado nacer.

¿A quién intento engañar? ¿Para quién ensayo esta representación? Me golpeo con las palmas de las manos abiertas en la frente y me doy cuenta de que todo lo que hago no lo hago para responder a mis deseos, sino por el pírrico alivio de un pesar mayor, y veo claramente que es lo que he hecho toda la puta vida. Siempre intentando contentar a los demás, siempre fingiendo, siempre disimulando algo; algo importante pero que se puede ocultar, porque si no se pudiera no requeriría tanto esfuerzo, sería imposible y todos me hubieran descubierto ya, lo cual de algún modo sería un alivio. Pero yo sí puedo, yo sí encuentro todavía fuerzas para fingir, para camuflar la mancha que siempre ha estado en mí y que va cambiando de lugar y que me reta a inventar formas nuevas de hacerla invisible o lo menos visible que pueda.

La pluma, mi cuerpo, el acento, la incomodidad, la escasez, la vergüenza, la confianza nula en uno mismo, la envidia, el fracaso íntimo, la culpa. Siempre batallando con algo entre las costillas, siempre desesperado por hacerme pasar por lo que no soy. Incluso en Madrid, incluso desde el apogeo de mis veinte años. Los demás son siempre mejores, siempre puedo hacer algo más para parecerme a ellos. Sé más masculino para ligar, sé más mariquita para divertir a las amigas, sé más listo para superar a los compañeros, sé más mundano para que no te den de lado, sé más auténtico para llamar la atención, sé más homogéneo para tener seguidores, sé menos de pueblo en la ciudad, sé menos de ciudad en el pueblo. Un esfuerzo que nunca se transforma en recompensa, porque solo alimenta el agujero negro que llevo dentro y que no se colma jamás, que nunca da un respiro, porque alimentarlo solo retrasa lo inevitable: que se den cuenta de que no soy eso que me esfuerzo en parecer o en interpretar. Que descubran que la mancha no se va; que soy la mancha.

Cojo el móvil, le escribo un wasap a mi prima Ana y le propongo vernos. Quizá solo quiero distraerme, quizá la busco justo ahora porque necesito un mínimo de intimidad con alguien que ya me la ofreció una vez. Alguien que ha estado ahí, en la formación de esta incertidumbre que me aplasta, del ruido de fondo. Alguien a quien pueda tener enfrente y no buscar eufemismos para las cosas importantes. Pero qué digo, necesito que nos veamos para aliviar un poco la carga, para que no me siga aplastando también *esa* culpa.

Hago tiempo leyendo Twitter en diagonal. Hay novedades en el caso Bárcenas, pincho en algunos enlaces, pero no leo su contenido. Como la política española, llevo unas semanas en que las que los acontecimientos se suceden unos a otros con estridencia y sin que en realidad cambie nada. No contaba con Julio, con lo del centro joven, ni siquiera con Ana, a la que mejor despacho así, cuanto antes. No contaba con estar aquí el tiempo suficiente para que los demás se percataran de mi presencia, para enredarme con la existencia de otras personas. Saber que los otros están ahí, esperando que me exponga a su mirada, me impide concentrarme en nada más.

Sigo mirando Twitter para no pensar, pero las noticias del mundo suenan menos creíbles leídas desde este cuarto en el que me atrinchero. Me he negado hasta ahora a salir al exterior en la medida de lo posible, a no dejarme observar por los demás, porque si me observan lo suficiente se darán cuenta de lo poco que valgo. Pero es que ahora esta habitación tampoco funciona. He superado el umbral. He vivido ya el suficiente tiempo de mi vida real para que encerrarme aquí haya dejado de valerme. No hay vuelta atrás, no soy capaz de vestirme con la piel muerta del niño enterrado.

Doy un respingo cuando el móvil vibra en mis manos.

Primoooooo
Claro k puedo kdar
A las oxo??

Nos citamos para tomar algo en el paseo, y el ruido de fondo es ahora un huracán. Confirmo la cita mientras me arrepiento de haberla propuesto. Qué necesidad de esta visita del fantasma de las Navidades pasadas, del combate de tú hiciste eso y tú dijiste aquello, otra vez a negociar con gente pequeña sus pequeños sentimientos en este Liliput estéril que a nadie le importa, que tantas veces omito en Madrid cuando me preguntan de dónde soy, porque bien pronto me armé de chistes para cortar la conversación con una risa. Soy de Albacete, pero te puedes ahorrar la rima; soy manchego como el queso, pero huelo mejor; soy el tercer maricón más importante de La Mancha, después de Pedro Almodóvar y Sara Montiel.

Aquí ni las bromas me sirven, ni los chascarrillos median entre mi fracaso y mis paisanos, que lo único que quiero es que me dejen en paz, que se olviden de que existo hasta que una empresa se digne a fijarse en mí, hasta que entre tantos recortes y tanta corrupción un pedazo de este sistema laboral por fin se precipite encima de mi cráneo como le caía el yunque al Coyote del Correcaminos, pero no para despachurrarme al momento, sino para aplastarme muy lentamente y con mucho empeño durante cuarenta años hasta que me jubile y luego me muera.

Quisiera gritar, pero no soy de gritar; quisiera llorar, pero no soy de llorar. Alguien que me observara ahora mismo no notaría nada, ese es mi superpoder. Sigo tumbado mirando el móvil, esperando a que se haga la hora de ver a mi prima y entonces quizá hacer algo estrambótico, yo qué sé. Seguramente sea mejor que no vaya, que no me presente. Hemos estado muchos años sin vernos y cada uno ha hecho su vida, por más que la mía, como la economía, haya entrado en recesión. Pero bueno, nos tomaremos algo y charlaremos con desinterés de las cuatro cosas que nos pongan al día y yo lo pasaré fatal porque estaré en la puta calle de este puto pueblo, y entonces cumpliremos como primos, como familia, y seguiremos con nuestra miseria cada uno por su lado.

Esta rabia suspendida me da sueño, consume mis energías; me quedo traspuesto. Durante la siesta aparecen algunas imágenes vívidas, mezcla de mi viaje a Berlín y del parque del Retiro, pero cuando despierto con la baba formando un aura en la almohada ya se me ha olvidado. Mi prima me ha escrito que nos vemos en la terraza del Skorpio.

Me visto con una camisa vintage estampada, unos minishorts y unas sandalias que metí en lo más profundo del armario, porque qué otra cosa hacer con mi ropa de verdad, pero ahora la recupero porque el Skorpio es el pub central del paseo, y el paseo es el punto neurálgico del pueblo, donde hasta había un pequeño cine hace décadas, así que decido darles a las miradas con las que me cruce lo que esperan de mí: me visto de maricón pintao, con el uniforme con el que me he paseado tantas veces por Chueca y por Malasaña y por el Barrio de las Letras. Que todos se enteren de que estoy aquí si eso les va a servir para tener un minuto de charla interesante en mitad de sus aburridísimas rutinas. Si Baratrillo no me permite consumirme en la discreción de mi cuarto, repartiré mi podredumbre con todos.

Bajo las escaleras y mi madre me dice con mucha alegría que estoy guapismo. Qué va a decir, la pobre ya no sabe por dónde le viene el aire conmigo. Cuando le revelo que he quedado con Ana, pone una cara tan radiante que por un instante desearía sentir una parte de ese júbilo sincero. Me dice que qué bien, y hasta va un momento a la cómoda de su habitación y vuelve con veinte euros, que me entrega. El billete cruje en mi mano mientras salgo a la calle, con la cabeza al frente y decidido a no echar cuentas del miedo, de la vergüenza y de la ansiedad que me asaetean la carne como a san Sebastián cada vez que pongo un pie en estas cuatro calles.

Pero el pueblo ignora mi atrevimiento. La gente con la que me cruzo parece tener mejores cosas que hacer que reparar en que estoy ahí. Llego a la terraza y un par de mesas están ocupadas por personas que quizá me miran un momento, pero después siguen a lo suyo. Me siento, espero. Solía ser yo quien llegaba tarde a mis encuentros con Ana. Conforme pasan los minutos me encuentro ridículo vestido así, como si estuviera esperando que empiece un espectáculo travesti en el Black&White o en el LL, debajo de estas carrascas —le oí a mi padre un día decir las carrascas del paseo, así que supongo que eso es lo que son— que me cobijaron tantos días yendo y viniendo a coger el autobús del instituto. Para mitigar esa sensación me pido una cerveza, y no sé si es la primera que me pido jamás en el pueblo, porque me marché antes de que empezara a gustarme y desde entonces nunca he salido a tomar algo cuando he estado aquí.

Cuando me la sirven y su torrente amargo encuentra mi esófago y alivia un poco la angustia, experimento una sinestesia mal ensamblada: el sabor y la visión que percibo no pueden ir a la vez, no casan, no concuerdan. Tomar una caña es algo del Valentín adulto, del de Madrid, no del sietemesino descomunal en el que me transformo cuando estoy aquí. El tejido de la camisa explora mi piel porque se ha levantado algo de corriente, algunas ramas se zarandean y nos saludan desde lo alto. Tres o cuatro niños pequeños vienen a todo correr, piden un euro a una señora que se ríe y toma un bitter kas muy rojo y se vuelven a marchar con un estallido de gozo. Si no supiera bien que este lugar es el infierno, ahora mismo costaría imaginarlo.

Está Baratrillo del rebés. Se han llevao al vizconde al cuartel, estaba esta tarde to el mundo en la calle y si los dejan lo matan allí mismo antes de meterlo en el calabozo. A ver si ordenando lo que me han dicho unas y otras esplico bien la historia. Lo primero es que la Rosa de Sarmiento viene y me dice: ¿sabes que ha parío la Belén? Yo qué voy a saber. Nadie se había enterao de que estaba preñá, si es que tiene toda la chicha por detrás. Como no llevara al chiquillo en el culo...

A la Belén la mandó su madre con los vizcondes un año hará, y por lo visto ya le habían dicho las vecinas no te lleves a la muchacha a la aldea, porque el señor tiene la fama que tiene. Pero claro, si la colocaba allí, pues una boca menos en su casa y ella con comida y fonda. El caso es que comentaban que quería casarla con un esquilaor, no sé si eso ya estaría apañao.

No lo he dicho, pero la Socorro la madre de la Belén es entranta y salienta de la casa los vizcondes, por eso la colocó allí. Por lo visto algún criado se escapó y llegó a su casa y no le dijo más que ves a por tu hija ahora mismo. La mujer se asustaría, claro, porque si vienen de esa manera y te dicen eso, pues sabes que algo pasa y que bueno no va a ser. Pallá que se fue y se la trajo al pueblo en la burra, y se la llevó al cuartel porque ya le habría visto en la cara lo que pasaba. Parece que el guarda vio a la muchacha y dijo, esto no es cosa nuestra, esto es cosa del médico. Y se fue con ellas a ver a Don Pedro, y entonces es cuando con el trajín la gente empezó a alborotarse y a juntarse en la plaza.

Por lo visto Don Pedro le dijo a la Belén sácate una teta. Y claro, en cuanto se la sacó, dos chorros de leche. Recién paría estaba la criatura que cómo habría ido en la burra desde la aldea sin perder el conocimiento. Y entonces el guarda y el médico le dijeron tira parriba y saca el chiquillo de donde esté.

Cuando llegaron la señora se hizo la tonta, como sorprendiéndose mucho, pero la Cojita que tiene allí a su prima sirviendo dice que los estaba esperando, y que el señor se había ido a las viñas para que se crelleran que andaba por allí vigilando algo. Cuando llegaron la señora les dijo que ella no se había enterao de na, que la casa es muy grande. Que la casa será grande, pero ¿no has sentío a la muchacha parir? Anda y que te caiga un bombón. Y cuando llegó el señor, que no sé si a lo primero querría hacer ver que él tampoco sabía nada, luego ya reconoció todo y sacó a la criatura de donde la había enterao.

Si esta gente no sufre lo que le quede de vida, entonces sabré bien que no hay Dios ni justicia. Hasta padre, que nunca se mete en las cosas del pueblo, estaba allí con nosotras en la fuente los burros y tenía una rabia que se le saltaban las lágrimas, y a mí de verlo a él. Así cuando se junta la gente da miedo, parece que estemos esperando a que uno salte para saltar los demás como las gallinas, que cuando una le pica a otra le pican detrás todas las del gallinero. A ver quién duerme ahora con este cuerpo.

En La isla del tesoro viene una cosa que tiene que ver con esto y que me di cuenta de que algo así había escrito yo una vez, y lo he repasao y sí se parece, es verdad. Lo copio lo que pone en el libro: Se dice que el miedo es contagioso, pero por otro lado, y por esta misma razón, la gente llega a veces a envalentonarse muchísimo.

Me encanta la historia, pero hay bastantes palabras que no entiendo y las voy apuntando aquí al final a ver si algún día le puedo preguntar a alguien lo que significan.

—¿Qué tal?

—Bien, ¿llevas mucho esperando?

—Nah, cinco minutos. Lo único que ya he pedido para mí.

—Pojclaro, muy bien que has hecho. ¡Jefa! Un tercio. ¿Y mis tíos?

Lejos de la luz de quirófano de la sala del ayuntamiento está mucho más guapa. También es que viene arreglada, con un vestido de flores y el pelo recogido en una coleta tirante que le despeja la cara. Creo que hasta se ha pintado la raya del ojo. Después de pedir se pone a liar un cigarro, y distraída en su actividad se vuelve una niña. Se transparenta en su cara la Primanica, mi Primanica.

—Bien, mi padre en el campo, supongo, y a mi madre allí me la he dejao con el ganchillo.

—Ma, seguro. Yo no sé cómo le da tiempo a hacer tanta cosa. Ya me ha dicho que me va a hacer una manta pal invierno.

—Sí, me ha dicho que la lleve a Almansa a por lana un día de estos.

Primer silencio. Qué hago, qué digo. Qué le pregunto que no sea maleducado.

—Bueno, ¿y cuándo llegastes al pueblo? —Menos mal que ella es más rápida.

—Pues hace... un par de meses. Terminé el máster y las prácticas, y como está así la cosa pues digo: por lo menos el verano lo paso aquí y ahorro. En septiembre me volveré a Madrid. —¿Ha sonado convincente?

—¿Tienes ya trabajo y eso? Como estabas en lo del ayuntamiento...

—Alguna cosa hay por ahí. —Esto sé que no ha sonado convincente—. Lo de la reunión es que me avisó mi madre y digo, pues no pierdo nada yendo.

—Seguro que te lo dan a ti. Si has sío siempre el más listo el pueblo.

—Hombre, no diría yo tanto.

—De nuestras edades, seguro.

Segundo silencio. Los cumplidos muchas veces lo traen aparejado.

—¿Paco qué tal?

—Bien. Bueno, regular. Estos hombres no son como nosotras, si no trabajan se aburren, están tol día mano sobre mano y luego la pagan contigo. No se les ocurre coger el mocho o poner una lavadora.

—¿Cuánto tiempo lleváis casaos?

—Dos años.

—Os casasteis muy jóvenes, ¿no? Para los tiempos que corren.

—Bueno. Yo con veintidós y él con veintitrés.

—Pues eso, muy jóvenes.

—La verdá es que nos casamos porque me quedé embarazá.

El tercer silencio es KO directo.

—¿En serio?

—Sí. Pero perdí al niño.

Lo que antes era silencio es ahora una pasta que sustituye el aire de mi garganta y que voy tragando para poder decir algo, pero se reproduce y siempre hay más. Miro al suelo. Después miro a mi prima, que fuma sin mayor aspaviento, con el aplomo de quien ha dicho tantas veces una frase que puede extraérsela de dentro sin sentir nada.

—Lo siento. No lo sabía.

—Cómo lo ibas a saber.

Algunos chiquillos pasan corriendo, jugando, gritando. El eco de su trotar todavía resuena cuando pasan de largo. Joder, tenía que ser justo ahora.

—Lo siento mucho.

Qué otra cosa se puede decir.

—No era buscao, pero una vez ya estaba dentro, pos tiramos palante. Paco dijo que nos casáramos más que nada por su familia, que es más tradicional. Y mira pa lo que nos sirvió.

—¿Estaba muy avanzao?

—De veinte semanas.

—Qué horror.

—Lo perdí antes de la boda. Pero como ya estaba montá, pos nos casamos.

Roma. Cuando me llamó mi madre y me dijo que Ana nos invitaba a su boda tal día, le dije que me pillaba en Roma. Compré los billetes esa misma tarde. Cuando llegó el momento del viaje ni me acordaba de que lo había montado como consecuencia de eso. Ni en el Coliseo ni el Foro ni en los Museos Vaticanos me acordé de mi prima.

—Seguro que a la próxima va mejor.

—No va a haber próxima.

—¿Por qué?

—Tengo fibromas uterinos.

No me da la cabeza para asimilarlo todo.

—No sé, no sé lo que es eso.

—La forma fácil de explicarlo es… que cuando perdí al niño, en el útero me quedó una cicatriz, y esa cicatriz ya no deja que se implante otro óvulo. O sea, el óvulo se podría fecundar, pero no se va a agarrar al útero, siempre se va a desprender.

Cuarto, quinto silencio. Me doy cuenta de que tiene interiorizados los conceptos médicos a fuerza de llorarlos. Expulsa humo con fuerza y resume, mirándome a los ojos:

—No me puedo quedar embarazá.

—¿Y la in vitro esa?

—Pasaría igual.

La tarde se condensa, está toda hecha de silencio.

—Ana, lo siento mucho.

—Ya me he hecho a la idea. ¿Pedimos otra?

Asiento con los ojos, no sé si muevo la cabeza.

—¡Jefa! Otras dos.

Esta charla está siendo como encontrar los párrafos finales de una novela que abandoné hace décadas.

—¿Cómo lo lleva Paco? También habrá sido duro para él.

—Estaba muy ilusionao. Como él son cuatro hermanos, siempre decía que quería tener muchos hijos.

—¿Y adoptar?

—Lo mismo, algún día. Pero con él en el paro y yo que lo único de mérito que tengo es la ESO que me he sacao por las noches... No está la cosa fácil.

—Pero tú estás trabajando, ¿no?

—Voy a hacer zapatos allí cal Manquito, pero sin contrato ni na. Cuando hay más faena gano más, y cuando hay menos, pos menos.

—Bueno, ya mejorará la cosa. La crisis no puede durar para siempre.

—No hay mal que cien años dure, eso dicen. Pero qué lentos que pasan.

—Pues fíjate, ahora que estoy aquí más tiempo, me da la sensación de que los últimos años han pasao rapidísimo. Como que hace cuatro días que me fui a Madrid.

—Hombre, pos no te habrás divertío tú poco en Madrí. Pero aquí es otra cosa. Nosotros nos fuimos primero a Almansa y luego a Ayora, donde le iba saliendo faena a Paco, y en los pueblos la vida es de otra manera. Y más si desde el día quince estás rezando pa que cambie ya de mes. Entonces no te cuento lo despacico que pasa el tiempo.

Dudo un momento.

—Si necesitas dinero...

—No por dios.

—...mis padres seguro que una mano te pueden echar. Si hace falta.

—De momento tiramos. Si está tol mundo igual. Con una perra más o menos, pero de momento tiramos.

—Tú madre os ayudará, ¿no?

—Mi madre bastante tiene con la pensión de mierda que le ha quedao. Pero sí, voy a su casa y sé que, de lo que coma ella, ha echao un puñao pa nosotros.

—Y... ¿tu padre?

—Mi padre si se presenta en el pueblo va a ser pa pedirme dinero, no pa darme.

Pronuncia las palabras con el tono de un chiste, pero ni ella se ríe ni yo tampoco.

—¿Le ves alguna vez?

—Ni dios quiera. Si él precisa algo de mí que me busque, pero yo no quiero na de él ni ahora ni nunca.

—Sigue igual, supongo.

—Ni lo sé ni me importa. Pero vamos, me lo figuro. Alguien me vino con el cuento de que está ahora con una mujer, viviendo y todo. La higüeda no sabe con qué mierda ha topao.

—Algo me dijo mi madre. ¿En Albacete, no?

—Eso parece. En el piso de mis abuelos, que en paz descansen. Los pobres no tenían la culpa del hijo que les tocó en suerte.

—Bueno, culpa no, pero de algún lao le vendrá a tu padre ser así.

—Sí, de la fábrica de JB.

Ahora sí reímos, menos mal. El paseo vuelve a materializarse a nuestro alrededor. Aparece de nuevo la gente que toma algo, el chocar de los hielos con el cristal, los niños jugando, algún coche que pasa. El mundo ya no se reduce a nuestra conversación y es un alivio.

—Ay.

No decimos nada, miramos nuestros tercios. Pero este silencio es de un tejido más suave.

—¿Por qué no me has avisao cuando venías al pueblo? Podríamos habernos tomao esta cerveza hace fecha.

Gancho de izquierda inesperado. El púgil se tambalea. ¿Nuevo KO?

—No sé. No salía casi de mi casa.

—Aunque hubiera estao en Almansa o en Ayora, hubiera hecho por venir a verte.

—Ya…

—Somos primos, nos hemos criao juntos. Sería lo normal. Sudo.

—Bueno, sí. Pero ya no éramos tan amigos cuando me fui a la universidad, ¿no?

—Lo que éramos era unos críos. Tiempo ha habío desde entonces pa juntarnos siendo ya mayores.

Cojo un par de servilletas para secarme la frente, pero son de esas casi impermeables y solo arrastran el sudor sin empaparlo.

—Pero no has querío.

—No es que no quisiera. Ya te digo, he venío de uvas a peras y no salía mucho de mi casa.

—Precisamente si vienes poco, más tienes que salir. Silencio número equis.

—¿Por qué no ibas a ningún lao?

Callo. Callo hasta que me sale decir la verdad.

—No estoy a gusto fuera.

—¿No estás a gusto ahora?

—Hombre, ahora sí. Pero tú ya sabes cómo es el pueblo.

—El pueblo es igual pa tol mundo.

La mirada de Ana es la de la Primanica, la de aquel sueño.

—Pero yo no soy como los demás.

—Qué te crees, ¿que no hay más maricones en Baratrillo?

—En mi época desde luego no.

—Hijo mío. ¿Y Alfredito el de los Tapices? ¿Y el hermano de Cardo? ¿Y Clesa? Si hasta es concejal del ayuntamiento y vive con su pareja en Almansa.

—No sé quiénes son.

—Pos tos esos son mayores que tú. Lo que pasa es que nunca te has preocupao por saber quién es nadie.

—Aunque hubiera más, no han sido visibles, no estaban ahí cuando yo era pequeño.

—¿Y encerrándote en tu casa eres tú muy visible, como dices tú?

—Yo vivo en Madrid.

—Pero ahora estás aquí.

—Mira, Ana, ya está. Sabes que hace diez o quince años las cosas no eran como ahora.

—¿Tú sabes cómo me miraban a mí cuando armamos la boda de un día pa otro? Y eso fue hace dos años. —Me quiero ir—. ¿Y sabes lo que hacía yo cuando me miraban así? Dar la vuelta en la esquina y volver a pasar, pa que me vieran otra vez.

—No es lo mismo.

—¿No es lo mismo por qué?

—Porque tú no creciste con esas miradas, no te han perseguido desde pequeña.

—Ah, claro, las mujeres estamos de siempre muy bien considerás. Y, si tu padre es el borracho del pueblo, ni te cuento.

—No quería decir eso.

—Tú no sabes lo que he pasao yo. Ni lo sabes ni lo has querío saber.

—No se trata de quién lo ha pasao peor, joder, no es una competición. Pero... Pero necesito que entiendas por qué me fui, por qué no he vuelto al pueblo.

—Eso lo entiendo muy bien. Pero yo no soy el pueblo.

¿Va a llorar? ¿Voy a llorar?

—Ana...

Esto es un mal sueño. Han puesto a la criatura en el ayuntamiento, para que lo veamos tol mundo. Lo han colocao en un velloncico de lana, que le parece el pobre al niño Jesús, pero con el color de una sábana limpia. Se creerán que así escarmienta el que se le cruce por la cabeza hacer lo mismo, como si eso funcionara alguna vez. Cuando mataron a Bartolo colgaron a aquellos tres diablos a la vista, que llevaba la gente a los chiquillos al espectáculo, y no hay una gota menos de maldad en el mundo por averlo hecho así a la vista de todos.

Al vizconde se lo han llevao a Albacete, a estas horas estará ya en la cárcel. Se creen que no sabemos que lo van a soltar en cuatro días, en cuanto la señora lleve unos cuantos jamones y bastantes sacos de abichuelas. Dice Don Manuel que la justicia divina arregla las injusticias del mundo, que se lo digan al angelico que tienen allí de escaparate, qué mal le ha dao tiempo a hacer en la tierra y mira el que le han hecho a él, y su propio padre. Porque claro, como los vizcondes hijos legítimos no tienen, no podía ser ese el eredero. Y la pobre Belén no quiero ni pensar en cómo estará, ni su madre tampoco, que no va a tener vida pa maldecir bastante el día que la mandó con ellos.

Cuando he visto a la criatura me he tenío que venir corriendo a la casa, y en el corral he devuelto hasta la primera leche que me dieron. Tengo las tripas del rebés como un calcetín, y unas ganas de llorar que me se apelotonan todas y no sale una gota. Esta es la vida que nos tienen reservá. Poca lana y tendía en zarzas.

Aire tibio. No creo que pueda dormir hasta muy tarde, así que me acomodo en el alféizar de la ventana y me inundo los pulmones con la temperatura ambivalente que encapsula el pueblo en esta noche sin estrellas. La conversación con la Primanica rebota en mi cabeza, es un pimpón que tardará en abandonarme. Como el bisturí que abre la piel en la parte más tierna de una infección, creo que esta tarde hemos expulsado materia acumulada y medio podrida.

Doy vueltas a todo lo que me ha contado, y la corriente discreta que limpia la calle me arrastra hasta nuestras noches compartidas. Al final ha hablado ella más que yo, eso desde luego. Mejor así. Creo que tenía mucha necesidad de contarle a alguien todo lo que me ha acabado contando. No, qué digo; tenía necesidad de contármelo a mí. Y yo de que me lo contara. De que me explicara las cosas que me conformé con intuir, que no quería o podía ver. Las que han pasado por delante de mis narices mientras yo replegaba los sentidos hacia dentro.

Realmente se nota que ha bajado algo la temperatura. La brisa me lleva a Ana, me conecta con ella, que estará quizá haciendo lo mismo que yo, enlutar su mirada reflejando en ella el cielo negro, que esta noche es una pantalla estropeada que espejea el pensamiento que le proyecto: nunca me he enterado de nada. Ni ahora ni hace años, cuando el cielo era más promesa que vacío, y lo miraba absorto esperando alguna señal que me diera la razón. Cuando las noches de verano eran pruebas de laboratorio y cada pequeño experimento nos asombraba. Cuando aún intentaba ser percibido como los demás, cuando no me había resignado a la prisión domiciliaria. Ni siquiera cuando ponía todo el empeño en estudiar a mis iguales para imitarles, incluso entonces no me enteré de nada.

Nunca me entero de nada.

Nunca se entera de nada.

Ni siquiera llega a la hora a la que hemos quedao. Me he tenío que maquillar corriendo y ahora me tiene aquí esperando. Y eso que le he dao un toque al teléfono de su casa pa que supiera cuando salía. Meto la mano en el bolsillo del pantalón y cojo el móvil que me ha regalao el hijo de puta de mi padre, como si un teléfono fuera a solucionar algo. Al menos teclear me relaja, el sonido del plástico de las teclas. Las pulso una y otra vez pa formar palabras que se me van ocurriendo, sin orden ni concierto. Si tienen la ce, la efe, la ele, la te o zeta mejor, porque hay que pulsar más veces. Lapicero, cafetera, telescopio, felicidad.

Por fin llega mi primo. Se empeña en vestir como un nenico y es más grande que un castillo. Si hasta le está empezando a salir bigote, pero se porta como un chiquillo, se mueve como un chiquillo, habla como un chiquillo. Claro que, si no fuera porque lo arrastro a que venga de fiesta, hace lo mismo que hacía con diez años, el Manolito Gafotas este. No se da cuenta de que ya a nuestras edades no vale solo con sacar buenas notas, hay que empezar a saber algo de la vida y dejar los libros. Qué paciencia.

Como siempre llega y no dice na, ahí con las manos en los bolsillos. Le pido que vayamos al Quilombo antes de ir con estos. Tengo que ver si está mi padre. Me toca los cojones meterme en ese sitio lleno de viejos, pero no aparece desde ayer noche y alguna vez lo he encontrao allí. Por supuesto mi madre está en la casa hecha una histérica, pero no se le ocurre ir ella a buscarlo a ningún lao, pa que no hable la gente. Mejor que vaya yo y que hablen de mí, no te jode. Bueno, bastante tiene ella con lo que tiene.

Encima tengo que ir con este corte de pelo ridículo que me han dejao ca Vale. Bien sabía el hijo de puta de mi padre que el pelo es lo que más me estimo. Cuántas noches me desperté de pequeña porque soñaba que no podía mover las piernas, y al abrir los ojos me lo encontraba durmiendo la mona encima de mí. Pero el otro día cuando me despierto de repente y me lo encuentro con las tijeras de podar a un palmo de las narices, con la cara roja y esos ojos de loco detrás... Pensé que por fin había llegao mi hora, que iba a hacernos lo que tantas veces ha amenazao con hacer. Al idiota le dio por cortarme el pelo a puñaos, como el día que se le ocurrió destrozar la tele con un martillo o cuando casi quema la casa. En esos momentos me parece que estoy viendo una película, una alucinación de esas, como Dumbo cuando salen los elefantes de colores que tanto miedo me daban de cría.

Me toca los cojones que no tengo tener que ir a buscarlo, pero, si no, a mi madre le da algo. Por mí, que se vaya y no vuelva más. O que se muera, pero que nos deje en paz. En el Quilombo no está, he mirao hasta en el aseo de hombres. Y aguantando las guarrerías que me dicen esos viejos de mierda en cuanto pongo un pie dentro. Que dónde voy, que si me invitan a algo, que qué guapa, que vaya culo. Me hacen sentir sucia, me echaría lejía por encima y me pasaría un estropajo de los duros por el cuerpo ahora mismo.

Tiramos pal trillo y, mientras llegan estos, llamo un momento a mi madre pa decirle que no está. Otra vez venga a llorar, venga a chillar. No sé cuál está más loco de los dos. Qué necesidad de seguir aguantando a este hombre que nos ha jodío la vida. A veces me da por pensar que ella tiene más culpa que él, o por lo menos la misma. Mira que hubo veces que hizo la maleta y me cogió de la mano y nos fuimos, y luego, en cuanto él nos encontraba, en cuanto empezaba a llorar con esas lágrimas de cocodrilo y a arrastrarse y a pedirle por favor que no lo dejara solo, que no podía vivir sin nosotras, hala, otra vez a la casa, otra vez a los gritos y a los golpes y a todo lo demás. Que se muera mi padre por lo que nos ha hecho y que se muera mi madre por no evitarlo.

Tengo ganas de abrirle la cabeza a alguien, de chillar o de tirarme al primer coche que pase. Pero ya estamos todos, así que nos vamos a beber y con un poco de suerte a perder la conciencia. Pa lo que me espera al despertarme, ya me podía dar a mí un chungo también y quedarme en el sitio. Antes al menos estas cosas las podía hablar con Valentín, pero ahora parece que no ve lo que pasa, que no quiere verlo. Claro, es muy fácil venir a jugar o a comentar los chicos de la tele que nos gustan, y luego él se va con mis tíos que son normales a su casa normal y ya está. Parece que solo le luce la parte buena, que no quiere que le moleste con mis problemas. Pues tranquilo, rico mío, que yo no te molesto. Ahora, te voy a dar donde más te duele.

Le mando un SMS a Paco. Sé que está con el Lombriz, sé que ha empezao a trapichear y que está como loco por ganar tanto dinero así de rápido. Mira que es fácil de mangonear el pobrecico. Pa qué querrá él tanta perra, si está en la obra con sus hermanos, si no le falta de na. Claro que con la gente con la que se junta... Estos muchachos son como plastilina, cualquiera que llega hace con ellos lo que quiere. Paco por lo menos tiene buen corazón. Yo lo sé, pero se trata de que a él no se le olvide. En el mensaje solo le he puesto:

sta noxe :)

Y funciona, claro, porque mira lo que tarda en presentase. Lo ha traído el Lombriz en persona, desde luego va escalando puestos. Ay, madre mía, por si no tenía bastante ración de hombres dejándose mangonear por cualquiera con mi padre. Menos mal que está así de bueno, porque si no... Mi primo ha traído unos cigarros, ya hay que ser subnormal, si no sabe ni fumar. Pero le arranco la caja y cojo un par, que he visto en un montón de películas que es lo que toca después de lo que vamos a hacer luego.

Tiramos pa la Cueva, nos pedimos unos cubatas, hablamos, bailamos. Valentín está sentao, mirando como un alma en pena lo que pasa. Mi condena es tratar a los hombres mejor de lo que se merecen porque me dan lástima, así que me acerco un momento a ver qué tripa se le ha roto. Tiene la mirada perdía, no sé qué está pensando. Desde que me contó que es maricón está muy raro. Se supone que tendría que estar contento, si yo lo llevo muy bien, si ya le dije que lo he sabío de siempre. Pero eso a él como que le ha puesto en guardia, no está tranquilo. A los demás aún no se lo ha dicho y, a ver, lo entiendo, porque los muchachos tienen cada comentario… Se creen que diciendo este es un mariposón o los maricones son no sé qué, ellos se hacen más hombres. Pero si lo contara a lo mejor dejaban de decir cosas así, y él podría relajarse. Si es que ya no habla na, no se acerca a nadie, no sale casi de su casa. Como si en el pueblo no se haya dao por hecho; por dios, si bailábamos la de las Spice Girls y él siempre se pedía a Victoria. Me ha dicho que no se lo contara a nadie y yo cumplo, no se lo he dicho ni a mi madre, pero no entiendo qué le pasa. Si mis tíos además no lo iban a llevar mal, creo yo, aunque es verdá que nunca se sabe.

Entre la música y lo bajo que habla no me entero de lo que me dice, además es que Paco me coge en ese momento del culo y me lleva con él. Viene del baño y se cree que no sé lo que acaba de hacer. Pero si viene loco, el farol, viene eléctrico. Sin percatarme muy bien ya estamos en la calle y me repite que dónde vamos, que dónde lo hacemos, y me besa, me besa y se refriega. Una, que no es de piedra, pos responde.

Vamos a la cocinilla de mis abuelos, hay un sofá viejo que, ahora que caigo, sabía de hace tiempo que iba a ser el sitio en el que perdería la virginidá. Cuando llegamos tenemos que espantar un gato que siempre se cuela y me da la risa. Paco sigue loco, no me deja tranquila. Se abre la bragueta, me coge la mano y la planta en su polla dura. Yo me dejo hacer. Se la he chupao varias veces, supongo que no podía hacerle esperar más. Pero mientras nos enrollamos yo no pierdo del to la cabeza y le pregunto que si lleva un condón.

Él se molesta y dice que claro, pero cuando abre la cartera y busca y rebusca no hay ninguno. Siempre lleva uno, me lo ha enseñao a veces como anticipo. Decido no pensar qué ha hecho para que no esté ahí. En lugar de eso llamo a la Lara y le digo que a ver si alguna lleva alguno y al momento me dice que sí. Entonces se me ilumina la bombilla y le digo que me lo traigan, pero que tiene que ser Valentín. Ella se cree que es un juego, o que es por confianza por ser primos, y me dice que vale con una sonrisa que se le nota al hablar.

En el momento de colgar me pregunto por qué le he dicho eso. Quizá porque de todos los hombres que tengo alrededor es el único al que puedo joder yo a él más que él a mí. Paco me sigue metiendo mano, pero a mí se me ha pasao el calentón. Tendré que poner mucho empeño pa recuperarlo. Que sea lo que dios quiera.

Cuando le abro la puerta a mi primo, le falta tener encima la nube negra de Sin Chan cuando estaba enfadao. Pero al mirarle me entra la idea de que lo que voy a hacer no es una traición, sino juntar lo más posible nuestros deseos: si los vivo yo, es un poco como si los viviera él también.

—Valentín, ¿vamos mañana a la piscina?

—No puedo. —Me mira de una manera que le falta escupirme.

—¿Por qué?

—Porque eres una puta.

No sé cómo reaccionar. En su boca, empapá por el odio que le ha puesto, esa palabra no suena como las otras veces que me la han llamao. Suena de verdad.

—¿Quién coño te crees?

—Ponle ese condón a la polla de Paco y métetela por el culo.

Y sale corriendo.

La nube negra se queda frente a mí aunque él se haya ido; ahora tiene rayos y truenos. Mi primo se convierte en uno más de los hombres que solo me dan problemas. Él que se cree tan especial, que yo lo sé, que nos mira muchas veces por encima del hombro. No es distinto de los otros. Pues, chico, te jodes. ¿Qué creías que iba a pasar, alma de cántaro? ¿Que lo que uno quiere se lo dan así sin más, sin ni siquiera decirlo a las claras? ¿Que la vida resuelve tus deseos como si fueran una adivinanza y te los cumple sin que tú hagas nada? Si prefieres encerrarte en tu casa y hacer como que los demás no existimos, allá tú. Que parece que te ensuciamos con nuestros problemas, que estás deseandico irte del pueblo y hacer como que no eres de aquí. Pos esa es una decisión que has tomao tú solo.

Me enrollo a lo grande con Paco, nos revolcamos en el sofá. Vuelve a apetecerme, aunque no sé si de verdá o si por olvidarme de todo. Pero cuando ya me la va a meter, el móvil empieza a sonar y me asusto. Paco dice que no lo coja, pero a estas horas yo sé lo que significa. Es mi madre, quién si no, que chilla muy fuerte, no se le entiende, no me entero de lo que dice. Descifro que mi padre está en el Quilombo, ahora sí, y que está con dos putas. Que Periquillo venía de allí y al verla en el portal esperando se lo ha dicho.

Le digo a Paco que me tengo que ir. Responde que de eso na y me agarra. No le contesto porque no hace falta, conforme me mira y me ve el genio en los ojos, no tengo que decir ni una palabra pa que me suelte y me deje que me vaya. Lo que ocurre después lo recordaré siempre como detrás de una niebla. El camino al bar, la música de guitarras eléctricas, los viejos apestosos. Mi padre tambaleándose allí en medio, la gente riéndose de él. Yo cogiéndole de un brazo, él con la vista fija en mí y con la cara de ese color rojo que tan bien conozco, con la baba asomando en la sonrisa idiota. Ni me reconoce. Ni conecta en su cabeza hecha mierda que la que está tirando de él, la mujer a la que le mete mano e intenta besar delante de todos es su hija.

Me quedo de piedra, no puedo más. Le escupo en la cara, le doy un puñetazo con todas mis fuerzas. Le grito que ojalá se muera. No sé cómo llego a casa. Tengo la mano llena de sangre y le grito a mi madre también. Le digo que tiene que elegir: o mi padre o yo.

Después me tiro a la calle. No quiero ir con Paco, no quiero ir con nadie. Llego al campo y sigo por la oscuridad hasta que me da miedo. Entonces doy la vuelta y camino más lento. Son las tantas y no me cruzo con nadie, menos mal. Sin darme cuenta me planto en la casa de mi primo. Estoy enfadá con él, pero no tengo fuerzas pa otra discusión; solo quiero que me abrace con ese cuerpo de oso. No tiene móvil, ¿qué hago? Me doy cuenta de que yo también estoy loca y de que me tengo que ir a casa, pero me gustaría tanto hablar con él, dormir con él como cuando éramos pequeños. Hago como en una peli de esas americanas que veíamos juntos y le tiro unas chinas a la ventana. No hay luz, no distingo bien si hay movimiento. Pero sé que él está ahí y lo llamo:

—Valentín. ¡Valentín!

Nunca sabré si no me vio o no me quiso ver. Asomarse, desde luego, no se asomó. Me vuelve algo de cordura y echo a andar; quizá es la decepción. Al llegar a mi casa mi madre está despierta, me está esperando mu preocupá. En cuanto me ve, se levanta y me abraza. Lloramos juntas. Lloramos to lo que puede llorar una persona, lloramos y nos deshacemos. Me dice que sí, que la decisión está clara, y volvemos a llorar. Lloramos hasta que nos da la risa. A los días me junto otra vez con la pandilla y quiero apartar un momentico a Valentín y contárselo. Qué ganamos estando así sin hablarnos. Pero cuando me acerco me gira la cara, así que agarro a Paco y le planto un morreo que flipas en sus narices.

III
Aire fresco

La casa de la tía Sátur nos insufla un soplo fantasmal, un verdor traslúcido, cuando mi madre y yo superamos la persiana que la separa del mes de agosto. Ella misma parece tender al verde en ciertas partes de la cara al acercar la mía para que me bendiga con esos besicos manchegos que apenas le humedecen ya los labios. Desde lo más profundo de su decrepitud, se me hace hasta cómico este esfuerzo sobreactuado por ofrecer a las visitas una versión mejor de uno mismo. Nos recibe y nos celebra como si hubiera un futuro en el que le devolviéramos sus atenciones.

Tengo que hacer un esfuerzo para entender que los viejos están siendo viejos por primera vez, que no han sido así siempre. Que sus dificultades y renuncias pueden ser nuevas para ellos, aunque a mí me parezcan propias de la senectud que habitan. He de proyectar activamente que han sido jóvenes, que se han ido convirtiendo en lo que son día a día y no de repente. También voy cerciorándome de que las personas no son solo el personaje secundario que interpretan en mi relación con ellas; que no son como los entrenadores rivales en los videojuegos de Pokémon, que solo cobran vida si pasas delante de ellos.

La tía manda a mi madre a por unas magdalenas valencianas, de esas largas, y nos insiste en que las probemos porque las ha traído su yerno de una panadería muy buena de Cofrentes. Ella las moja en su vaso de agua y las mordisquea como el más lento de los roedores. Cuando se agotan las trivialidades, mi madre ataca para que no tenga que hacerlo yo:

—Tía, como usté la nombró el otro día, Valentín quiere que le cuente lo de la tía Ramona.

Las arrugas que conforman el rostro de la anciana se giran para mirarme, y diría que se reconcentran un poco, que se precipitan hacia su centro milímetro a milímetro. No sé si entiendo tanta cautela, claro que tampoco entiendo que no me hayan hablado de ella hasta ahora.

—Aaay, hijo mío. —El pañuelo de la manga ya está empuñado—. Mi hermanica, que en gloria esté. Aquello fue un golpe muy grande, no lo sabe nadie.

El reloj que ya escuché la vez anterior recorre las paredes con su reptil tictac. Mi madre baja la mirada al mantel de ganchillo, yo me echo un poco hacia delante, en parte para escuchar mejor la meliflua vocecilla de la anciana y en parte para integrarme en la solemnidad que se está creando.

—La tía Ramona era muy guapa, muy alta y muy lista. Esa fue su condena, demasiao lista era la pobre. —La información, en estos casos, desciende poco a poco por una escalera de caracol que no tiene prisa por llegar a su final—. Era la mejor de las tres, y fíjate qué remate tuvo.

Un escalón, otro escalón, otro más, un descanso. Nos quedamos los tres en silencio, cualquiera diría que aún la estamos velando aunque lleve muerta tantas décadas. Con un gesto torpe, la tía nos dice que esperemos e intenta levantarse. Mi madre, que está más cerca, la ayuda. Aunque ahora está de pie ni mucho menos está recta, su cabeza queda mirando al suelo por el ángulo obtuso de la espalda. Las zapatillas de andar por casa inician su eco ínfimo y sale de la estancia. Miro a mi madre y me devuelve la mirada, pero ella sonríe, como si supiera lo que está ocurriendo. El tictac se evidencia un grado más, aunque cuando me fijo me da la sensación de tener un ritmo irregular, acompasado al de mi anticipación.

El suspenso que abre la ausencia de la tía, al contrario de lo que me parece natural, no me pone nervioso ni me tensa. Recorro el tapete que cubre la mesa con las manos, lo estiro un poco para verlo bien. Mi madre me dice orgullosa que lo ha hecho ella. No me cuesta imaginar sus manos produciendo cada detalle, cada pequeño nudo que unido a otros miles de nudos forman esta cenefa.

La tía Sátur regresa a la salita con una imagen entre las manos y me la entrega. La foto que sujeto está enmarcada por una madera vieja pero bien trabajada, hasta tiene un ribete plateado.

—Mi padre tenía el retrato en un cajón, metío entre las sábanas. Y a mí me da no sé qué y lo tengo igual —dice con un gran suspiro mientras vuelve a su sillón y a su quietud octogenaria. Escudriñado a un palmo de la cara, el misterio no se revela como gran cosa.

Desde otra época me sostiene su mirada intacta la tía Ramona. Es una mujer guapa y, aunque la imagen es bastante cercana, se la percibe corpulenta. Su cara ancha es una versión *Amar en tiempos revueltos* de los rostros de mi madre y de mi abuela. También, cualquiera lo diría al instante, del mío. Me llaman la atención los labios oscuros, maquillados. ¿Sería un rojo intenso, un granate? La piel brilla, muy blanca, aunque puede deberse al contraste de la fotografía, y bajo el cuello se despliega una blusa negra con detalles bordados. Vuelvo a la boca porque antes no me he fijado en que está entreabierta y muestra unos dientes simétricos. Y los ojos parecen alegres, poseen incluso un atisbo de picardía. Si creyera en el más allá, quizá caería en la cuenta de que la tía Ramona está contenta de conocerme y de que me envía un guiño petrificado.

—Ese retrato es el único que tenemos. Se lo hizo por el día de San Roque, el año antes.

Al levantar la mirada hacia la tía, por el camino se materializan seis décadas y media de luto.

—El año antes de desgraciarse.

La escalera de caracol se abre al vacío.

Últimamente ando siempre hecha mistos, me cuesta todo. Me he puesto a lavar los trapos y al momento me he tenío que sentar. Y todo el día meando como las mulas. Claro, si por las noches me levanto dos o tres veces por agua porque me muero de ser.

La pequeña ya se va todos los días con la Sacra, no puedo contar con ella. Y la mediana nunca se sabe si está mal o si está bien. Padre está cada día que pasa más torpón, y como se da cuenta, se enfada. ¿Con quién la paga? Con nosotras.

En La isla del tesoro John Silver dice: la obligación es antes que la devoción. Lo he apuntao porque al leerlo me vino madre a la cabeza, me he acordao que lo decía mucho la pobre cuando podía hablar. Las obligaciones lo primero, y luego ya lo demás. Pero es que las obligaciones nunca se acaban.

La pequeña me hizo el otro día encasquetarme al baile de carabina, como si no tuviera yo otra cosa que hacer. Por mí que le aprieten todo lo que quiera, ¿qué le voy a decir yo? Si nos van a condenar por una cosa o por otra, que sea por algo que nos dé en el gusto. El caso es que estaba yo allí sentá sin molestar a nadie, que la Palmira quería emparvar conmigo pero en cuanto vio que no le daba bola se fue a molestar a otra, y el conjunto, que tampoco es que valiera mucho, empezó a tocar una pieza así para bara para bara para bara para ba. No se puede escribir, pero la tengo en la cabeza, me vino enseguida. La cantaban en aquella película, La hija de Juan Simón, que trabajaba Angelillo. El conjunto seguía y las palabras me vinieron de dentro, de alguna entraña donde las tenía allí guardás. Como aquella madalena, que Jesús la re-

dimió, así eras tú de buena, Carmen de mi corazón, el mundo cobarde al bicio un día te empujó, y después de hacerte mala, ese mundo te insultó. Después algo más que no me acuerdo y termina: el que viene al mundo pobre, solo amparo le da Dios.

¿Y si no tienes Dios? La pieza me puso muy triste, por las palabras que dice y porque esa canción me acuerdo yo de escucharla de cría, cuando en el pueblo empezó a venir el cine y parecía que ya estábamos a la altura de Almansa y hasta de Albacete. Y cuando no era el cine era el teatro que pasaban todavía por aquí los artistas y me encantaban. Y todo iba palante, todo iba mejorando aunque fuera muy lento, pero claro eso era antes de aquello que pasó, que pa que no voy a ponerlo, pa que no voy a escribirlo, aquello que pasó fue LA GUERRA y maldita sea y malditos sean todos los que dijeron que aquí solo se podía vivir como ellos decidieron, y si no gatillo.

Lo que más siento, que por eso al venirme la canción a la memoria me puse pa morirme, es que ya casi no me acuerdo de cómo nos reíamos y cómo nos armábamos fantasías antes de la guerra, todo aquello quedó bajo tierra con el medio pueblo que estorbaba y tiene que sonar una pieza antigua pa que yo me acuerde. Todo eso que nos quitaron no nos lo van a devolver ni con 200 cartillas de racionamiento. Algún día pagarán, pensaba entonces, y han ido pasando los años y aquí solo pagamos los de siempre.

En los días siguientes soy consciente de que las migas de pan siempre han estado ahí, y de que he sido demasiado perezoso o he estado demasiado distraído para recogerlas. La sempiterna ropa negra de mi abuela, su renuncia evidente a dejar nacer cualquier pedazo de felicidad que la separara por un momento del recuerdo, de la pena.

—Yo me daba cuenta —me dice mi madre en una de las conversaciones que ahora busco, propongo y avivo— de que, cuando iba a reírse por algo, se paraba. Y de que no sonreía del todo, sonreía de medio lao.

Una nueva imagen es rescatada de alguna caja vieja de Cola-Cao. Es muy pequeña, apenas una foto de carné, pero el plano es abierto y muestra a mi abuela y a la tía Sátur jóvenes, de negro riguroso y con el pelo muy largo. Estarían guapísimas si el minúsculo espacio de sus rostros no tuviera la proporción áurea del dolor detenido ante un objetivo fotográfico. Mi madre me explica que tras la muerte de su hermana no se cortaron el pelo durante años; una de tantas muestras públicas para acompañar la tragedia que hoy suenan excesivas e inútiles. La tía pasa su brazo por la espalda de mi abuela, que, cuanto más la miro, más profundo clava su mirada en mí. Superpongo sobre el rostro terso y despejado de la imagen el que recuerdo de mi primera infancia, aquella tristeza, y mis emociones encuentran un cauce inexplorado. Como quien abre una presa, noto que fluyen, que recorren mi cuerpo por las vías abiertas para ellas, que vuelven a inundar los deltas que esperaban esas aguas para que brotara su musgo protector. La enfermedad y la muerte nos separan en esta familia, siempre la enfermedad y siempre la muerte. La de mi bisabuela que se la arrebató a sus hijas, la de Ramona que condenó a sus hermanas, la de mi abuela que incluso en el siglo siguiente cumplió su parte y me dejó sin respuestas.

Yaya, cuánto me habría gustado preguntarte estas cosas que ahora he de remedar con los recuerdos hechos jirones de tu hermana y los retales manidos que dejaste a tu hija, aunque esta me ha dicho que no hablabas, que nunca hablabas, que la pena que bordaste y nos dejaste en herencia es como la cal de las paredes, blanca y fresca, ardiente si uno se aproxima demasiado y continuamente repuesta en silencio y sin nombrarla. Porque en La Mancha la tierra es roja, el cielo azul y las paredes y la pena son blancas y requieren trabajo, pero también nos protegen de lo de fuera y trazan los límites de nuestra casa.

Valentina, de ti apenas me queda el nombre y unas cuantas ensoñaciones mezcladas con recuerdos infantiles. Cómo comprender tu dolor, cómo hacerme cargo de una vida explicada apenas, verbalizada lo justo, como se explican aquí tantas cosas, con un gesto austero y la mínima cantidad de saliva. Me voy a quedar sin el reverso del día que tantas veces nombra mi madre, aquel en que nos echamos la siesta y antes yo te inventé un cuento con un libro del revés, porque era aún pequeño para saber leer, pero ya te imitaba. Nunca podrá llegar ese momento en que me expliques la trayectoria de tu penar; el mapa de tus sinsabores siempre será mudo. Me quedo sin conocer el nombre de tus días más amargos y de los buenos también, de los tuyos y de los del yayo, porque un día tú empezaste a temblar y él a olvidar, y de esos senderos no se regresa.

Sentado en la cocina con mi madre, removiendo un café que se ha quedado frío, mi casa ya no es mi casa, ya no es esa casilla de salida que quizá yo he dibujado encima como el niño que dispone una rayuela para contener sus propios pasos, para delimitar los movimientos que se atreve a ejecutar en un territorio que de otro modo le asustaría o le forzaría a portarse como un adulto y no como el párvulo suspendido en una acogedora ingravidez que no le obliga a nada.

La tacita de café del juego que había en casa de los yayos, las fotos rescatadas de algún cajón profundo, el olor de las sobras de los gazpachos que coronan el microondas, los ojillos azules de mi madre, los salchichones colgados en la despensa. Cada elemento parece que en este instante cobra sentido en su relación con los demás, se alinea en una constelación que solo puede entenderse del todo contemplada en perspectiva. Y yo no puedo hacerlo porque estoy dentro, claro. Quizá es eso; quizá me he empeñado en estudiar lo que me rodea como un entomólogo y eso ha impedido que me sienta parte del ecosistema.

Mi madre anuncia que va al mercao porque el día no se detiene por mucho que yo me encuentre en medio de la más mundana de las revelaciones, y le digo que voy con ella. En vez de preguntarle por qué nunca me había hablado de su tía, del vacío que le dejó a sus hermanas, del abismo cotidiano que les abrió para siempre, recojo mi testigo en este itinerario y lo que ocurre a continuación es lo único que puede ocurrir, lo que ya vendría ocurriendo desde hace tiempo si yo no hubiera detenido la corriente de mi vida adulta en la entrada de Baratrillo. Sin hablar mucho más vamos a la carnicería y algunas señoras nos saludan, una me pregunta que si estoy contento en Madrid y le digo que sí, aunque ahora me cuesta enfocar cómo es mi vida allí, y responde que qué bien y que eso tenemos que hacer, sin más, buscarnos la vida donde aparezca. En la tienda del Jota me apetece, me permito que me apetezca un buen queso manchego y la Encarna me da a probar algunos, todos muy buenos, y selecciono uno que está curado en manteca y se deshace al contacto con la lengua y me desentumece la percepción. Veo, oigo, huelo, palpo y gusto como nunca, como si hubiera reseteado el sistema y ahora todo funcionara como debe. Ahora que el misterio de mi casa no está entre sábanas viejas sino a la vista, esta redobla su sentido práctico: es un sitio donde se cocina, se charla, se restaura, se envejece. No termina de ser un hogar una casa que no tiene sus secretos al alcance de quienes viven en ella.

Veo que en la tienda hay setas shiitake, lo cual ni me sorprende ni me deja de sorprender, y le digo a mi madre que hoy hago yo la comida, mi famosísimo risotto. Estoy animado y me apetece generar algo, crear algo. En los Veinte duros encontramos arroz especial para risotto, caldo de verduras y hasta queso parmesano; todo parece dispuesto para que yo dé con ello, para que pueda intervenir en un centímetro cuadrado de la realidad que me rodea. Asumo con tranquilidad que, evidentemente, ni las tiendas ni quienes compran en ellas se han quedado en la década anterior, cuando yo me marché de aquí.

De camino a casa nos encontramos con la madre de la Primanica, que nos besa con ganas y que me dice que su hija está muy contenta de *juntarse* conmigo otra vez. Me pilla por sorpresa esta confesión sincera y emitida con tranquilidad. Mientras ellas hablan tengo que recolocar mi peso y dejarme empapar por la sensación de que los demás pueden estar contentos o tristes dependiendo de lo que haga yo. Me había convencido de ser un agente extraño en un lugar impermeable a mi presencia, una bacteria inocua en un organismo que ni me rechaza ni me integra. Que Ana se alegre de algo que yo he hecho conscientemente, que se lo haya comentado a su madre, que esta lo transmita de la misma manera en la que ahora charla de las fiestas que se aproximan... Necesito, no sé, tiempo a solas para encajarlo todo. Pero es que no me apetece estar solo, por lo menos hoy. Mi madre le comenta satisfecha que voy a hacer la comida y me pide que le diga el nombre de la receta porque no se acuerda.

—Risotto de setas.

Mi tía lo celebra y le responde que qué suerte de hijo.

—Uuuh, qué suerte de hijo.

Limpio las setas con un paño húmedo para quitarles los restos de tierra. Las troceo en pedacitos pequeños. Qué suerte de hijo. Lavo un puñado de perejil, lo seco y lo pico. Pelo una cebolla y la parto también muy fina. Qué suerte de hijo. Caliento un poco de aceite en una sartén y salteo las setas. En una cacerola echo más aceite y, cuando se calienta, sofrío la cebolla. Qué suerte de hijo. Incorporo el arroz junto a la cebolla y lo salteo. Qué suerte de hijo. Añado un chorrito de vino blanco y dejo que el alcohol se evapore. Agrego las setas y lo mezclo todo bien. Qué suerte de hijo. Voy echando el caldo a medida que lo va necesitando, siempre muy caliente para que no rompa la temperatura. Qué suerte de hijo. Cuando lo pruebo y me gusta el punto, apago el fuego, echo el parmesano, el perejil, y remuevo. Qué suerte de hijo.

Esas palabras no me abandonarán mientras comemos, mientras mi madre me alaba continuamente y mi padre, al principio desconfiado, dice al rato:

—Está bueno el invento.

Qué suerte de hijo. Tengo que repetirlo para comprender que el orden de las palabras es factible, que no es una broma ni una mentira expuesta para reírse de mí; que desde la perspectiva de mi tía puede pensarse de verdad. En la cama, ya de noche, lo ocurrido durante el día me parece al tiempo irreal y mundano, emocionante dentro de su vulgaridad, como cuando Dorothy regresa a Kansas desde el mundo de Oz. Como me cuesta dormir, me levanto, me siento delante del ordenador y abro un documento de Word. Antes de que se me olviden los detalles, me pongo a redactar lo mejor que puedo todo lo que mi madre y la tía Sátur me han ido contando estos días de la historia de mi tía abuela Ramona. Que ni mucho menos será la gran novela gótica manchega, pero es un palmo de historia y de tierra que quiero conservar tal cual lo he recibido, mientras aún está caliente.

Hoy hemos empezao un salchichón, que estaba tiernecico pero ya se podía comer. Después de misa aún hemos estao un rato allí en la puerta la iglesia, porque resulta que estaban las de las Casillas de Mota, que se fueron para Murcia no sé los años que hace. La Isabelita está hermosísma, tiene dos chiquillos, la Conchi una sola, pero con el pelo rojo que llama la atención. Nos decían que nosotras también estamos muy grandes y muy guapas. Claro, ha pasao el mismo tiempo para ellas que para nosotras.

Enseguida la Isabelita ha preguntao por madre. Las pobres no sabían nada, cómo lo iban a saber, aunque nos hubieran dejao señas cuando se fueron no había para papel ni para sellos. La mediana les ha dao la explicación, y me he quedao sorprendía. Ella que no es de hablar, lo ha contao todo con mucho esplique. Si es que es una mujer hecha y derecha, va para 24 años y no me lo ha dicho pero tiene novio y sé quién es, que nos lo cruzamos y se le ríen los huesecicos. Buena joya se lleva el muchacho con mi Valentina. Yo creo que no me lo dice porque le da apuro echarse novio formal antes que yo. Que me dan ganas de decirle no padezcas, si yo estoy contenta así. No me sobra ni me falta nada, y eso no es poca cosa.

Ramona siempre fue distinta a sus hermanas, al menos lo que las circunstancias le permitieron. Aunque estuvieron poco tiempo en la escuela, aprendieron a leer, escribir y aplicar los conocimientos más básicos mientras se ocupaban de su casa y del campo, puesto que su padre, mi bisabuelo, era propietario de algunas tierras que hoy trabaja mi padre. Les daba clase un maestro sordo que debía saber leer los labios de los chiquillos a los que impartía las cuatro lecciones esenciales para la vida. Siempre fueron pobres, pero los pedazos de tierra que había juntado su padre las protegieron de la miseria que se extendía alrededor, sobre todo después de la guerra. Lo que generaba el campo les permitía mantener algunas gallinas y criar un gorrino para hacer mataero cada invierno. Además, la familia Guijuelo, la más prominente del pueblo y a la que mi bisabuelo sirvió de mozo, les compraba los frutos de su huerto, lo cual dejaba algún dinero en la casa.

Como la enfermedad y la posterior muerte de su madre dejaron un hueco que ellas debían ocupar, las hijas se encargaron del manejo y la disposición del hogar, puesto que su padre no tenía los conocimientos o las ganas para hacerlo.

Ramona, siendo la mayor, se convirtió en la práctica en la cabeza de la familia, aunque siempre con la vigilancia de mi abuela Valentina, que, aunque era más joven, también era más severa y responsable. Saturnina era bastante más pequeña, aunque eso no la excusó de su ración de trabajo y de sudor en cuanto pudo asumirla. Con la ayuda de una mujer a la que llamaban la Torera, que ejerció como su ama de cría, salieron adelante. Saturnina desde adolescente acudía además con otra vecina, Sacramento, a servir en una casa más noble de una aldea cercana, La Encina. Así debía funcionar la escala social: la gente mísera servía en casas pobres y la gente pobre servía en casas ricas. En mitad de esta maraña, floreció una mujer que nunca encajó en ella.

Ramona no se parecía a nadie, o así lo percibían sus hermanas. No la entendían. Pasaba tiempo sola, en un momento en que ni era fácil lograrlo ni se entendía esa voluntad. Era soñadora y fantasiosa; en cualquier momento inventaba historias o se ponía a imaginar vidas posibles para otras personas y para ellas mismas. Cantaba mucho y se entretenía viendo el quehacer de las hormigas y aprendiendo los beneficios de las plantas y las flores. Una personalidad colorida que, en plena posguerra, resaltaba como un bordado impropio en medio de la más basta de las lanas. A pesar de esto, Ramona nunca descuidó sus obligaciones; ninguna mujer en esa época tenía reservado ese derecho.

La tía Sátur, más niña, caía de vez en cuando en sus embelecos y eran reprendidas con severidad por mi abuela, que les recordaba que en una casa de luto no se reía ni se cantaba ni había nada que celebrar. Aunque ninguna de las tres tenía una relación estrecha con su padre, un hombre que se quedó sin rumbo y nunca logró insuflar el calor suficiente a su hogar, Ramona se llevaba especialmente mal con él, porque le retaba. Ella sí se atrevía a contestarle a veces, estallando con una traca de mal genio que costaba aceptar viniendo de una mujer, de una hija. Y aunque la cosa no llegara al extremo, Ramona hablaba mucho sola cuando estaba molesta, lamentándose de su suerte y tabaleando durante horas por la casa y por el campo.

Cuando entendió que a su hija mayor *se le pasaba el arroz*, mi bisabuelo urdió un arreglo para casar a Ramona y de paso mejorar la situación de la familia: contraería nupcias con un primo lejano que muy convenientemente era el dueño de unas tierras aledañas a la viña más grande que tenía, que de esa manera duplicaba su tamaño y les concedería un salto considerable.

La tía Sátur pone especial cuidado al definir el comportamiento de Ramona en ese tiempo, como si todavía quisiera resolver un misterio que se ha quedado a medias, como si no hubiera salido aún de su asombro. Ramona perdió muy rápido esa energía impetuosa con la que encaraba la vida que le había tocado, una personalidad tan incomprensible como encantadora a ojos de su hermana menor. Cuando pasaron unas semanas del anuncio del casamiento, su genio pareció apaciguarse y dejar paso a una renuncia estoica. Ejecutaba sus tareas en silencio y sin quejarse, dejó de canturrear y de entretenerse con cualquier cosa. Saturnina se contagiaba de la tristeza de su hermana y la seguía mientras estaba en casa, le urgía estar con ella, consolarla, quizá servirle de paño de lágrimas. Pero Ramona no lloró, o al menos ella no la vio llorar.

Era verano, y la situación parecía haberse calmado. El compromiso se acercaba. Un día de mucho calor, la casa atendía sus obligaciones como siempre. Durante esas jornadas las hermanas se ocupaban de segar alfalfe para la comida de los animales. Después de una mañana de trabajo, comieron y la tía Sátur se marchó a La Encina con la Sacra. Las hermanas restantes se fueron a echar la siesta.

Mi abuela se despertó tarde, o eso creyó, porque, cuando abrió los ojos, Ramona no estaba en la habitación que compartían. Apurada porque no era propio de su carácter extender el descanso, fue enseguida a buscarla. No estaba en la cocina ni en la salita, así que salió al corral por si andaba ocupándose de los animales. Allí tampoco la encontró, así que se dirigió a la cuadra. Ese espacio lo formaban en realidad dos estancias: la propia cuadra, donde se guardaba la mula, y un almacén interior, sin ventanas, en el que se acumulaban los aparejos del campo y se conservaban sacos con trigo, cebada o lo que fuera, que se colgaban en estacas que había por la pared para mantenerlos fuera del alcance de los ratones.

Cuando entró a la cuadra, algunas gallinas revolotearon dentro. Extrañada, se asomó al almacén, en el que al fin distinguió en la penumbra la figura de su hermana.

—¿Qué haces ahí, espantajo? Que hay que ir a segar.

Ramona no se movía. Colgaba pulcramente de una de las estacas del almacén, recostada en la pared. Como la altura no era suficiente para quedar suspendida, tuvo que estirar las piernas y dejar caer su peso. Hasta su último gesto estuvo definido por las limitaciones de su casa.

Valentina empezó a chillar. Salió de la cuadra. La luz del patio la cegaba, no dejaba de chillar. Su padre llegó a la vez que algunos de los vecinos más cercanos, que entraban y salían de las casas próximas con confianza más que familiar. Ella apuntaba con el dedo hacia la cuadra y los hombres entraron atravesando unos alaridos que, palmo a palmo, se iban convirtiendo en llanto. Las gallinas saltaron desde la oscuridad, nerviosas. Las mujeres consolaban a mi abuela y empezaban a comprender la magnitud de lo que aguardaba dentro. Los hombres no gritaron, mi bisabuelo no gritó al enfrentarse a la silueta inerte de su hija. Se quitaron las gorras y las apretujaron contra el pecho. Alguno salió cabizbajo de la casa para ir a llamar a la Guardia Civil. Tras un rato en blanco, uno de los vecinos, Abel el de la Segunda, dijo que no era muy cristiano tenerla de esa manera mientras esperaban, así que desenvainó su navaja y cortó la cuerda que mantenía a Ramona atada a su rebeldía postrera, conectada por última vez al mundo de los vivos.

No sé si la tía Sátur estaba ya delante cuando bajaron el cuerpo al suelo, si escuchó la carne de su hermana hacer algún ruido al posarse sobre la tierra cubierta de paja y mierda de gallina. Lo que sí me explica es que, una vez ante el juez dando declaración sobre lo ocurrido, este preguntaría muy serio quién había cortado la cuerda, porque alterar aquella escena era delito, y mi bisabuelo tuvo reflejos y, aún con la conmoción de enterrar a su primogénita al día siguiente, dijo que había sido él:

—Porque al llegar me parecía que aún respiraba.

Tengo que pensar mejor las cosas que pongo, porque ya se va haciendo pequeñico el lapicero. Hoy solo una cosa: anoche J volvió por mí y me regaló una luna llena. La más llena de todas.

Un mastodóntico aparato de radio marca Philips derrama su música en el poyo de la cocina casi veinte años después. Innumerables friegas de lejía han adecentado desde entonces la superficie sobre la que vibran los engranajes de esa máquina que resume con su presencia el espíritu del progreso. Mi madre aún no es mi madre, es una niña de despiertos ojos azules que baila al son de las canciones que suenan aunque no sepa lo que dicen, como le pasa ahora con *Black is black*, ese galimatías que el locutor ha dicho que interpretan Los Bravos, eso sí lo ha entendido. En mitad de su movimiento le invade la responsabilidad y se acerca al cuarto donde duerme como un bendito su hermano menor, Mateo. Todo está bien, puede regresar a sus juegos.

Su madre, antes de ir a casa de la vecina, le ha pedido que echara un ojo al nene y que fuera a por una tinaja de agua. Vigila la calle desde la ventana calculando el momento perfecto para la tarea; no está dispuesta a cruzarse con la Pilatos y que se vuelva a reír de ella, es un demonio tocado con zapatitos de charol y con esa enagua rosa que le da tanta envidia. En clase siempre se sienta en primera fila y don Esteban le pone las mejores notas aunque es más tonta que Abundio, que fue a vendimiar y se llevó uvas de postre. Pero como su padre es el médico, pues no le pueden decir nada.

Aún no comprende del todo la hora, pero el sol se ha movido y se da cuenta de que su madre no va a tardar en regresar. Despierta dulcemente a Mateo, que con los ojitos todavía hinchados por la siesta se queda guerreando con un par de muñequitos de cartón con forma de soldado. Ella se apresura a apagar el transistor, el sueño cumplido de su infancia, y busca en la despensa la tinaja para ir a la fuente. La tarde es fresca a pesar de marcar el ecuador exacto de ese verano, así que se pone una rebeca de punto que su madre le tricotó muy grande para que le sirviera también el año siguiente.

La calle está vacía y echa a correr para cumplir el encargo cuanto antes. Al cruzar la esquina no hay nadie a la vista, fenomenal. Ella no se da cuenta, pero va balbuceando oraciones a san Roque para no cruzarse con nadie tampoco en la plaza. Y, en efecto, no hay un alma cuando llega, cuando alcanza el rumor de la fuente cuya agua es más transparente que nunca y refleja su cara de satisfacción mientras acierta con la boca del cántaro en el chorro. Ya se está felicitando por la hazaña cuando una risita inconfundible le hace soltar una maldición pueril a media voz.

Bernardita la Pilatos viene escoltada por el Orejón y por Mediatorta, que son vecinos suyos y cualquiera diría que los tiene a sueldo para que la lleven y la traigan por el pueblo. Dos igüedos que no saben hacer la o con un canuto, ya dice siempre su madre que donde falta conocimiento sobra malicia. Cuando los ve acercarse por la calle ancha, baja enseguida la cabeza y se concentra en la tinaja, que se va llenando a una velocidad desesperante. Calcula qué puede ser peor: quedarse allí al alcance de esa caterva de desaprensivos o el genio de su madre si encuentra a medias el cántaro.

Antes de que pueda decidir, los otros ya la están llamando. Qué haces, Leandra. Pa qué quieres tanta agua. Es pa lavarte el pelo y quitarte los piojos. No escuchas, no oyes nada, estás sorda, se repite ella. No los quiere mirar, pero los nota cerca, sabe que van a rodearla como las hormigas rodean una cucaracha boca arriba antes de llevársela entre todas al hormiguero. Caído del cielo, el perro cojo de Panochica aparece por la plaza y los dos muchachos se van corriendo a tirarle piedras. Gracias, san Roque, piensa aliviada mi madre niña. Con la tinaja a rebosar y la cabeza aún gacha, se da la vuelta dispuesta a echar a correr hacia su casa, pero se ve obligada a frenar en seco porque si no se estampa con Bernarda, que tiene los brazos apoyados en jarra sobre su vestidito de batista y la mira fijamente.

—Pregúntale a tu madre por qué no entra en la cuadra.

Ha escuchado con claridad, pero las palabras se enredan en su cabeza, no sabe si las ha recibido en el orden correcto. Debajo de unos tirabuzones de técnica inalcanzable para las demás niñas del pueblo, la sonrisa maligna de Bernardita las escupe de nuevo, más lento, con parsimonia.

—Pregúntale a tu madre por qué no entra en la cuadra.

No está dispuesta a ser su entretenimiento. La rodea y se marcha tan rápido como el peso del cántaro le permite. Cuando llega a su casa todavía no ha vuelto su madre, menos mal. Se pone a jugar con Mateo mientras la espera, pero la pistola invisible con que su hermanito la fusila una y otra vez no la distrae del mandato de Bernarda. Porque no es solo una orden, también es un hallazgo. Es cierto que su madre no entra en la cuadra. Que los huevos que allí ponen las gallinas, en los recovecos del almacén al abrigo de la penumbra, siempre la envía a ella a cogerlos. Que incluso cuando se metió allí aquel murciélago tan grande y tan negro y ella estaba aterrada no entró a espantarlo, y tuvieron que esperar a que llegara su padre. Y que a veces se la ha encontrado muy quieta mirando su oscura boca en mitad del corral, sin entrar jamás.

En cuanto la oye llegar, las palabras de Bernarda se le mueven del cerebro a la garganta, en donde se apelotonan y urgen ser expulsadas con la violencia del vómito. Valentina todavía está dejando las patatas y los pepinos que le ha dado su vecina Sacra cuando su hija la reta con un atrevimiento que nunca más volverá a reproducir:

—Por qué no entras nunca a la cuadra.

Los circuitos del cuerpo a veces son lentos, se toman su tiempo. El tortazo que le propina su madre solo empieza a mandarle señales de dolor cuando ya está en el suelo, sujetándose el lado izquierdo de la cara, y ha sido esquivada de una zancada por mi abuela, que se ha adentrado en la cocina, donde cacharros y cristales comienzan a entrechocar con un estrépito contenido.

Mi madre se ha quedado en blanco, el golpe la ha vaciado de toda curiosidad, pero acude al lado de la suya porque aún no tiene conciencia del orgullo. Valentina le da la espalda mientras ella la llama, quietecita al lado de la puerta.

—Mama. Mama.

Ya no quiere una respuesta, necesita un perdón.

—Mama, me ha dicho la Pilatos que te preguntara.

En ese momento su madre, mi abuela, detiene su vehemente trajín. Sin moverse y sin girarse hacia su hija, algo de compasión empieza a circularle por las venas, aunque mucho se cuidará de que se le note.

—Y si la Pilatos te dice que te tires por un puente, ¿te tiras?

Las preguntas nunca serán respondidas. Ni la del puente ni la de la cuadra. Mi madre aprenderá a temer mejor a mi abuela, a obedecer sin cuestionamientos, a agachar la cabeza las veces que haga falta porque es lo que se hace en una casa marcada por una deshonra que se remonta a Judas Iscariote. Los rumores oídos a medias en el pueblo y ciertos desahogos en los días débiles serán las piezas con las que arme la historia de su tía Ramona, de la sombra que aquel día de agosto a la hora de la siesta dejó para siempre en las paredes de su casa. Las hebras de la tragedia que ahora dejo fijadas por escrito.

En algunas de las células de la niña que aprendió a no preguntar lo que no debía ya se arremolinaba el material genético que acabó por conformarme. Quizá el silencio, la culpa, el miedo y la vergüenza también estaban ahí, dispuestos en fracciones infinitesimales, cruzándose con las proteínas, con las membranas, con las mitocondrias. A través del cordón umbilical se nos ha ido legando la mancha con la que cada una lidia como puede, que cada una soporta como puede. La de mi tía Ramona la llevó a la tumba, la de mi abuela la condenó a la pena, la de mi madre no sé bien cuál es porque he estado demasiado pendiente de la mía, porque me había convencido de que la mía era la peor y ahora veo que me ha llegado diluida, lo más limpia que han podido dejarla a fuerza de restregones de un amoniaco abrasador que se fue comiendo las manos de las mujeres de mi familia, mujeres cuyas vidas no han sido del todo suyas para que esta sí pueda ser la mía.

No puedo mirar a padre a la cara, no quiero mirar a mis hermanas a la cara. Hasta a la isla del tesoro que están todos matándose los unos a los otros me iría ahora mismo. Se han ido los tres a la procesión, le estarán diciendo a la gente que estoy mala y estarán diciendo más verdad de lo que se creen.

Los males de la cabeza pasan al cuerpo, bien lo sé yo. Y las noches de no dormir lo hacen todo peor. Me se ha cubierto la piel de rojeces y no puedo comer ni un bocao. Todo me sienta mal y lo acabo devolviendo. Que me digan a mí si el viejo ese está igual, porque no me lo creo. Estará bien contento, habrá dicho: ya tengo quien me guise, quien me lave y quien me limpie, y sin paga. A mí me dan una condena y a él una criada.

Si yo no me quejo de la faena. A mí me gusta la gente trabajadora, bien lo sabe Dios que no quiero perros a mi alrededor. Pero si una se va a pasar la vida limpiando la mierda de un hombre, ¿no tiene voz para decir por lo menos este no? Prefiero quedarme sola y que me tiren piedras los chiquillos como a la Amparillo de las cuebas. Que por lo menos llega a su casa y nadie se quita el cinto para darle con él o para lo otro. Y tú sin poder decir ni media, porque entonces primero lo otro y después te pega. ¿Qué os pensáis? ¿Que las mujeres no nos damos cuenta de lo que hay en cada casa?

Me llama Luisma. Concentrado como he estado en la escritura, preciso releer su nombre varias veces en la pantalla para conectarlo con la persona que hay detrás.

—¿Qué pasa, tía?

Está contento y dicharachero, su voz es un ancla que me agarra a las aguas escasas del Manzanares, que me recuerda la vida que me sigue esperando en Madrid cuando mi norte magnético apunte de nuevo a la capital.

—¿Te acuerdas de que siempre me decías que escribiera algo? Pues parece que en ello estoy. —Se lo cuento aunque creo que si estas cosas te las tomas realmente en serio no se dicen.

—¡Anda, hija! ¿Y qué es?

Remoloneo porque para eso no tengo todavía una respuesta.

—Eso lo dirá el propio texto, a su debido tiempo.

—Uy, ella. Miss Terio 2013.

Luisma tiene la agilidad de una víbora benévola. Reímos juntos y en su carcajada cabe un espacio al que también puedo llamar familia. Me comenta algunas novedades de las amigas, de sus compañeros de trabajo o de sus últimos ligues. Me parto de risa con una anécdota sobre un amante terrible de inmensa polla, a la que llama inanimada barra de carbono por un capítulo de *Los Simpsons*. Me avanza también que hay posibilidades de que en septiembre quede un puesto en una de las tiendas del aeropuerto, dedicada por entero al jamón envasado al vacío. Me lo suelta muy contento y su dedicación buscando un hueco para mí me emociona; me emociono con facilidad estos días.

Aunque dudo un poco, le cuento lo de Julio. Mi comportamiento inexcusable. La huida cobarde y el desvelo posterior.

—De verdad... Como le dijo Nova a la Veneno en *¿Dónde estás corazón?*, eres la vergüenza del colectivo.

—Hija, me salió sin querer.

—Sin querer se dicen las cosas que te retratan de verdad, guapa.

Me lleno de arrepentimiento, pero es una culpa que entiendo y que puedo remediar. Y eso, no sé, me saca una sonrisa. Nos despedimos y le anuncio que, sea como sea, volveré pronto. Que saldremos, brindaremos y renovaremos las historias con las que después entretendremos a nuestras amigas frente a un gin-tonic fresquito. Lo verbalizo y me lo creo, aunque también siento, siento cada vez más claramente, que Baratrillo espera algo de mí, que hay una deuda que debo saldar antes de marcharme. Que soy un alma en pena que no ha satisfecho aún todos sus deberes terrenales. Pero cómo saber qué quiere un lugar al que llevo toda mi vida adulta dando la espalda, en el que acumulo tantas jornadas idénticas sin pegar la oreja a la tierra e interpretar sus vibraciones.

Cuelgo y me asomo de nuevo a la ventana por si la calle infinitas veces contemplada me ofrece alguna pista. En una clase de latín o de griego, no recuerdo bien porque el profesor era el mismo, nos explicaron que uno de los métodos de adivinación en la cultura clásica consistía en leer el vuelo de los pájaros. El profeta dibujaba mentalmente un marco en el cielo, y las aves que lo atravesaban escribían con su trayectoria las predicciones de lo que estaba por venir. La parte de cielo que veo desde mi cuarto bien podría servir para eso. Durante unos minutos me concentro en observar cómo lo cruzan las aves, desde qué ángulos lo recorren, qué formas describen. Como en este instante se pose en el alfeizar un pájaro, me cago.

Otro pasatiempo contemplativo, otra ocurrencia. Siento que los años mirando por esta ventana e imbuyéndome en juegos mentales para que las horas pasaran más rápido se agotan. Estos días narcóticos superados entre lecturas, películas y ensimismamientos, esperando una salida que al final me ha devuelto al punto inicial como el más perfecto de los laberintos. Que, oye, bendita sea esta imaginación que me ha mantenido a flote, pero a lo mejor es el momento de superar este estado, de completarlo con otras cosas. ¿Cuándo sabe uno que ya no necesita más un salvavidas, que debe desprenderse de él y echar a nadar para llegar a la orilla? El instinto de dejarme impregnar lo menos posible por esta casa, por esta familia, por este pueblo, me ha traído sano y salvo hasta este verano de metamorfosis. Pero parece que se van apagando las alarmas, que el tiempo de la supervivencia está dejando paso a la vida sin más. Qué miedo. Qué miedo abandonar la trinchera, aunque el estallido de las bombas sea lejano y tome fuerza el trino de las golondrinas. Qué miedo y qué desconcierto mirar a la gente a los ojos. Descifrar en sus rostros qué quieren de mí, qué puedo ofrecerles, qué me apetece que sepan de lo que soy, de lo que puede ser, de lo que decido que soy para ellos.

Bajo al salón. Es media tarde; mi padre mira su wéstern hundido en el sofá, medio dormido, y mi madre tricota en el rincón. Escena quintaesencia de esta casa. Ella levanta los ojos un momento y me sonríe. Me he quedado parado estudiando su reacción, cuya escasez me reconforta. Para ellos no es extraña mi presencia aquí, no me están reprochando nada. Me acogen, me cuidan, me ofrecen todo lo que poseen aunque para eso se lo tengan que quitar de la boca. Tomo asiento entre los dos, le pregunto a mi madre qué hace y me muestra la esquina de una manta. Y es entonces cuando las emociones que he desbrozado arrastran desde lo más hondo la culpa de verdad, la grande, la rabiosa y prehistórica culpa que me sube por el esófago. Me dan ganas de gritarles a los dos por qué, por qué han reducido su existencia a un sacrificio permanente para que yo pudiera estudiar fuera, por qué no me castigan por no haber logrado ni siquiera un trabajo de mierda después de todas sus renuncias, de todo su esfuerzo deslomándose en la casa y en el campo para que acabe siendo un don nadie sin futuro. Por qué se han privado de viajes, de cenas, de comodidades; por qué no me exigen nada. Si no hubiera estudiado fuera esta casa tendría calefacción, si hubiera trabajado en un Burger King o en un Telepizza mientras estaba en la universidad mis padres habrían salido alguna vez de España. Si nunca hubiera existido, ellos habrían disfrutado de una vida más cómoda. Yo no me merezco esto, no os merezco, no he hecho nada más que sacar unas buenas notas que no están sirviendo para nada y gastar el dinero que me dais en comida y en ropa y en esas cosas, sí, pero a veces también en caprichos y en drogas. Esa culpa que viene de lo más profundo es un géiser y por fin me atraviesa del todo y me limpia.

Me gustaría decir: y entonces me eché a llorar y les abracé y les pedí perdón. Pero ni una golondrina se para frente a ti cuando lo esperas ni un silencio perfeccionado toda la vida estalla en un instante dorado por mucho que lo necesites. En vez de eso, encauzo la vergüenza, la deuda y el amor del modo austero y monacal que he aprendido.

—Papa, vamos al huerto a por tomates y pimientos, que la mama me va a enseñar a hacer pisto.

En vez de una explicación les ofrezco mi compañía. En vez de lo que soy, les ofrezco lo que hago, lo que puedo hacer.

El torrente de emociones amaina, y leo el mensaje conjurado en los sedimentos del cauce ahora despejado que deja: esta rabia que llevas de caparazón ya no te sirve, arrójala al campo y que la deshaga la intemperie.

No me da gusto repasar lo que llevo escrito, que me ha dao por ahí desde la última vez que escribí. Qué tonta la Ramona que se entretubo poniendo aquí sus medias ilusiones. ¿Qué pensaba que iba a pasar? Padre está decidido a que me case con el viejo ese, yo estoy decidida a que antes muerta. A ver quién puede más. Y mis hermanas mientras, ni para un lao ni para el otro.

A J no se lo puedo decir. La noche de los carnavales se va a quedar como la última que pasamos, ahora lo sé. Por lo menos podré recordar siempre que una vez pudimos salir juntos por el pueblo, aunque fuera vestíos de máscara con ropa vieja de arriba abajo. De entre los trapos se nos saltaba el brillo de los ojos, creo que algunos se dieron cuenta de quién éramos.

Entre unas cosas y otras ha llegao la primavera y todo huele a mies otra vez, pero ya no le veo mucho misterio a dejarlo por escrito. Cualquiera que viera mi mano escribiendo se reiría, estas grietas y estos callos no desaparecen por más fuerte que apriete el lapicero, por más veces que acaricie el cuaderno. J me regaló con él un trocico de la vida que no voy a tener, y ahora no sé si hubiera sido mejor que no lo hiciera y así no haberme asomao por la ventana de estas páginas a lo que llevo dentro.

Doy a luz un insomnio nuevo. El calor empieza a estar de retirada. Mi madre me ha puesto una colcha fina en la cama, una pieza desgastada que reconozco porque la he usado muchas veces, pero solo ahora le he preguntado por su origen: la hizo su abuela antes de que aquel mal desconocido la paralizara. Tapado con ella hasta el cuello, compruebo que esta noche me dormiré muy tarde, pero estoy tranquilo. Cuando llegué a Baratrillo me daba la sensación de que cada noche se repetía, de que vivía la misma oscuridad sin sueño del día de la marmota. La vigilia de hoy es, por el contrario, un renglón en que puedo ensayar una caligrafía distinta, la que voy componiendo con las volutas y trazos que he ido recopilando.

Tengo que pensar si realmente quiero hacer el examen para el puesto en el centro joven, por más pereza que me dé. La fecha se acerca y, si voy a presentarme, he de terminar el puto proyecto que se adjunta a la prueba. Me imagino trabajando aquí y me siento una criatura marina revolviéndose en una red que no le corresponde, a punto de ser atrapada. Yo estaba bien colocado en la línea de salida, había entrenado, me había preparado. Y justo antes de que sonara el disparo me dicen que no, que me vuelva a casa, que *ya te llamaremos*. ¿Cómo saber desde aquí si ya se ha detonado la pólvora? ¿Si los demás han echado a correr y me han dejado atrás para siempre?

Hay una cierta resistencia en estas decisiones, un aviso que parpadea evidenciando un posible peligro, como esas lucecitas que hacen saber que algo en un coche no anda bien. Tomar partido con la gente que me rodea aquí, intervenir de manera directa en su rutina, podría interpretarse como una voluntad por mi parte de quedarme, de establecerme como un personaje más de esta comedia rural y por momentos esperpéntica. Yo que me he esforzado tanto en mirar a otro lado, en ignorar cómo se desarrollaba la vida de estas personas; yo que no he querido ver cómo envejecen mis padres, que no he amortiguado los vaivenes de mi prima, que no he enamorado a amantes potenciales ni descubierto las novedades de esta gente. Cómo recuperar el papel del que dimití así, in medias res. Cómo emerger de entre la tramoya y decir: eh, estaba en otra obra, en otro género, pero he vuelto, qué escena toca ahora.

Se me complica el ánimo y decido leer algo, pero no me queda mucho a lo que acudir. Los libros que me traje están más que finiquitados, y entre los que tengo por casa no hay nada estimulante. Me levanto y revuelvo la habitación por si aparece algún volumen del que no haya echado cuentas. No hay nada, así que pienso que puedo ir a la biblioteca al día siguiente. Joder, *puedo ir* a la biblioteca.

Llevo tanto tiempo empeñado en encontrar cada pista y cada solución entre las cuatro paredes de mi cuarto —o debería decir entre los remolinos grises de mi limitado cerebro— que me estrello en la constatación de mi flagrante falta de miras. Tampoco voy a martirizarme, sé muy bien las razones que me han impedido atravesar la escueta distancia que me separa de la Casa de la Cultura. Conozco el hechizo que me ha mantenido aquí encerrado como en *La bella y la bestia*, y sin rosa que pierda sus pétalos esperando el milagro. Lo que ha habido aquí siempre es un muchacho que se supo bestia porque el cuento se explicaba en cada esquina, aunque sin necesidad de verbalizarlo. No hay más prodigio que el hecho de que me tuve que ir y de que se han olvidado de mí, y para cuando he regresado ya hay otros monstruos de otras historias y yo no importo. La rueda nunca se detiene.

Observo desde siempre y sigo presenciando cómo se enjuicia en cada casa la vida de los demás, cómo la distancia milimétrica que nos separa de las otras personas en un sitio pequeño deforma el tamaño de las cosas que hacemos, que, aunque son pequeñas y banales, se convierten en enormes y definitivas cuando pasan de boca en boca, de comedor en comedor, de visillo en visillo, y para cuando regresan a quien las ejecutó son tan grandes y tan pesadas que pueden aplastarte. Todos los días las mismas miradas de los mismos ojos de las mismas personas en los mismos sitios. Todos los días elegir la máscara con la que presentarse a los demás, hasta que se hace añicos, se renuncia a ella o se incrusta tan profundo en la carne que cicatriza y se fija para siempre.

No quiero, no puedo, no tengo fuerzas para volver a este sistema. Con la claridad de una luna llena que busca los huecos de la persiana y salpica con su luz plateada mi cama, me prometo no retornar, no quedarme. No es una cuestión de estar o no conforme, de qué pasaría en un mundo ideal que me diera la razón. Si hubiera nacido veinte años antes ni siquiera hubiera venido de visita, si hubiera nacido veinte años después quizá no me habría sentido expulsado. Pero nací cuando nací, y nunca sabré si me fui porque quise o porque no tuve más remedio. La realidad es más breve: me fui. Con todas sus consecuencias, sin mayor alharaca. Un día me fui y dejé aquí todo el miedo, toda la culpa y toda la vergüenza que pude. Me los encuentro ahora, hechos una bola de ropa sucia intacta donde la dejé. Una vez me fui y he de hacerlo una segunda, pero en esta ocasión la culpa, el miedo y la vergüenza se van a quedar tendidos como sábanas al sol, recuperando su pureza. O mejor, los voy a dejar suspendidos como salchichones y chorizos oreándose en la cámara, pasando de carne muerta a forma consagrada. Curándose.

¿Qué pensará el viejo ese si me ve escribir? ¿Si le pidiera una peseta para un lapicero y cuatro trozos de papel? No pienso comprobarlo. Un día en el palacio le escuché a la señora: mujer que sabe latín a de tener mal fin. Pero las que no pudimos aprender tampoco nos libramos. Si yo fuera como John Silver, que teniendo a los otros piratas en contra les habló y les cambió el ánimo y los puso a su favor otra vez... Podría hablar con padre y que viera que no hay derecho a amargarme la vida con un viejo que no conozco siquiera.

Le digo viejo y no es verdad, ya lo sé. Tendrá diez años más que yo. Más años y más tierras, claro. Teniendo viña no se hace uno viejo para casarse. Cómo voy a pasar el resto de la vida con un hombre al que no he mirado más de un segundo, cuando viene a Baratrillo como tantos de las aldeas a comprar los domingos al mercao. Aquel viene de las Casillas, aquel de San Gregorio, aquel es primo de la Conchi y está con los vizcondes. Imagínate que un domingo después de misa alguien te dijera: y aquel de la gorra marrón que se ríe va a ser tu marido en cuatro días. Con las mujeres quieren hacer como con los animales. Marcarnos, vigilarnos, meternos en una jaula menos el ratico de presumir de nosotras.

Padre no hecha cuentas de lo que le digo, les dice a mis hermanas que más me vale casarme y no sacar las patas. A mí no me lo dice, claro, no se atreve. Acabó una guerra y no sabía cuándo, pero bien seguro tenía que me tocaba otra. La pequeña llora las lágrimas que a mí no me salen, la mediana no dice nada, como siempre. Somos tres flores distintas que no se sabe cómo han nacido del mismo tallo. No tendríamos que llamarnos Ramona, Valentina y Saturnina, nos vendría mejor Rosa, Violeta y Margarita. Tres hermanas son poca infantería para resistir las órdenes de los hombres.

Qué tópico. Lo primero que me agujerea la memoria cuando abro la puerta de la biblioteca es el olor. Siempre me extrañó y me divirtió que el acceso a este espacio estuviera medio escondido, en el primer piso de la Casa de la Cultura, como si los libros que aquí se acumulan se previnieran de ser encontrados. Venir de pequeño era emocionante. Rafa, el único bibliotecario que parece haber habido toda la vida, casi siempre me obsequiaba con alguna novedad que me tenía reservada y que pasaba por mis manos antes de entrar oficialmente en el catálogo.

Inspiro todo lo fuerte que me dan los pulmones, ruidosamente, porque, joder, es que el olor es el mismo. El que respiré tarde a tarde aguantándome la risa con Mortadelos, el que entraba y salía de mis lustrosos mofletes contándole emocionado a Rafa lo que me había gustado *Sin noticias de Gurb*, el que contuve dentro del pecho leyendo las primeras páginas de *Las uvas de la ira* y preguntándome cómo se podía hacer eso con las palabras. Este olor de papel viejo y limpiacristales que tiene un porcentaje también de gusto, de algo que se pega al paladar y se puede relamer.

La disposición, eso sí, ha cambiado. La mesa con los periódicos está nada más entrar, supongo que es la que más buscan los ancianos de la casa tutelada de la segunda planta; la sección infantil tiene ahora mesitas y sillitas a escala, sobre una alfombra de colores formada por piezas de puzle con números. Cruzo la habitación rodeando una de las estanterías y alcanzo el puesto de mando, que está vacío. Encima de la silla de escritorio, en una pared que se ha repintado muchas veces, sigue en su sitio el cartel facsímil que avisa de que HAI EXCOMUNION RESERVADA A SU SANTIDAD CONTRA QUALESQUIERA PERSONAS QUE QUITAREN, DISTRAXEREN, O DE OTRO QUALQUIER MODO ENAGENAREN ALGUN LIBRO, PERGAMINO, O PAPEL DE ESTA BIBLIOTHECA, SIN QUE PUEDAN SER ABSUELTAS HASTA QUE ESTA ESTÉ PERFECTAMENTE REINTEGRADA.

Doy un par de vueltas y reviso estanterías. Qué horror, el expositor de novedades está lleno de esas novelas populares que tanto gustan, como las de ese presentador de informativos marica que vende millones. Con la de buena literatura que hay en la más raquítica de las bibliotecas, qué necesidad. Si por lo menos el presentador no fuera gay no me daría tanta rabia.

En la primera ronda escojo *Lo raro es vivir*, de Carmen Martín Gaite, porque me gusta el título, y *El Sur seguido de Bene*, de Adelaida García Morales, porque vi la película hace un tiempo y me gustó mucho. En un segundo vistazo más puntilloso me encuentro con un estuche abandonado en un rincón que incluye todos los volúmenes de *En busca del tiempo perdido*.

Saco el primero y le soplo el polvo. Qué mejor momento para meterme con Proust que este verano que declina.

En ello estoy cuando escucho un ¡hombre! detrás de mí y, al girarme, está Rafa con una inédita barba blanca acompañando esa expresión socarrona de la que no se ha desprendido. El tiempo no ha pasado en balde, ni por él ni supongo que por mí, y de nuevo he de combinar la efigie que tengo delante con la que desempolvo del recuerdo.

—Dichosos los ojos. —Me acerco y le tiendo la mano mientras me estudia con más descaro del que yo pongo en el examen de los lustros que se le han echado encima—. El señor publicista se deja caer por su pueblo. ¿A qué debemos tal honor?

La voz ronca está intacta, también el olor a Ducados.

—Estoy haciendo trabajo de campo —respondo recuperando las lanzadas de ironía que aprendí a afilar con él—. Pero no de campo como mi padre, no he venido a vendimiar.

Reímos un poco y anoto las negruras nuevas de su boca. Nos acercamos hasta su puesto.

—¿Y qué campo estudias? —me pregunta mientras se sienta en su silla y yo caigo en la cuenta de que el chiste que me ha acudido a la mente para engrasar el reencuentro es cierto. Quizá en la biblioteca haya alguna miga de pan extra, abandonada aquí por los ratones.

—Quería ver si hay algo sobre Baratrillo en la posguerra. Concretamente, finales de los cuarenta.

Rafa asiente teatralmente, pega mucho la barba blanca al pecho. Sin decir nada se levanta y camina, empieza a canturrear. Le observo acudir a una de las esquinas de la habitación; se agacha, coge un libro y, sin abandonar su cancioncilla inventada, viene y lo deja en el mostrador. Se llama *Baratrillo en el recuerdo*. Al hojearlo veo que tiene muchas fotografías en blanco y negro.

—Lo editamos en el año noventa y nueve, recopilando fotos que tenía la gente. —¿Estará Ramona entre los rostros aquí guardados? Se me acelera el corazón al pensarlo—. La Diputación de Albacete ha editado alguna cosa con más texto, pero no específica del pueblo, claro. Si quieres, busco.

Respondo que no hace falta, que me llevo los que he cogido y este que me muestra.

—Este te lo regalo, tenemos muchos.

Actualizamos mi ficha en la biblioteca, porque ahora el préstamo es todo por ordenador. Le pregunto por las viejas cartulinas en las que estampaba la fecha de retorno con un sello, y me dice que se han quedado obsoletas, como tantas cosas.

—Como obsoleto me quedaré yo pronto —resopla irónico.

Teclea a golpes con los índices y, antes de devolverme los libros que me llevo, la cara se le ilumina y me pide que espere. Desaparece por una puerta que hay cerca de su escritorio y que al dejar abierta veo que da a una especie de almacén. Es extraño analizar ciertos espacios y personas desde la adultez; te obliga a compararlos con tus impresiones infantiles. La canción sin principio ni final de Rafa llega amortiguada hasta que regresa con una carpeta que me tiende y leo mis apellidos escritos en ella.

Al abrirla, un gran sol con gafas y bigotes me sonríe. Es verdad: Rafa guardaba los dibujos que hacíamos en la biblioteca, nos decía que les pusiéramos nuestro nombre y nuestra edad. Valentín —con la ene del revés—, ocho años. Debajo, un intento de plasmar a los protagonistas de *Los trotamúsicos* con cinco años, también un arcoíris daltónico. Con seis, una mancha amarilla cuadrúpeda con la leyenda CAMELLO DE EL UMANO. Un Mortadelo disfrazado de gorrino mucho más depurado a los nueve.

Contemplo la obra de aquellas manos rechonchas que fueron mías, repaso los dibujos sin saber qué hacer. Rafa me dice que me los lleve si quiero. Pero no, tienen que quedarse aquí, en el pequeño archivo de la pequeña biblioteca donde dejé de ser pequeño para ser otra cosa que aún no entiendo del todo, pero cuyos engranajes voy encontrando en lugares en los que pensaba que era mejor no aparecer de nuevo.

Si encajar los recuerdos infantiles y las percepciones adultas de casas, calles y vecinos es un ejercicio de extrañeza, cómo encontrar la afinación al hacerlo con uno mismo, cómo colocar las piezas de lo que soy sin las instrucciones de lo que me convencí o me convencieron de que iba a ser.

El infierno tiene fecha, quieren que me case pal día San Roque.
Me faltan fuerzas para enfrentarme al mundo.

La redacción de lo que sé de Ramona se agota al séptimo folio. No es mucho, pero por vez primera tengo una semilla viable. La luz de la mañana en la que me desperezo satisfecho es de un gris apacible. Hago clic en la lupita para ampliar el documento y ver las palabras más grandes, hasta que la pantalla se llena de sílabas gigantescas. Así deformadas parecen parte de algo que ya exista, de un texto real que personas reales podrían leer. No sé si acabará siendo así, pero es hermoso y sorprendente haber pasado del *voy a escribir* al *estoy escribiendo*, sobre todo por la transmutación de las horas: cuando escribo tienen valor, pasan de vacío agónico a taller útil para el lento cincelado de las oraciones. Quizá sea verdad lo que nunca me he atrevido a creer del todo; quizá es esto lo que quiero hacer, lo que quiero hacer de verdad.

He desperdiciado años esperando la idea genial, el gran chispazo que prendiera una carrera literaria que se me antojaba inevitable por más veces que la pospusiera. Igual he pensado siempre que no me podía permitir algo pequeño o mediocre, que el atrevimiento de llenar un par de centenares de folios solo lo justificaba una obra maestra. La profética alegoría de un futuro cercano, el gran texto de mi generación, la escalofriante autopsia de una pareja en fase de ruptura, no sé, algo que todo el mundo entendiera nada más explicarlo, resumido en una frase y media. Algo que de puro necesario pareciera mentira que no se hubiera escrito antes. Solo por la puerta grande creía posible asaltar el arte del que llevo toda la vida disfrutando desde la barrera, temblando con la sola idea de echarme al ruedo. Y resulta que lo que me ha dado el impulso son las migajas de una historia mal barridas en casa.

Recibo un wasap de mi prima, que me invita a cenar en su casa. Casi en el mismo momento todo se vuelve blanco un instante y un trueno parte en dos el cielo. Le digo que sí, que vale, mientras en la ventana vibra un tintineo que va aumentando en velocidad e intensidad. En la planta de abajo mi madre ya se debe estar echando cruces.

Me tumbo en la cama y la cortina de lluvia que ahora golpea sin miramientos el cristal me humedece también la memoria, que rescata caprichosa otro día de lluvia inclemente, en las calles de Bruselas. Alguna institución de la Unión Europea concedió una ayuda a mi facultad para organizar un viaje, y allí nos plantamos un grupito sin más pretensión que la de ir gratis a otro país. Creo que fue en tercero, ese año bisagra en mitad de la licenciatura en el que había que ir planteándose en serio si la carrera escogida te iba a brindar un oficio que te vieras ejerciendo el resto de tu vida. Ya tenía serias dudas de si la publicidad me resultaba interesante de verdad, o si solo me había parecido una carrera más o menos moderna. Amortiguaba el desasosiego enrollándome con Santi, tan poquita cosa pero tan mono, que cuando nos poníamos uno al lado del otro parecíamos Timón y Pumba. Santi y yo nos reconocimos enseguida, ahí está el otro maricón de esta clase, y nos fuimos olisqueando con desconfianza hasta aceptar la presencia del otro. Creo que ambos llegamos a la universidad con muchas ganas de no dar explicaciones, y lo más fácil, en el momento en el que estábamos, era ejercer de típico marica estándar, reproducir lo que habíamos visto en la tele. Ser ácido, frívolo y lenguaraz te ubicaba; ser una marica mala era algo que los heterosexuales podían comprender. Y tardamos en ir dándonos cuenta, en primer lugar, de que no teníamos que ser Mauri de *Aquí no hay quien viva* para que se nos permitiera ser maricas y, más tarde, que no solo nos aceptábamos sino que nos gustábamos.

Me cuesta pensar en Santi. Físicamente, quiero decir. Convocada desde Baratrillo, mi vida amorosa se embarra, precisa un esfuerzo doble para traer algo a la cabeza. Mis noviecitos, mis ligues importantes, mis polvos iniciáticos parecen más escenas sacadas de una película vista sin atención que algo que haya vivido de verdad. Ni siquiera la raquítica historia con Julio la asocio al pueblo. Nunca diría que el cuerpo que se tiende ahora en esta cama con los pies colgando pueda ser un territorio fértil para el placer, la herramienta con la que he sacado brillo a ciertas noches, a ciertos ambientes. Baratrillo es el triángulo de las Bermudas de mi libido, de mi dimensión sexual, aquí ningún deseo emito o recibo.

Después de un par de días asistiendo a reuniones en la sede de la Comisión Europea o así, charlas tediosas para las que pusimos alguna excusa, Santi y yo nos echamos a recorrer una ciudad en apariencia aburrida, pero tan buen solaz como otra cualquiera para un enamoramiento tardoadolescente. Recuerdo aquella visita pregnante al museo de René Magritte, el gofre de una camioneta ambulante que comimos a medias, las esquinas donde nos urgía la boca del otro, una cerveza con sabor a cerezas que te daba un pelotazo delicioso cuando menos lo esperabas. También la sensación de peligro cuando empezamos a enrollarnos con mayor ardor, el sexo con el corazón a mil por hora en el baño de un garito. Y esa sacudida cegadora de estar dando un estirón por dentro, de hacerme adulto en el rincón más sucio de la capital de Europa.

Joder, esa era la vida para la que me estaba preparando. Vivir aventuras en lugares de postal, estar cerca de las decisiones importantes, moverme por el centro y no por las periferias. Tratar con personas que no te preguntan de dónde vienes ni a qué se dedican tus padres; gentes sin pasado, como yo. Lo lógico es que este verano estuviera haciendo unas prácticas remuneradas en un estudio con proyección, con sede en Goya o Chamberí, y que no hubiera hecho solo aquellas obligadas por el máster en las que no vi ni un duro y que se quedaron en nada. Y después un contrato, ascensos, bonus, team buildings. Cenar en el restaurante de moda, comentar con los amigos que no es para tanto. Descubrir nuevas promesas en salas alternativas de teatro, decir que ya sabías de su talento cuando ganaran el Goya revelación. Quizá un abono del Real alguna temporada. Viajes a ciudades encantadoras con vestigios medievales, a calas en las que parece que estás solo, a países en vías de desarrollo que te descubren lo feliz que se puede ser con tan poco. No digo que quiera o necesite esta vida, digo que es para la que me estaba preparando.

Pero mientras escucho el ruido blanco de la tormenta estival tirado en la cama donde me empecé a hacer pajas, me encuentro con una yuxtaposición de vidas contradictorias o incluso incompatibles. El Valentín de Madrid y el Valentín de Baratrillo, el Valentín corporativo y el Valentín que empieza a escribir, el Valentín internacional y el Valentín que ha vuelto a escucharse decir he dormío bien o la puerta está cerrá. El Valentín que se odiaba, el que creyó que le odiaban, el que se está quedando sin odio que proyectar hacia los demás o hacia sí mismo, el que lo está sustituyendo por un sosiego templado, por la posibilidad insólita de pasar página.

Aquel viaje a Bruselas acabó fatal. El último día Santi se emborrachó muy rápido por la tarde y se puso insoportable. Los días anteriores habían sido fantásticos, pero eso no impidió que nos atascáramos en una conversación que fue enredándose sobre sí misma como una serpiente suicida. Si no recuerdo mal, él se puso celoso por alguna cosa que yo hice o dije y ya no remontamos. Se empeñaba en establecer si éramos novios o no, con una prisa que me daba mucha pereza, y lo gracioso es que sin nombrarnos como pareja acabamos discutiendo a gritos como un matrimonio mal avenido. Pensándolo ahora, con la ventaja de algunos años más y de otras historias que otorgan una cierta profundidad al estudio de mis siempre efímeros emparejamientos, creo que sí veníamos haciendo vida de novios, aunque me daba pánico fijar nuestra relación como tal, y puede que se cansara de esperar. Ahora que hago memoria, creo que me estuve liando con otro compañero por la misma época. Qué cosas.

Fue en el Delirium Tremens, ese local turístico enorme con elefantes rosas en la puerta, donde la pelea se terminó de nublar. Para entonces yo también estaba borracho, y Santi iba a más, y yo seguramente también, y me empezó a dar vergüenza porque hasta se encaraba con alguna persona con la que nos cruzábamos. Le rogué que nos volviéramos al hotel y se negaba. No me vas a joder la noche, decía. Le engañé para tomar un taxi, le aseguré que íbamos a una discoteca y, cuando logré que el taxista le admitiera como pasajero, le di la dirección del hotel y arrojé dentro un billete de veinte euros. No volvimos a enrollarnos, ni en Bruselas ni en Madrid ni en ningún lado, ni siquiera tuvimos la madurez requerida para arreglar esa pelea continental y quedar como amigos. Todavía salimos mucho juntos porque compartíamos grupo en clase, pero fuimos perdiendo la confianza, el interés o lo que fuera que tuviéramos. Lo más triste es que volvimos al olisqueo reacio, a medirnos como rivales en vez de como lo que éramos, el aliado natural del otro. Más tarde él se echó un novio superraro, bastante mayor, y ya no le vimos más.

Deambulé sin rumbo por la ciudad después de meterle en el taxi para que se me pasara el pedo o porque estaba enfadado y quizá quería buscarme otro ligue para terminar de fastidiarlo todo. Tengo por ahí un álbum con fotos que hice en ese viaje con una cámara analógica que me había comprado, pero casi todas salieron mal. Cuando me sentí despejado ya estaba oscuro del todo y no sabía dónde estaba ni tenía roaming en el móvil para mirar Google Maps. En una calle apenas iluminada por un par de farolas que le imprimían un claroscuro digno del expresionismo alemán, me crucé con una señora medio hippy que entendió mi cara de pánico y me dijo algo que mi francés mínimo interpretó como:

—*Vous êtes trouvé?*

Le respondí un simple *Grand Place* y me dio unas instrucciones sencillas para llegar al centro. Mientras volvía al núcleo familiar de la ciudad, fui pensando que la frase, que no sé si entendí bien, debía significar «¿Estás perdido?». Pero *trouver* es «encontrar», lo sé porque en Baratrillo cuando era pequeño llegaba la señal de Canal 9 y en valenciano es *trobar*, así que la traducción literal de lo que le entendí a aquella mujer en Bruselas sería: «¿Estás encontrado?».

La pequeña tenía unos dolores de abajo tan grandes que me he tirao a la calle a ver si alguna tenía en su casa agua del Carmen, al final tenía la Cequela. Al volver a atenderla es cuando me he dao cuenta que los puños viejos de camisa que uso yo cuando me baja el cuerpo están guardaos de hace tiempo. He mirao de frente lo que no quería ver. Como John Silver y los otros cuando llegan a donde marca el mapa que está el tesoro y se encuentran la tierra revuelta con la yerba ya nacida por encima, creciendo en ese agujero.

El once de septiembre de 2001 estaba esperando a que emitieran *Betty, la Fea* cuando cayeron las Torres Gemelas. La telenovela había empezado el día anterior y me atrapó ese primer episodio, un cuento sobre sentirse peor que los demás por tu aspecto y maneras, aunque por dentro valieras mucho. Con las raíces temblorosas de la pubertad buscando dónde agarrar, yo me sentía peor que los demás por mi aspecto y por mis maneras, así que me pareció hecha para mí. Mis padres se habían ido a vendimiar, tarea de la que ese día me libré con una rabieta que no tuvieron energía para enfrentar. A solas en casa, me recosté en el sofá esperando el serial, pero en su lugar Matías Prats se llevaba las manos a la cabeza mientras ardían unos rascacielos que yo no recordaba haber visto nunca.

Ser testigo de un hundimiento que no se acaba de entender y el apuro de observarlo desde un lugar impermeabilizado a la tragedia es la mezcla de sensaciones que siento cuando saludo a Paco con un apretón de manos. A mi prima Ana le doy dos besos mientras asumo el aspecto de su marido y entiendo la amplitud de la expresión *pasarte la vida por encima*. Decir que parece mayor sería quedarse corto; si me dijeran que esta persona tiene cuarenta años en vez de veinticinco todavía pensaría que tiene mal aspecto.

El cuerpo de futbolista que estudié con delectación en la piscina municipal, con media cabeza metida debajo del agua, ha dado paso a unos volúmenes de carne dispareja, asimétrica. La grasa parece haberse retirado de las extremidades para concentrarse en la barriga, que sobresale en perfecta circunferencia estirando una camiseta blanca del Albacete Balompié. Las piernas cuelgan inertes de un short Adidas y acaban en un par de chanclas de dedo. El pelo ha emprendido la retirada. Las entradas, que llegan muy atrás, son impolutas y brillantes. El resto, peinado con mucha gomina, se arremolina en rizos petrificados que podrían estar firmados por un mal aprendiz de escultor. La cara, que ensaya un gesto amable de bienvenida, está surcada por unas arrugas desconcertantes. La sombra de la barba, muy negra y cerrada, es una textura que sí reconozco. También la miel de los ojos, que brillan como los únicos restos de juventud del rostro. No debe ser fácil que el cenit de un cuerpo se dé en la adolescencia, es mucha la vida que sigue de lenta decadencia.

—¿Qué marcha me llevas?

Lo que no ha cambiado un ápice es su dominio sobre el territorio, el aplomo con que pisa la tierra. Le estrecho una mano cuya temperatura no deja de turbarme un poco. Mi prima nos mira con arrobo; le pongo en las manos la botella de vino blanco que he traído, porque en la tele se suele llevar vino en las cenas, y enseguida desaparece muy contenta, diciendo que lo va a meter en el congelador. Casi no le he prestado atención, anonadado como estoy por la presencia de Paco, que cuando nos quedamos solos se mete las manos en los bolsillos y me sonríe.

—Cuánto tiempo.

—Sí, la verdad es que sí.

—Estás en Madrí, ¿no?

—Sí, allí sigo.

—¿Contento?

—Mucho.

Qué más. Pensaba que tenía dominada la charla ligera con un hombre heterosexual promedio, pero compruebo que no, que los maricas de mi edad hemos generado una vida en la que nuestro contacto con los heteros se limita a lo profesional, burocrático o circunstancial. Ni tengo amigos heterosexuales ni me interesa tenerlos. Como mucho los novios de algunas amigas, y ni siquiera. Algunos dicen que nos autoexcluimos, que vivimos en una burbuja. Pues yo beso la burbuja a lo Juan Pablo II, no necesito más dominios.

—¿Vosotros qué tal en el pueblo?

—Pos ahí vamos.

Mi prima viene un momento con el mandil puesto y nos entrega dos latas verdes que reconozco como las de la cerveza barata del Mercadona. Dice que la cena estará enseguida. Solo entonces echo un vistazo amplio a la casa, que como después sabré la tienen alquilada a una cuñada de Paco por un precio simbólico. Como casi todas las viviendas del pueblo es grande, pero esta parece más amplia porque está prácticamente vacía. Un tresillo viejo, un sillón de esos blancos de IKEA que he sufrido en más de un piso de estudiantes, una tele pequeña conectada a una PlayStation 2. Nos sentamos.

—¿Sigues jugando? —le pregunto a Paco señalando la máquina.

—Y tanto. Está como el primer día. ¿Sabes qué juego he conseguío pirateao? El *Worms Armageddon*, el de los gusanos.

Se acuerda. Me pilla por sorpresa. Lo último que esperaba de esa boca (que, superado el amarillo de los dientes, preserva bastante indemne la jugosidad de los labios, su cualidad de fruta madura) era una referencia a nuestro tiempo juntos de niños. He querido enterrar tan profundo la infancia que me parece mentira que otras personas me conserven en sus recuerdos infantiles.

Paco se sienta muy despatarrado, apoya la lata en uno de sus muslos descubiertos, tan peludos. Por ciertas rendijas sí se intuyen los restos del adolescente apolíneo.

—Ese era buenísimo —respondo, sin saber qué más decir, porque no estoy seguro desde dónde retomar la conversación con él. Siempre fue un enigma. Cuando jugábamos en mi casa de pequeños parecía que le importaba todo lo que yo dijera o pensara, pero delante de los compañeros era como si esas tardes no ocurrieran de verdad. Ya adolescentes, mantuvo un cierto respeto por mi condición de primero de la clase, pero marcaba las distancias en aquellas primigenias noches de fiesta, o esa sensación me daba a mí. Después empezó la relación con mi prima, yo salí del armario y, no sé, me pareció que ya cada uno vivía en su dimensión y que no volveríamos a encontrarnos. Su polla, eso sí, jamás la he olvidado.

La cabeza rubia de Ana se asoma y nos dice que pasemos a la cocina, que ya está la cena. Nos levantamos y echamos a andar a la vez, lo cual enreda los pasos de Paco, que tiene que recular para dejarme pasar. Un gesto torpe, sin importancia, pero que hace que su mano se apoye en mi costado para equilibrarse y el contacto inesperado cerca de la cadera me conecta un circuito dentro y me deja claro que mi deseo por este hombre es una mariposa disecada que nunca más echará a volar. Nos reímos para quitarle tensión al momento. Quizá la tensión solo la siento yo, que lucho con todas mis fuerzas para no ruborizarme.

La cocina es más pobre todavía que el salón, aunque muy grande. Una mesa y unas sillas como de jardín hacen las veces de comedor. El amarillo perfecto de una generosa tortilla de patatas preside la superficie, un astro suculento a cuyo alrededor gravitan platos, vasos, olivas, una ensalada, queso cortado, croquetas y pedazos de pan.

—Qué buena pinta —digo en voz alta mientras me siento.

El pantagruélico despliegue de comida sobre un hule que de cerca está bastante roído me hace sentir un poco culpable. Claramente mi prima me está ofreciendo todo lo que tiene, como hacen mis padres. ¿Qué he hecho yo para merecer esto? La garganta se me cierra un poco, me pone triste no haber sido el que les invitara en algún bar (con dinero de mis padres, claro), y ahora pienso que el vino barato que he traído, pese a que mi prima lo está sirviendo con gran pompa, es muy poca cosa.

—La tortilla me parece que ha quedao un poco seca —se lamenta.

La agilidad con la que nos sirve y el cuidado que está poniendo para que la mesa no se desconfigure con su trajín rebaja mi culpa, que se mezcla con una sensación de gratitud. Si Ana ha querido agasajarme con esta cena, lo mínimo que debo hacer es disfrutarla sin cortapisas.

—Está buenísma —certifico cuando pruebo la tortilla, y lo pienso de verdad. Paco comenta algo de las fiestas, que empiezan en unos días, y arranca una conversación cotidiana que nos entretiene mientras cenamos, aunque yo no dejo de pensar: estamos teniendo una conversación cotidiana que nos entretiene mientras cenamos. Con cada bocado los Paco y Ana que tengo en frente sustituyen a los que recuerdo; mi relación con ellos se va cargando de presente, deja de estar definida por los términos en los que se comportaron tres críos entre sí. Me pregunto mientras degusto una croqueta si ellos estarán pensando lo mismo de mí, si el hecho de que haya venido a su casa vestido con una camisa elegante y con estos modales de ciudad hace que dejen de pensar en mí sobre todo como el Valentín que fui. Puede que ellos no den tanto peso a las cosas que ocurrieron hace media vida.

—Vino y cerveza, dolor de cabeza —recuerda Paco mientras saca más latas, porque el vino se ha acabado, pero tenemos sed de algo fresco y de que el reencuentro no se detenga. Como cuando uno aprende a montar en bicicleta, me parece milagroso que estemos manteniendo el equilibrio sin que unas manos nos empujen; hemos echado a rodar y si alguien se asomara ahora mismo por la ventana, podría creer que quedamos todas las semanas. Quizá avanzar sea más fácil si uno no está pensando en las caídas anteriores, en el batacazo posible; igual no haga falta tener *esas conversaciones* para que todo fluya. Seguro que no es lo ideal, pero a veces lo posible es tan bueno como lo ideal.

Apurada la cena, de la que ha sobrado menos cantidad de lo que esperaba, mi prima saca de la nevera un flan enorme y lo planta en la mesa.

—Lo he hecho yo, ¡mira cómo baila! —Ríe mientras menea el plato y efectivamente su creación se bambolea con gracia. Me río yo también y miro a Ana, que en ese momento ya es cien por cien la Primanica, y será por el alcohol o porque ya llevo aquí un rato y estoy más relajado, pero pienso: cuánto la quiero.

—Cuánto te quiero.

No sería tan difícil decirlo, pero no lo digo.

El flan también está muy rico. La charla ha derivado en un repaso de las clásicas anécdotas que compartimos mi prima y yo. Cuando me obligó a meter un secador en la bañera y mi madre nos pilló justo a tiempo, cuando me picó una avispa y su abuela me puso una moneda de quinientas pesetas, cuando no nos salía la canción de Georgie Dann y cantábamos «el chinguirito, el chinguirito». Paco, que ha empezado a difuminarse de mi percepción, se pone a fabricar un par de cigarros con tabaco de liar mientras Ana explica un episodio que yo no recuerdo bien en el que recorremos las panaderías del pueblo pidiendo que nos dejaran inspeccionar los bollicaos, intentando conseguir sin éxito un cromo de David Bustamante.

Escuchar un pedazo de mi pasado en alto, con la vibración de una voz que no es la mía, desajusta los engranajes que siempre se me activan cuando pienso en esos años. El manto negro que los cubre se disipa en ciertas zonas; hay recuerdos que empiezo a observar limpios. Y voy comprendiendo que en muchos de ellos está mi prima Ana. Si este paro ha servido para que yo esté aquí esta noche, con este sabor dulce en el cielo de la boca y el vino engrasando las emociones para que circulen con gracilidad, no me parece tan mal. En la pantalla en blanco de la memoria arranca una secuencia de imágenes que la memoria rescata unas anudadas a otras, como los pañuelos de un mago: mi prima, una cabeza más baja que yo pero cien veces más fiera, defendiéndome de los niños que me llamaban mariquita. Mi prima apareciendo en mi casa a medianoche para dormir conmigo porque «ha vuelto». Mi prima pidiendo que le compraran una muñeca Rosaura en la feria de Albacete porque la quería yo. Mi prima, su cara de vergüenza recibiendo de mi madre una bolsa con arroz, leche, latas de atún.

Cada imagen me reclama un contraplano que no puedo convocar porque no estaba allí. Mi prima, enfrentándose a su padre. Mi prima, puta oficial del pueblo. Mi prima, machacándose en una docena de trabajos mal pagados. Mi prima, perdiendo un bebé. Mi prima, esperando que su teléfono suene. Mi prima, en fin, durante mi fuera de campo.

Paco se levanta, se excusa diciendo que en esta casa solo se puede fumar en el corral.

—Estas mujeres... —Sonríe y me lanza un gesto de complicidad. Ana y yo seguimos su cuerpo escabullirse, nos quedamos absortos en los restos de la cena, con la sonrisa aún caliente de las últimas anécdotas. Juego con la servilleta de papel, que voy sajando a tiras muy finas que después enrosco. Con esfuerzo detengo mi distraída tarea, levanto la mirada y la enfoco en el rostro que tengo delante. Mi prima, mi amiga, mi cómplice de tantos años, me devuelve una mirada balsámica en la que me podría sumergir. La vida perra no le ha borrado la cara de ángel.

Hay palabras decisivas que solo pueden ser dichas en un momento y un lugar; incluso yo soy capaz de entender que el momento es ahora, y el lugar, esta cocina con olor a flan.

—Ana, lo siento mucho.

Me he encerrao en la cuadra. Anoche no podía dormir y me dio por acordarme de un día de hace muchos años, uno de los recuerdos más claros que tengo de madre, que iba conmigo de la mano, creo que cuando estaba preñá de la mediana. Era verano, como ahora. Íbamos a hacer algún recao y como ella pasaba tanto sofoco, nos esperamos un momento allí a la sombra de la olivera que hay en la placica del follero. Ahora vuelve a estar alta y hermosa, con muchas ramas, pero entonces algún fuego le habrían pegao que estaba medio quemá, bastante negra. Pero de entre la corteza oscura ya le iban saliendo ramas tiernas, y madre me las enseñaba. Hasta lo que muerto parece puede llevar dentro la semilla de algo nuevo.

Busco y rebusco en el libro que me dio Rafa en la biblioteca, pero no encuentro a Ramona ni a mi abuela ni a la tía Sátur; hubiera sido demasiada casualidad. Lo que sí hayo es un retrato muy favorecedor de uno de los señoritos del palacio datado en esos años. Se llama Jesualdo Guijuelo y parece un galán de cine clásico. Le saco una foto y la mando a una cuenta de Twitter que sigo, que recopila imágenes de maromos de otros tiempos bajo el nombre *My Daguerreotype Boyfriend*.

Es viernes, por la tarde. Mi madre está en la peluquería y mi padre echando la partida. La casa en silencio se acopla a una agradable temperatura que me adormece un poco mientras cierro el libro y me tumbo en la cama. Pienso en bajar a merendar, chequeo sin interés notificaciones en el móvil. Facebook, Twitter, Instagram. Entro en LinkedIn como parte del recorrido rutinario, hay un mensaje sin leer y pulso convencido de que se trata de algún aviso publicitario o de un desconocido que pretende que siga su página o compre en su tienda online. Pero leo y releo dos, tres, cuatro veces lo que se abre ante mí cuando entro hasta comprobar que es lo que parece. Una respuesta a una oferta que eché no sé bien cuándo.

¡Hola, Valentín!

Aquí Ariadna Mínguez, encargada de Talento en Global Catz Madrid. En primer lugar, gracias por tu interés al responder nuestra oferta y tomarte la molestia de rellenar el cuestionario extra. Nos gustaría hacerte una entrevista para charlar un poco y ponernos cara. Soy consciente de que estamos en unas fechas malísimas. Si estás fuera, podemos hacerlo por Skype. Por favor, indícame tu disponibilidad el lunes o martes, en horario de mañana.

¡Muchas gracias!

Un timbrazo y los ladridos de la Olvi me arrancan de la incredulidad. Joder, no debería atender a nadie ahora; tengo que contestar a esto enseguida. Refunfuño un poco, pero bajo las escaleras y abro la puerta. El rastro de pólvora que se adivina en el aire de la calle me avisa de que han comenzado las fiestas. Una enjuta figura me mira con curiosidad.

—¿Está tu madre?

Quien habla es una señora mayor muy bien vestida, con un vestido de rayas estrechas hasta la rodilla y una rebeca a juego fina, de punto. Su escaso volumen lo envuelve una elegancia natural que la eleva un milímetro del suelo. Trae algo en las manos, un bulto mínimo que agarra con cuidado. Me mira con ojos inteligentes bajo el cardado albino.

—No, está en la peluquería. —Ya está, se puede ir. Voy elaborando internamente la respuesta al mensaje.

—Anda que me ha hablao poco de ti. —La señora me observa de arriba abajo. Intento ubicarla, pero ella se me adelanta—. ¿No me conoces? Soy África.

—Ah, claro. Mi madre también me ha hablado de usté. —Y es cierto. Alguna vez me ha comentado asombrada la memoria prodigiosa de esta mujer. «La mujercica se acuerda de to». Creo que hasta le enseñó una vez un cuaderno donde apunta refranes. Si fuera un dibujo animado, en este momento una bombilla se iluminaría sobre mi cabeza. Veo el error que sería despedirla de cualquier manera para ir cuanto antes al ordenador. Ese mensaje puede esperar más que la historia que persigo.

Le pregunto si quiere esperar dentro, que mi madre no tardará en llegar. Acepta y me explica que el motivo de la visita es que quiere que mi madre le empiece una labor. Despliega sobre su regazo el infructuoso génesis que trae de casa, y así me entero de que las mujeres del pueblo acuden en peregrinaje a este rincón para que mi madre les resuelva dudas con el ganchillo y otras técnicas, y que ella muchas veces les da las primeras o últimas puntadas. Una sensación térmica me sube hasta los labios, que dibujan una sonrisa; la identifico con el orgullo.

Ofrezco agua fresca y sirvo dos vasos. Los bebemos mientras despachamos las preguntas habituales. Que qué he estudiado, que si me gusta vivir en Madrid, que si tengo trabajo, que cómo veo el futuro. Que qué lástima de juventud esta que nos está regalando la crisis. Encauzo la charla hacia los terrenos que me interesan diciéndole que su juventud seguro que fue más dura que la mía.

—Uuuh, hijo mío.

África se arranca a enlazar datos, escenas y modos de vida de décadas pasadas, a las que se remonta con la solvencia de un pez acostumbrado a cualquier corriente. Me doy cuenta de que le encanta conversar y de que tengo el archivo viviente de Baratrillo delante de las narices. Le comento que me atraen especialmente los años de la posguerra, sobre todo por un suceso de mi familia.

—Tu tía Ramona.

Responde como un resorte, sin que yo le dé más pistas. La ubica sin esfuerzo, se arranca con una descripción que encaja con lo que me han contado de ella.

—Era grandisma. Y muy alegre. Tu abuela Valentina era bastante más seria.

Acude pronto el impacto de su muerte. Pero no se queda ahí: comienza a hacer cuenta de otros suicidios y pasa a algunos asesinatos. Me relata la historia de Bartolo, un comerciante al que asaltaron y mataron en el camino para robarle la recaudación, aunque no la encontraron porque la tenía escondida en un cajón secreto de su carro. Como era de una familia pudiente, cuando pillaron a los asesinos su mujer hizo construir un patíbulo y, a la vista de todo el pueblo, los ahorcaron a los tres.

La memoria de África es un pergamino que se desenrolla sin final a la vista, pero después de estos meandros vuelve a Ramona. Se lamenta de su destino, insiste en que era muy lista y en que tenía genio, añade que en otra época o con otra suerte hubiera llegado lejos. Cuando parece que va a acabar de hablar, deja escapar un gran suspiro y suelta:

—Y el muchacho también se quedó muy mal.

No lo entiendo. A la vez, lo entiendo todo.

—¿Qué muchacho?

Es entonces cuando comprendo que algunos secretos tienen cerraduras que también se abren desde fuera.

—El que se entendía con ella, el que la dejó preñá.

Las llaves en la puerta y más ladridos de la Olvi se inmiscuyen en nuestra charla. Agarro a la perra para que se tranquilice mientras entra mi madre y saluda a la visita. Cuando se apagan los bramidos en miniatura, ellas se ponen a sus cosas y yo me escurro escaleras arriba, pero alcanzo a escuchar cómo África dice:

—Este es como tu tía.

Respondo al mensaje de LinkedIn con un texto que calibro un rato para que sea fresco y directo, divertido pero serio, confiable pero desenfadado.

¡Hola, Ariadna!

Encantado de saludarte.
Qué ilusión este mensaje. Sigo desde
hace tiempo vuestra productora y
siempre he pensado que es un sitio
donde encajaría bien. Como preveías,

estos días ando fuera de Madrid. Estoy
como tanta gente disfrutando de las fiestas
de mi pueblo, ¡cita ineludible! Pero el
lunes o martes me puedo conectar sin
problema para charlar un ratito contigo.
Si te va bien, podemos hacerlo el lunes
a las 10h y así no lo demoramos.

¡Saludos!

Pulso el botón de enviar. Mi cerebro reparte sus mitades exactas entre la entrevista y el descubrimiento. Me siento más dividido que nunca, las piernas no me paran quietas y salgo de mi cuarto, porque sus paredes no logran contenerme. Doy vueltas a la mesa del salón viejo, despacio, y tengo que calmar las pulsaciones que me ha provocado el correo para retirar con delicadeza el polvo a la revelación que me acaban de entregar. De algún modo lo intuía; los límites de lo que me han contado dibujaban la silueta de esta pieza que África me ha traído envuelta en el pañuelo fino de su memoria.

Un fogonazo de egoísmo me recorre el cuerpo en primer lugar. Pienso si Ramona no me privó con su gesto de una parte de la familia que me hubiera iluminado algún camino. Una tía abuela que hubiera afrontado la vergüenza pública de ser madre soltera; una tía o un tío (hubiera sido una niña, tengo esa certeza) de un único apellido o con los dos maternos, encarnación viva de la disidencia moral, que habría tenido que arrogarse la dureza necesaria para sobrevivir al pueblo. No sé, creo que hubieran sido dos figuras importantes, faros de rebeldía en un territorio donde no abundan. Pero quién soy yo para proyectar mis deseos o mis carencias sobre un fantasma y medio.

Qué fatalidad cuando los tiempos entran en los cuerpos, cuando el siglo que te toca decide que tu existencia no puede continuar sin pagar un peaje elevado. Se me presenta la visión de Ramona levantándose de aquella siesta ficticia sin hacer ruido, entrando en la cuadra, decidiendo qué estaca sujetaría mejor su peso y el de su vientre. Me detengo un instante y decido que sí había un mensaje para mí en aquella tarde de agosto de 1949. Porque la sombra del monolito invisible del cuerpo de mi tía abuela y el de su fruto nonato me hace percibir lo profundo que puede ser el abismo en cuyo borde me he detenido. Cuando retomo mi camino sin meta y doy más vueltas a la mesa, dejo un rastro circular de tierra del campo.

Oigo la puerta de la calle cerrarse, bajo las escaleras como quien cruzara un río oscuro y lleno de raíces y se hundiera por completo antes de emerger por el otro lado. Mi madre dobla con cuidado un vestidico de ganchillo. La delicadeza con la que ordena su trabajo me parece digna de ser recogida en las enciclopedias.

—Ramona estaba embarazada.

Su mirada se levanta hacia mí un momento, un azul que reconocería de inmediato en mitad del oleaje. Después sigue con su parsimonioso hacer, en su cara la serenidad de quien hace mucho que conoce la combinación de cualquier secreto que le pueda ser entregado.

—Ella decidió. Decidió dos veces. Una, que no se casaba con quien no quería. Y otra, que no iba a deshonrar a la familia.

—Pues en el pueblo se supo, porque África lo sabía.

Mi madre se encoge de hombros, subraya con su gesto la evidencia que acabo de arrojarle. Los cuchicheos de hace siete décadas se mezclan con el aire que cruza la calle, pero no se cuelan por las mosquiteras de las ventanas abiertas. Entonces mi madre dice algo que suena a ley o a amenaza:

—En el pueblo, lo que haces, lo que eres, se acaba sabiendo más pronto que tarde. Y el que crea que no, va listo.

No preparéis ningún vellón de lana. La muerte es lo último, pero no lo peor.

Aire fresco. Al abrir la ventana esta noche que no parece tan oscura, me digo lo que he oído tantas veces decir a mi madre: en agosto, frío al rostro. Una reverberación de fiesta recorre la calle; conversaciones alegres de los grupitos que la cruzan, pedazos de las melodías que suenan en las dos o tres atracciones de la feria, ecos de risas de niños, grillos lejanos. No me resulta complicado, mientras chequeo la hora porque he quedado con Ana y no quiero llegar tarde, convocar una réplica lejana de la excitación que estas noches tenían en mi infancia.

En las fiestas, todos los pueblos se llenan de gentes nuevas que nos recuerdan a los de dentro que el mundo no acaba en las lindes de nuestros campos. Se abren las casas que siempre están cerradas, rechinan las persianas que solo suben y bajan unas pocas veces al año. Exultantes abuelas llevan de la mano a nietos tímidos que se esconden tras sus faldas para no dar besos a las vecinas. Las primas de la capital turban a los muchachos con las figuras que les ha esculpido la biología de un verano para otro. Se reencuentran los cuñados, se dan poderosas palmadas en la espalda al bajar del Ford Fiesta. Se llenan las tiendas de parientes lejanos que preguntan por aquellos chorizos o aquellos rollicos de huevo que conservan en la memoria de cuando eran pequeños. Las calles se engalanan con bandericas de plástico, levanta el vuelo un pasodoble que va de esquina a esquina con su tiempo-contratiempo. Pun chan, pun chan, pun chan, pun chan. Durante unos pocos días, Baratrillo de la Mancha ofrece a sus visitantes la imagen deformada de lo que estos contarán a sus compañeros de oficina que es la vida en el pueblo.

Quién es el bacín que ensucia esta semana repleta de gazpachos cocinados en las calles y de brindis con dulce cuerva, advirtiendo de que esto que ven no permanece así cuando se marchan. Quién se atreve a avisar de los largos inviernos de calles vacías, de los silencios vigilantes cuando cruza aquella que ha hecho no sé qué o aquel que vaya cuajo de aparecer por aquí. Quién pone encima de la mesa tantas frases ruines dichas al cuello de la camisa, quién la ponzoña que algunos dejan en la puerta de sus vecinos como mi tatarabuelo dejaba el vino después de probarlo con el dedo. Las fiestas son una tregua en la que cada uno se adecenta lo mejor que sabe y ofrece lo mejor que tiene, porque eso es lo que se hace cuando vienen los de fuera.

Pero hasta a mí se me ha embellecido la vista de este horizonte desde que el mensaje de LinkedIn ha abierto en él un posible punto de fuga. Con la entrevista cerrada para el lunes a primera hora, este sábado es más sábado y este paro menos paro. Haber logrado al menos el interés inicial de una empresa restituye algo de brillo a mis diplomas, seca un poco el papel mojado. Volver con un empleo a Madrid en las próximas semanas es de pronto la única opción lógica, el destino coherente para este verano, aunque me hayan distraído otros asuntos. Qué ganas de que salga todo bien, qué ganas de contárselo a Luisma.

Recupero la cazadora vaquera que compré de segunda mano, a cuyo extenso kilometraje he añadido muchas noches apremiantes de lo que fuera. La había metido hecha un guiñapo en el fondo del armario al llegar aquí. Me la pruebo delante del espejo, a ver qué tal queda con la camisa que he escogido, y el abrazo áspero de la gruesa tela me enciende un escalofrío. ¿Será posible que me apetezca salir a estas calles? ¿Tomar unas cañas con estas personas? Me acomodo la cazadora y topo con algo que cruje en un bolsillo. De su apretado espacio rescato entre los dedos un trocito de plástico verde muy arrugado. Restos del lúdico naufragio de alguna noche de farra —de Farrah Fawcett, diría si estuvieran las amigas delante—, que contemplado desde este salón viejo en mi casa del pueblo hace que me entre la risa. Vuelvo a la ventana de mi cuarto y ofrezco la bolsita a la noche con gesto taurino, antes de quitarle el alambre y lamer el lado en el que quizá sobreviva algún resquicio de aquella amarga euforia medida en gramos. Va por ustedes.

En el piso de abajo encuentro a mi padre dormitando en el sofá con la ropa que definiría como de los domingos si los días séptimos no fueran para él como los segundos o los quintos: jornadas de trabajo en el campo. La tele expulsa un programa de Castilla-La Mancha Televisión donde se explica que Sara Montiel, fallecida hace unos meses, no es quien sale en la cabecera de la serie *Mad Men*, sino que se trata de una foto de Richard Avedon con una modelo que se le parece mucho. Las ondas del aparato llegan a sus entumecidos sentidos a través de un aire que aún huele a las sardinas fritas de la cena.

Oigo que mi madre se está duchando, así que me acerco a la puerta del baño, doy dos golpes con los nudillos y grito que me voy. El agua se detiene un momento y escucho:

—Mira a ver encima de la mesa, pa que te feries algo.

Un billete de cincuenta euros que se antoja planchado se extiende pulcramente sobre ella. Lo recojo con una sonrisa pueril, lo doblo y lo meto en el bolsillo donde antes estaba el plástico del eme. Me pregunto si los cuartos también circulan así en las casas nobles, como plumas que un pajarico se arranca para ensamblarlas al nido que protege a sus polluelos. Pero no es momento para reparar en el añadido de culpa con el que gravamos el dinero los hijos de la pobreza, los nietos de la miseria.

Con la manivela de la puerta en la mano, caigo en la cuenta de que necesito coger mi llave de casa. Casi nunca la he utilizado en estos años, en todo caso salía y regresaba en la furgoneta, y debía usar la del postigo que siempre hay en la guantera. Aquí está, colgada en este souvenir con ganchitos de Alcalá del Júcar, la llave única que usaba en los años de instituto, insertada en un llavero barato de la torre Eiffel que no recuerdo quién me regaló.

Pongo rumbo a la Chamana. El ambiente que escuchaba por la ventana se hace vivo a mi alrededor. Da gusto caminar esta noche por el pueblo; quizá porque hoy podrían tomarme por alguien de fuera, quizá porque me empieza a dar igual. Algunos niños tiran petardos en el parquecillo, gritan y corren huyendo de su minúscula detonación. Me fijo en la iglesia iluminada al final de la calle. Hace tiempo que no me detengo a contemplar su silueta contundente, que recortada por la luz casi naranja de los focos que la alumbran de noche tiene un aire de monumento egipcio. Las columnas salomónicas de la fachada se retuercen en espiral, como culebras que le subieran por el cuello a esta esfinge cubista.

—Mira qué elegante se ha puesto. Qué vas, ¿pa la feria?

La Teresa hace guardia en la esquina de su casa, los brazos en jarra sobre el delantal.

—¡Pojclaro! —No reconozco el entusiasmo con el que respondo, no lo reconozco, pero me hace gracia—. ¿Y tú aún estás así?

—Yo bastante feria tengo en mi casa. —La cara le explota con una carcajada, se inclina hacia delante con los brazos todavía en jarra—. No tengo gana de más.

—Si te animas, nos montamos los dos en los coches de choque.

Se retuerce de risa. Descubro que mi humor también puede adaptarse a las vecinas, que no tengo que recurrir a un comentario ácido para conseguir esto.

—¡Apañaos íbamos a estar! ¡Pa un viaje largo!

Me despido de ella, y enseguida la escucho a mis espaldas charlar con alguien más. Me acerco al paseo, en cuyo inicio cuelga un mensaje escrito con bombillas de colores que desea FELICES FIESTAS. No hay rastro de mi prima en el monumento de la Chamana, me alegra haber llegado el primero. Sería gracioso esperar a Ana tecleando en el móvil como hacía ella, aunque hoy ese gesto ya no llama la atención. Pensar en mandar un mensaje me lleva a Julio, claro.

—¡Primo!

Ana resplandece. El vestido elástico que luce mientras se acerca resalta las formas por las que tantos suspiraron y aún suspiran, seguro. Y el recogido con que se ha coronado le despeja esa cara que hace que maldiga de nuevo a la genética por no darme un poco más de lo que le tocó a ella. Me aproximo para darle dos besos, pero ella me echa los brazos por encima y me aprieta contra sí. Noto cómo se pone de puntillas y sumo este al recuerdo de tantos abrazos asimétricos.

—Qué guapo estás.

—Pos anda que tú. —Le cojo las manos y las beso, me apetece jugar a galán antiguo—. Siempre me dio envidia tu belleza, ¿sabes?

No sé de dónde viene este acceso de sinceridad, pero sienta bien decirlo. Se le va la magnitud a la confesión al tiempo que las palabras se pierden en el aire.

—Y a mí lo listo que eres, así que estamos en paz. —Me guiña un ojo, sí que guiñaba el ojo.

Enhebra su brazo en el mío y echamos a andar.

—¿Y Paco?

Del rabillo del ojo le salta una chispa.

—Allí se ha quedao viendo las motos. Luego vendrá. ¡Hasta luego! —Nos hemos cruzado con alguien que conoce—. Que, por cierto, aún estoy esperando que me digas si tienes novio.

—Qué va. Nadie me aguanta. —Reímos.

—Pero habrás tenío, ¿no?

—Rollos sí, pero novio como tal…

—Tampoco hay prisa. Pero cuando te lo eches, tú te lo traes. Que sepa que tienes pueblo. Y que tienes una prima.

La piedrecita en el zapato a la que llevo tanto tiempo acostumbrado se me clava por sorpresa.

—Pues... es que a mi padre aún no le he dicho que soy gay.

Caminamos. Ana me aprieta el brazo un poco más fuerte.

—Tú padre no es tonto.

En lo que tardo en responder, suenan tres o cuatro petardos.

—Aun así, creo que me hace falta decírselo. Aunque mi madre siempre me pide que no se lo digamos.

—Si a ti te hace falta, estás en tu derecho. Yo voy contigo, si quieres.

Respondo que no se preocupe con una sonrisa cansada, creo. Me hace gracia el ofrecimiento, me parece signo de una camaradería naíf, pero al rato pienso que eso es lo que me he estado perdiendo, la compañía. El simple estar con alguien que te conoce bien, que no solo sabe de ti los pocos datos seleccionados que has compartido en algún bar. Creí que no me era necesario, me convencí de que cuando me tocara venir al pueblo era mejor estar solo, sin más. Ese es el destino de los monstruos, ¿no? Elegir entre la soledad y las antorchas. Y resulta que al salir de la cueva están casi todas apagadas.

—Vamos ahí al Skorpio.

Bebemos cerveza, charlamos del pasado, reímos. Al rato vienen otras chicas de la antigua pandilla. Todas se alegran de verme, me dicen lo cambiado que estoy, me llaman guapo. Me preguntan con interés genuino por mis años de universidad, por mi vida fuera. Contada así, alrededor de unas cañas una noche fresca de verano, no parece crucial ni transcendente. Y eso es muy tranquilizador.

Yo también les pregunto por sus vidas, nos ponemos al día. La Lara cuenta que está embarazada, aunque la mayoría ya lo sabe, y brindamos por la pulgada de vida que se abre paso en su interior. Caigo en la cuenta, a medida que hablan, de que bastantes de ellas viven fuera y no sé nada de su trayecto como adultas. La Bea es fisioterapeuta, la Clara delineante, la Isa ha hecho fotografía artística en Albacete y prepara una exposición. Un asomo de vergüenza me sonroja, reparo en que irme del pueblo de esa manera incluía creerme mejor que toda su gente.

Para cuando nos levantamos de la mesa me he fundido en el grupo, nadie diría que llevo una década sin estar con ellas. Echamos a andar y se crean pequeñas conversaciones que no me incluyen, me quedo dos pasos por detrás, pero me gusta que sea así. Mi prima habla animada con la Lara. Me viene a la mente la pérdida del bebé que esperaba y fluye algo de tristeza en mi interior, pero una tristeza que recibo, acepto y dejo ir. Ojalá acabe siendo madre, creo que ningún niño tendrá más suerte que el que ella adopte, si al final se decide. Y yo le haré muchos regalos y me llamará chache.

Llegamos a la feria. Este año han venido los coches de choque y el saltamontes, además de las colchonetas de los niños, algunos puestos de tiro al blanco y de algodón de azúcar. Nos encontramos a Paco, rodeado de muchachos que también eran de la pandilla, pero que, al contrario que las chicas, hacen que me ponga tenso de inmediato. Están rodeándole, porque va a dar un puñetazo a una de esas máquinas con un pequeño saco de boxeo que miden la fuerza. Los demás le animan entre risas y sonidos guturales.

El golpe suena muy fuerte, estallan más risas. Paco trastabilla con el impulso, pero no llega a caer. El letrero luminoso marca un ochenta y cinco.

—¡Por el culo te la hinco! —Grita alguno de ellos, qué más da quién, porque todos se ríen de nuevo y no pasa nada.

Nos juntamos con ellos y con las novias de algunos que flotan a su alrededor como electrones. Me saludan sin sorpresa, no sé si Paco les había advertido de que estaba en el pueblo o si pasan de mí, sin más. Algún cuánto tiempo, como mucho. El *Gangnam Style* atruena en los coches de choque cuando pasamos a su lado. Es la misma atracción que ha venido siempre, reconozco los incomodísimos bancos de aluminio en los que me quedaba esperando mientras los chicos se montaban, mientras las chicas aplaudían cuando el que se empotraba con estruendo era el vehículo del muchacho que les gustaba. Aquellas noches inmóvil, poniéndome cada vez más furioso con el mundo y con mi destino.

Nos asomamos al recinto ferial, donde una docena de filas de sillas blancas de plástico acogen al público que contempla el concierto de la banda municipal. Distingo las cabecitas de mis padres, le digo a Ana que si quiere venir a saludarlos. Vamos hasta donde están, y se levantan al vernos mientras la banda remata los compases triunfales de *Amparito Roca*. Mi madre, que lleva la toquilla que acaba de terminar, la besa efusiva y le pregunta qué tal está. Mi padre la llama chica y le dice que si no tiene frío. Desgajados del limitado escenario de la casa que compartimos, así vestidos con la muda que se ponen tan pocas veces, me parecen adorables pero más frágiles que nunca. No puedo distraerme de la vejez que se evidencia a la vuelta de la esquina.

—¿Cómo te trata este furriel? —bromea mi madre.

—Malismamente, como siempre.

Reímos.

—¿Y de faena ties algo? —Mi padre es más práctico.

—Me he apuntao a lo del centro joven, a ver.

Se me había olvidado lo del centro joven y hasta la entrevista del lunes. Joder, eso es. El documento que estuve haciendo se lo voy a pasar a Ana.

—Dile a tu primo que te convide a algo —comenta risueño mi padre mientras me da unas palmadas en la nuca.

El roce de su mano, consumida por el tiempo, por el sol y por el campo, me traslada con su áspero tacto el convencimiento de que pronto sabrá lo que tengo que decir y de que va a ir bien. Me explico a mí mismo que la relación con mi padre es una tierra en barbecho de las que se dejan sin trabajar para que, al volver a plantar algo en ellas, las raíces lleguen hondo y se hagan más fuertes.

El resto del grupo nos ha esperado, lo cual no deja de sorprenderme, y se decide que vayamos para la Cueva, que aquí no hay ambiente. Allí, en el patio donde sacan una barra estos días, hay más gente de nuestras edades y empiezo a sentirme observado. Decido combatirlo con un gin-tonic que bebo con prisa. Ana charla, baila un poco. Las chicas hacen lo mismo, entran en calor. Los muchachos se quedan a un lado, en un corrillo. Hacen bromas entre ellos, a veces ríen a carcajadas y nos dejan en paz. Ni tan mal.

Este no sé si es el segundo gin-tonic o el tercero, pero ya estoy más tranquilo. He estado hablando bastante con la Isa, que se quiere mudar a Madrid.

—Lo mismo acabamos siendo vecinas —le he dicho, y me ha salido así, como cuando estoy allí.

Empieza a sonar la melodía de *La ventanita del amor* y doy un respingo. Arrrriba. Busco a mi prima, que esta siempre nos ha encantado, y nos ponemos a bailar y hacer el chorra. Desde que meee dejasteee, la ventanita del amor se me cerróóó. Lo estoy pasando bien. Lo estamos pasando bien. Cojo a Ana por la cintura, la rodeo, me acerco mucho a su cara para cantar. Desde que meee dejasteee, las azucenas han perdido su coloor.

Su sonrisa, su efigie divina es todo lo que puedo ver. Tengo el alma en pedazos, ya no aguanto esta pena. Damos vueltas y vueltas, somos los reyes del baile. En este momento me gustaría preguntarle si es feliz, si ha sido feliz alguna vez estos años. Pero quién soy yo para formular la cuestión o para juzgar la respuesta. Entiendo por fin que lo mejor que le puedo ofrecer no es el análisis de alguien que no entiende los recovecos de su existencia, sino mi mera compañía. Tanto tiempo sin verte, es como una condenaaa.

Otras canciones, alguna copa más. Estoy un poco mareado. No sé en qué anda mi prima, ahora hay mucha gente y es un lío. Me escabullo entre los cuerpos, salgo a la puerta y, como veo que el banco más cercano del paseo está vacío, allá que voy. Desplomo mi peso sobre él, me agarro con las manos a la tabla de abajo. Estoy pedo, vale, pero de lo que me estoy recuperando al aire cada vez más frío de mi pueblo no es de la borrachera: es de algo transcendente. Es esa conexión eléctrica que he sentido con Ana, que si tiro de ella es también la que me une a mi madre, a mi abuela, a la tía abuela Ramona. Después de tanto tiempo negándomela, qué sencillo parece haber unido ese cordón que se había soltado. Pero sé que no es fácil, que nunca es fácil. Me viene a la cabeza aquel chiste en el que un señor lleva su coche al taller y le explica lo que le pasa al mecánico, y este le escucha, levanta el capó, lo observa un rato y le aprieta una tuerca. Ya está. ¿Ya está? Sí, son cien euros. ¿Cien euros por apretar una tuerca? Uno por apretar la tuerca, noventa y nueve por saber qué tuerca hay que apretar.

Recuperar el cauce perdido, levantar la cabeza tanto tiempo gacha, era fácil, el movimiento estaba claro. Pero entender qué ángulo adoptar, qué perspectiva, desde qué distancia he de observar a los demás y a mí mismo como un adulto, esa era la trampa. Qué tuerca había que apretar, qué cable había que cortar sin que todo saltara por los aires.

Se me pasa un poco el mareo. Esta noche de clausuras quiero hacer las cosas como creo que están bien y no como me salen, así que saco el móvil y busco el chat con Julio en WhatsApp. Escribo y borro, escribo, borro y al final le envío:

> Hola, ¿cómo estás?
> Espero que muy bien.
> Entenderé si no quieres contestarme,
> pero solo quería pedirte
> perdón. Lo último que quiero es que
> te quedes con esa reacción de niñato

que tuve, porque realmente me ha
encantado conocerte y he aprendido
un montón de cosas interesantes contigo.
Ningún marica debería hacer sentir
peor a otro marica, como si no
tuviéramos bastante. Si nos encontramos
por ahí me encantará que nos saludemos.
Ya sabes lo que decía Escarlata…
Mañana será otro día.
Un abrazo.

Se levanta una brisa que me seca el sudor, me renueva. La casualidad quiere que, a pesar de las altas horas o precisamente por ellas, Julio aparezca en línea. Fijo la mirada en esas dos palabras. En línea. Cambia a Escribiendo… y se queda así unos segundos. En línea. Escribiendo… otros pocos segundos más. En línea. Escribiendo… En línea. Y luego Última conexión 02:21 y ahí se petrifica.

Entro a por la cazadora y a despedirme de Ana y del resto. Ellas siguen a tope y me encanta verlas así. Mi prima me abraza y me dice algo al oído que no entiendo, está borracha y graciosísima. Ya le preguntaré cuando hablemos mañana. A los muchachos les ofrezco un gesto con la mano y un par levantan la cabeza.

Los árboles del paseo son sombras gigantescas que me abren el paso hasta mi casa. Recuerdo que son carrascas, y busco ese nombre en Google: así aprendo que es el modo en que llamamos aquí, aunque no solo aquí, a las encinas. A la especie de nombre científico *quercus ilex*. Me parece una pena que encina me suene mejor, que carrasca me parezca una palabra menos digna de ser dicha o escrita. Me da pena no haberme interesado antes por saber a qué hacían referencia esas tres sílabas que da tanto gusto pronunciar:

—Carrajca.

Está bien, tengo toda la vida para llamarlas con el término que tenía guardado dentro. Detecto de lejos un grupo de adolescentes que avanza en dirección contraria a la mía, ese tipo de caterva que las mujeres y los maricones sabemos que significa peligro. Algunos saltan, vocean, molestan. Seguramente vienen intoxicados con una de sus primeras noches de licor barato. Decido no bajar la mirada. De hecho, la subo y veo que, como las luces del paseo se acaban y hay menos contaminación lumínica, se empiezan a encender estrellas en el cielo. Paso al lado del grupo con la mirada fija en lo que quizá sea la Osa Mayor. Algunos se ríen, comentan algo, no quiero escuchar. Los dejo atrás, pero aún camino tieso. Cuando pienso que la amenaza ha pasado, que la fauna de Baratrillo me deja por fin en paz, escucho a mis espaldas un sonoro:

—¡Maricón!

Y me quedo quieto donde estoy. No me giro, porque no soy tonto y respeto el instinto de supervivencia. Pero, sin agachar la cabeza, grito tan fuerte como me dan los pulmones una respuesta que solo ahora puedo expulsar, porque antes de irme de aquí, cuando me perseguía el ubicuo fantasma del insulto, no tenía constancia de mi linaje sagrado:

—¡QUE SUENA A BÓVEDA!

Echo a andar más rápido, casi corro, no me doy la vuelta, no te des la vuelta, Valentín. A los pocos minutos se ha acabado el pueblo, y en la oscuridad solo suenan mis pisadas en la tierra y mi respiración entrecortada. Estoy a salvo en el campo. Estoy a salvo en el campo, quién me lo iba a decir. Por fin me giro y Baratrillo es una constelación de luces desiguales que, desde aquí, en esta noche de mediados de agosto, no parece que ningún daño pueda hacer a nadie. Sobre mi mirar alucinado, el cielo despliega su manto bordado de estrellicas diversas. Había olvidado que el paisaje del lugar en que nací es este, pero que había que esperar a la penumbra y alejarse un poco para revelarlo. Antes de irme a mi casa, embobado como estoy con la cabeza hacia lo alto, una estrella fugaz inmensa cruza el cielo y todavía deja el rastro de una perfecta línea de polvo estelar antes de fundirse a negro. Y, si no es así, invento esta magnífica lágrima de san Lorenzo y me quedo más ancho que largo.

Qué manía de poner la calefacción a tope en el autobús. Me quitaría el jersey, pero debajo llevo una camiseta interior de esas afelpadas, cómo voy a quedarme solo con eso. Supongo que en un rato me acostumbraré y dejaré de sudar como un pavo. Salimos de la Estación Sur de Autobuses, enfilamos la M-30. Me pica la parte interior de la muñeca; saco la pomada y la extiendo sobre el bebé de Keith Haring que me tatué el otro día.

Me quedo sopa, con este calor no hay quien aguante despierto. Cuando me espabilo estoy casi en Almansa, que es donde me bajo porque este bus no para en Baratrillo. Mi padre ha venido a buscarme con la furgoneta. De camino al pueblo hablamos de las viñas, le pregunto cosas que se me van ocurriendo y él parece contento de poder explicarme algo de su mundo. La Olvi explota en ladridos y mi madre en besicos manchegos sobre mis mofletes cuando llegamos a casa. Abandono la maleta al lado de un sillón, ya la subiré luego.

Voy con mi madre a recoger la empanada de pisto que ha encargado ca Padilla. También hay que ir mañana a por un par de salchichones y un chorizo que pidió envasados al vacío a la Mariola para que me aguanten más. Paso un momento por casa, cojo la mochila y salgo pitando porque he quedado con Ana en la suya. Como ahora está mejor de dinero, quiere comprar algunos muebles y voy a ayudarla a buscar opciones de segunda mano por internet. Me estruja al recibirme, yo la estrujo a ella. Paco no está; no pregunto. Bebemos una cerveza y saco el portátil. Miramos mesas, juegos de sillas, un aparador. Después cenamos una ensaladilla que había dejado preparada y unos sanjacobos. En la tele están echando *Contact*, que me flipa. La vemos un rato pero ella se queda dormida, así que le echo una manta por encima, le doy un beso en la frente y me marcho.

Al día siguiente voy al cementerio con mi madre, a ver a la tía Sátur. No pude venir al entierro porque en mi convenio laboral por una tía abuela no te dan días. Tampoco me hubiera atrevido a pedirlos, la verdad. La mañana es muy fría, pero no hace viento, así que vamos dando un paseo. Noto que de vez en cuando tengo que frenar la marcha para que mi madre me alcance. En el cementerio no hay nadie, es todo para nosotros y para los que aquí descansan. El nicho de la tía Sátur está a media altura y rebosa de flores, se nota que es reciente.

—Me estaba esperando que vinieras —dice mi madre—, porque me dio una cosa pa ti.

Rebusca en el bolso, saca un bultito envuelto en papel de periódico y me lo entrega.

—Me lo dio una de las últimas veces que estuve en su casa y me dijo: «Esto es pa tu Valentín, de parte de su tía Ramona».

Me miro el paquetito en las manos y no sé qué decir. Lo desenvuelvo con cuidado, y dentro hay una edición pequeña y antigua de *La isla del tesoro*, de tapas rojas, y un cuaderno azul con algo más de la mitad de las páginas escritas a lápiz; me pondré a transcribirlo en cuanto llegue a casa. Levanto la cabeza y miro a mi madre que, impermeable a mi emoción, está sacando brillo a la foto de la lápida con un clínex. Pero yo sé por qué ha esperado para darme esto aquí. Sé que sus gestos sencillos están cargados de un conocimiento del mundo que se puede rastrear hasta llegar a la chamana de la cueva. Me voy dando cuenta de que *esa conversación* no ocurre en la realidad como lo haría en una novela: la estamos manteniendo a través de atenciones pequeñas y de charlas distraídas que van ensanchando poco a poco la honestidad y el afecto que nos caben en ellas.

—Mama, ¿Ramona no está en el cementerio?

—Si Dios quiere —. Es su forma de expresar una afirmación absoluta.

Me conduce hasta su nicho, doblando un par de calles. Está en la fila de abajo, a ras de suelo. Una lápida lamida por el tiempo donde, al agacharme, reconozco la escala de grises del rostro que vi en una foto el verano pasado. Aquí estaba, todo este tiempo, quizá esperando a que yo atinara a detenerme frente a ella. Quizá, aunque aún no lo supiera, acompañándome.

falúa
coníferas
cabrestante
goleta
refacción
guindaleza
bauprés
socaire
chalupa
terral
futesa
ballestrinque

Agradecimientos

Gracias a mis padres, por ser al tiempo fuente y barro para esta historia. Gracias a ellos y a mi hermano por permitirme escribir sobre las paredes blancas de nuestra casa.

La Ramona de esta novela no existiría sin la memoria prodigiosa de África Sánchez Cebrián, que le ha cedido parte de sus recuerdos. África es el archivo vivo de Alpera, y ahora también de Baratrillo de la Mancha.

Gracias a Alberto Marcos, por la apuesta y la confianza. Y muchísimas gracias a mis primeros lectores, sin cuyos comentarios este texto sería peor: Aitor Villafranca, Juan M. G. Morán, Pablo Gracia, Lidia y Belén Gil, José Carpio y Violeta Fuentes.

Agradezco a Juanín Carnero, Ismael López y Lidia García su asesoramiento para obtener ciertas informaciones o referencias.

Si esta novela existe es también gracias a Julia C. Abad, cuyo acompañamiento desbrozó el camino.

Gracias, Iago, por el amor y la paciencia. Por entregarme la llave del cuarto de atrás de la casa que vamos construyendo juntos, donde espero dar forma a todas mis fábulas.

Quiero pensar que mi abuela Valentina y mi tía abuela Saturnina entenderían la cantidad de ficción que he precisado para explicar esta historia.

Y que mi tía abuela Ramona, a pesar de los cuarenta años que separan nuestras vidas, estaría contenta de dejarme algo en herencia. Aunque sea ficción.

Madrid, Alpera, Verín, Bueu
septiembre 22 - febrero 24